두 번째도 뜨겁게

두 번째도 뜨겁게

하영준

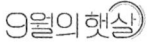

차례

통영, 5월의 어느 날_7
매거진사업부의 저승사자_59
다사다난 파란만장 8월호_97
위태로운, 9월호_134
사랑은 미친 짓이다_168
9월호의 후폭풍_207
달콤살벌 10월호_239
살아남을 것, 포기하지 않을 것_271
11월호, 그리고_310

통영, 5월의 어느 날

'누구에게나 빛나는 시절이 있다. 우주는 나를 중심으로 돌고 내 주위의 세상은 온통 반짝반짝 빛이 나던 시절. 그 시절이라고 괴롭고 힘든 일이 없었던 것은 아니지만, 그 좌절과 고통마저 달콤하게 만들어주던 청년의 찬란함이 있던 시절, 영원히 지속될 것 같던 청춘의 시간들. 그러나 뒤돌아보니 젊음은 찰나의 순간이었고, 영겁의 시간 속에서 몸부림치는 삶에 지친 직장인만 있을 뿐이다.'

나는 반쯤 감긴 눈에 멍한 상태로 키보드를 두드리며 '에디터스 노트(Editor's note)'를 써내려 갔다. 자동기술법처럼 떠오르는 대로 순식간에 써내려 가다 멈추고, 다 식어빠진 커피 한 모금을 마셨다. 마감 내내 하루에 네다섯 잔의 커피를 쏟아부은 탓에 카페인에 푹 절은 내 몸은 이제 커피에 아무런 반응도 하지 않지만 습관처럼 마셨다. 이거라도 마시지 않으면 키보드를 두드리는 지금이 꿈인지 현실인지 구분이 되지 않아서. 아, 꿈에서도 커피는 마실 수 있는 건가.

마감 막바지라 그런지 체력도 달리고 집중력도 달렸다. 한달 더 나이를 먹었기 때문인가, 지난달보다 더 힘들었다. 20대 때는 며칠 밤을 새며 마감해도 멀쩡했었는데 이제는 하루 하루, 하루도 오전과 오후가 달랐다. 나이가 드는 것은 오래된 배터리 같아지는 것 같다. 충전하는 데는 점점 더 오래 걸리고 방전은 눈 깜짝할 새 돼 버리는 오래된 배터리. 곧 방전돼 버릴 것 같다.

맛없는 카페인 한 모금에 겨우 정신을 차리고 지금껏 타이핑하고 있던 글을 천천히 읽었는데… 이런 세상에, 신세 한탄이 따로 없다. '에디터스 노트'란 자고로 이번 달 잡지를 만들며 든 소회를 적어야 할, 편집자가 독자들에게 건네는 인사말과 같은 건데, 처량맞은 넋두리나 읊어대고 있다. 타이핑한 글을 모두 지우고 의자에 깊숙이 기대자 절로 에구구 하는 앓는 소리가 났다. 삭신이 쑤셨다.

에디터스 노트만 넘기면 이번 달 마감도 끝이 나는 건데, A4 반 페이지도 안되는 글을 쓰는 게 십여 페이지의 기획 기사를 쓰는 것보다 어째 더 힘이 든다. 딱 한 시간만 자고 일어나면 맑은 정신에 후다닥 쓸 수 있을 것 같은데, 안되겠지.

나는 내 주위를 어슬렁거리는 중년 남자를 흘깃 봤다. 디자인팀 부장 수철 선배다. 아까부터 주변을 서성대며 나를 압박하고 있다. 굳이 묻지 않아도 왜 저러는지 너무 잘 안다. 어서 빨리 에디터스 노트를 끝내고 인쇄 감리를 보러 가자고 재촉하고 있는 거다. 거기까지 해야 마감이 끝난 것이고 쉴 수가 있으니 제발 좀 그 잘난 에디터스 노트를 써서 넘기라는 거다.

'우아한 여성을 위한 라이프 스타일 월간 여성지'를 표방하며 창간된 〈그레이스〉를 편집장과 디자인팀 부장으로서 같이 이끌어온 지 어언 6년이다. 눈빛만 봐도 수철 선배가 무슨 생각을 하는지 알 수 있다. 빨리 집에 가고 싶어 안달이 난 얼굴이다. 저 메마르고 삐쩍 마른 중년 남자가 간절히 원하는 휴식을 선사하려면 내가 원고를 써야만 한다.

원고를 넘기고 디자인 교정까지 다 본 기자들은 이미 다 마감 휴가를 떠났고 디자인팀도 모두 떠났다. 사무실에 남은 건 수철 선배와 나 둘뿐. 마지막 하나 남은 에디터스 노트 때문에 이번 달 마감이 마무리되지 못하고 있는 중이다. 수철 선배가 주는 무언의 압박 속에 내게 남아있는 마지막 집중력과 에너지를 몽땅 쥐어 짜내 가까스로 에디터스 노트를 마무리했다.

원고를 넘기자마자 수철 선배는 전광석화처럼 이미 잡아놓은 레이아웃에 글을 얹더니 인쇄소로 출발할 준비를 했다. 나도 서둘러 책상을 정리하고 일어섰다. 인쇄 감리만 보고 나면 사나흘은 아무것도 안하고 쉴 수 있다. 집에 돌아가면 삼박사일 동안 침대 밖으로는 발끝도 내밀지 말아야지, 다짐하며 뻑뻑한 눈을 비비다 수철 선배와 눈이 마주쳤다. 나를 안쓰럽게 쳐다보는 수철 선배의 눈 역시 피로에 절어 붉게 충혈됐고 퀭했다.

"서부장, 피곤하면 나 혼자 가도 돼."

"나 인쇄 감리 좋아하는 거 알잖아. 잉크 냄새를 맡아야 비로소 이번 달 마감도 끝났구나, 마음이 놓여."

뻑뻑한 눈에 인공눈물을 넣는 나를 보며 수철 선배가 너도 참 너다, 하는 얼굴로 혀를 찼다.

"넌 아직도 잉크 냄새가 그리도 좋냐?"

"선밴 안 좋아?"

"난 돈 냄새가 좋지."

"어련하시겠어요."

수철 선배의 책상 옆에는 로또 종이를 접어 만든 종이집이 있다. 선배는 매주 성실하게 5천 원씩 로또를 사고 있다. 딸 둘을 키우는 4인 가족의 가장으로서, 월급 외에 믿을 데가 없는 성실한 직장인으로서 꿈꿀 수 있는 가장 좋은 꿈은 로또 당첨뿐이라는 게 선배의 지론이다. 로또를 사도 온라인으로 편하게 사지 않고 성지순례를 하는 신실한 순례자처럼 명당이라 소문난 곳을 찾아다니며 종이 로또를 산다. 1등 당첨이 수십 명에 달한다는 부산 어디의 로또집까지 찾아갈 정도로 정성을 보인다.

당첨 번호를 맞춰볼 때는 목욕재계를 한다는 소문까지 있다. 그러나 그렇게 정성을 들여도 당첨된 적은 없었고, 선배는 당첨되지 않은 로또 종이를 모아 종이집을 만들기 시작했다. 종이집은 작년만 해도 아담했었는데 어느새 저택 수준의 집이 돼 있다. 손재주가 좋은 데다 디자인 전공자라 그런지 꽤 그럴싸했다. 선배의 초등학생 딸들이 보면 좋아할 인형집 같다.

로또집을 쳐다보는 나를 보며 선배가 어깨를 으쓱했다.

"로또로 만든 종이집을 얻든 진짜 집을 얻든, 어쨌든 집 하나는 생기겠지."

응원하는 의미로 선배의 등을 두드리며 사무실을 나서는데 핸드폰이 울렸다. 발신자가 클래식 공연 기획사 홍보 담당 이과장이다.

"네, 과장님. 안녕하세요."

없는 텐션까지 끌어모아 밝게 전화를 받았다.

"부장님, 알렉스 한 인터뷰하고 싶다고 하셨죠? 내년 통영국제음악제 때문에 사전 조율할 게 있어 지금 통영에 와계세요. 내일 오전 출국인데, 아침에 잠깐 시간 비거든요. 오셔서 인터뷰하실래요?"

여성 지휘자 알렉스 한은 꼭 한번 만나보고 싶은 인물로, 오래전부터 인터뷰하고 싶다고 컨택해 왔었다. 지금 기회를 놓치면 언제 또 기회가 올지 모른다. 이런 기회를 놓치는 건 절대, 절대 안 될 일이다. 나는 당연히, 무조건 하겠다고 응하며 시간 약속까지 해 버리고, 이서에게 전화를 걸었다. 이런 인터뷰는 피쳐 기자인 이서의 담당이다. 이제 막 마감을 끝내고 쉬고 있을 이서에게 갑자기 통영에 가서 인터뷰해 오라고 하기 미안하지만 어쩔 수 없다.

이서의 통화 연결음이 오래도록 울리다가 음성사서함으로 넘어갔다. 그러고 보니 이서는 마감하자마자 제주도로 휴가를 떠날 거라고 마감하는 내내 자랑을 했었다. 시계를 확인해 보니, 지금쯤이면 제주도행 비행기에 타고 있을 시간이다.

이서를 포기하고 다른 기자들에게 전화를 걸었지만 하나같이 전화를 받지 않았다. 다들 이서처럼 휴가를 떠났거나 기절한 듯 잠들어있는 것 같다. 아니면 편집장의 전화라 일부러 피하는 것일 수도. 예전의 나도 마감 후 편집장 전화는 웬만해서는 받지 않았었다. 그래도 그렇지, 어쩜 한 명도 전화를 받지 않을 수가 있나. 초조하게 기자들의 전화번호를 누르는 나를 수철 선배가 아까보다 더 안쓰러운 눈으로 보다가 말했다.

"아무래도 인쇄소는 나 혼자 가야겠지?"

인쇄소 대신 집에 와서 간단히 짐을 챙기고 기차역으로 달려갔다. 나 때문에 덩달아 잠을 설친 동숙 이모가 건강 주스를 만들어줬는데 그것도 마시지 못하고 눈썹이 휘날리게 달려 겨우 첫차 시간에 맞춰 기차에 탔다. 자리를 찾아 엉덩이를 붙이자마자 쌓인 피로와 졸음이 밀려왔다. 아주 잠깐 눈을 감은 것 같은데 벌써 진주역이라는 안내 방송이 나왔다.

택시를 타고 인터뷰 장소인 통영 음악당까지 갔다. 기자들에게 웬만하면 택시 타지 말고 진행비를 아끼라고, 우리 형편이 좋지 않다고 잔소리하면서 나는 택시를 탔다. 도저히 버스를 타거나 차를 렌트해 운전할 체력이 되지 않았다. 빠르게 올라가는 미터기를 보니 진행비 걱정이 되긴 했지만, 어쩔 수 없다.

택시 안에서 서둘러 메이크업을 고치고 인터뷰 질

문들도 정리했다. 이른 아침이라 그런지 길이 막히지 않아 진주역에서 통영국제음악당까지 금세 도착했다. 음악당 앞에서 나를 기다리고 있던 이과장이 택시에서 내리는 나한테 다가왔다.

"급하게 연락드려 죄송해요. 마감 끝나고 쉬지도 못하셨죠?"

"쉬는 게 문젠가요? 드디어 알렉스 한을 만나게 됐는데. 이런 연락은 언제든 환영이에요."

몇 시간 되지 않지만 그래도 잠깐 눈을 붙인 덕분에 컨디션은 한결 나아졌고, 급하게 서두른 것 치고 인터뷰도 순조롭게 진행되었다. 나의 팬심 어린 인터뷰가 마음에 들었는지 알렉스 한은 30분 하기로 한 인터뷰를 한 시간 넘게 해줬고 내년 통영 음악제에서 다시 만나자는 인사까지 했다. 이 정도면 번갯불에 콩 볶듯 정신없이 휘몰아쳐 통영까지 내려와 인터뷰한 보람은 충분한 것 같았다.

뿌듯한 얼굴로 음악당을 나서며 인터뷰하는 동안 설정해두었던 핸드폰 비행기모드를 풀었다. 마감에 인터뷰까지 무사히 마치고 나니 날아갈 듯 마음이 가벼워지며 비로소 세상이 눈에 들어왔다.

5월 중순의 통영은 눈부시게 아름다웠다. 시리도록 푸른 하늘에 둥실 떠 있는 뭉게구름이 이대로 다시 서울로 돌아가는 건 너무 아쉽지 않겠냐고 손짓하는 것 같았다. 서울보다 훨씬 따스한 바람에 공기도 달랐다. 예쁘기로 유명한 통영 바다가 코앞인데, 통영에 맛있는 음식이 그렇게나 많다는데. 이대로 돌아가는 건 정말 아니지 않냐고 마음이 자꾸 살랑거린다. 어떻게 알았는지 동숙 이모에게서 전화가 걸려 왔다.

"지금 막 인터뷰 마친 건 어떻게 알고 딱 맞춰 전화를 하셨대?"

"너야 내 손바닥 안이잖아."

이모의 화통한 목소리가 핸드폰을 뚫고 나왔다. 이모는 환갑을 바라보는 나이에도 30년 넘게 에어로빅 강사로 활동하며 다져온 체력 때문인지 늘 나보다 에너지가 넘쳤다. 지금도 이모의 하루 루틴대로 새벽 에어로빅 강의를 마치고 돌아와 나대신 휘를 깨워 학교에 보내고 집안 청소까지 다 하고 나서 전화를 걸었을 테다.

이십 대 젊은 나이에 사별하고 혼자가 된 이모는 늘 나를 짠해하신다. 나를 보면 당신을 보는 것 같다나. 이모는 혼자되고 나서 한결, 그러니까 죽은 내 약혼자이자 이모에게는 재혼한 언니가 두고 간 조카 한결을 친아들처럼 키웠다. 나는 한결의 마지막 선물인 아들 휘를 낳아 키우고 있다. 젊은 나이에 아들 하나만 바라보며 사는 게 닮았다고, 팔자 한번 기구하다고 이모는 술 한잔 걸친 날에는 꼭 한숨을 섞어 말하고는 한다.

내가 한결의 갑작스런 사망 소식에 기절하고 입원한 병원에서 한결의 아이를 임신한 것을 알았을 때 이모는 지우라고 했었다. 여자 혼자 아이를 키우는 게 얼마나 힘든 일인지 아냐며, 한결도 그러기를 바랄 거라고 했었다. 엄마도 지우라고 했었다. 동숙 이모는 내 입장에서 나를 생각해 지우라고 했지만 엄마의 이유는 달랐다. 엄마는 결혼식도 못 치르고 약혼자를 잃은 딸이 미혼모가 돼 사는 꼴은 보고 싶지 않다고 했다. 언제나 다른 사람이 어떻게 볼지, 어떻게 생각할지를 먼저 따지는 엄마이니 당신 딸이 사람들 입에 오르내리는 것을 듣고 싶지 않았을 것이다. 이유는 각자 달라도 주위 사람 모두가 지우라고 했다. 하지만 나는 한순간도 아이를 낳을 것인지 지울 것인지를 두고 고민하지 않았다.

내가 아이를 낳기로 결정하자 원래도 데면데면했던 엄마는 미련한 것이라며 냉정하게 연을 끊어버렸다. 이모는 나를 붙잡고 애면글면 설득하다 끝내 설득하지 못하자 나와의 동거를 선언하셨다. 한결이 살아있었어도 내가 아이를 낳으면 원래 이모가 돌봐줄 생각이었다며 이왕 이렇게 된 거, 같이 살아보자고 하셨다. 나는 한결대신 동숙 이모와 함께 태교를 하고, 신생아용품을 준비하고, 휘의 백일을 기념하고, 돌잔치를 하며 초등학생 5학년이 된 지금까지 함께 하고 있다.

휘의 모든 순간을 이모와 함께 했다. 이모가 아니었으면 그 힘든 세월을 견뎌내지 못했을 거다. 혼자 휘를 키우며 이렇게 일에 집중할 수도 없었을 것이다. 이모는 내게 엄마이고 한결이고 또 다른 나다.

"여기 꿀빵이 그렇게 유명하대. 그거 사서 갈게. 저녁 전에는 들어갈 거예요."

"뭐 한다고 서둘러 와? 간 김에 며칠 놀다 와. 너 마감도 끝났잖아."

"휘는 어쩌고?"

"어쩌긴 나랑 둘이 깨 볶고 있으면 되지. 까놓고 너보단 내가 더 잘 챙기거든? 우리 걱정하지 말고 푹 쉬다 와. 좀 즐기면서 살아."

"밀린 숙제 하는 것마냥 안달복달하지 말고 즐기라고?"

일과 육아를 오가며 시간에 쫓겨 사는 내게 이모가 입버릇처럼 늘 하는 얘기이다.

"잘 아네. 오늘 오면 문 안 열어줄 거야. 괜찮은 놈

하나 잡아 올 거면 오늘 와도 되고."

무슨 바람이 불었는지 요즘 이모는 나를 볼 때마다 남자 타령이다. 더 나이 들기 전에 남자 좀 만나라, 꽃 같은 시절 한 때다, 나처럼 늙어 후회하지 말고 젊을 때 즐겨라, 지치지도 않고 이런 잔소리를 하고 있다. 괜찮은 놈 하나 잡아갈 능력은 안되니, 이모 덕분에 오늘은 통영을 즐기기로 했다.

이모의 전화를 끊자마자 이번에는 이서에게서 전화가 걸려왔다.

"선배, 나대신 통영까지 가서 인터뷰했다며? 선배 전화 안 받아서 수철 선배한테 전화했더니 말해주더라. 어유, 미안해서 어쩐대?"

미안하다고 하는 이서의 목소리가 시니컬한 평소와 달리 날아갈 듯 경쾌하고 가볍다.

"미안한 거 맞아? 웃음소리가 들리는 거 같은데?"

"에이, 그럴 리가. 나 너무 미안해서 지금 무릎 꿇고 전화하고 있잖아. 보여줘? 영상 통화 해 봐?"

"됐어. 미안해할 거 없어. 만나고 싶던 사람 만나서 인터뷰한 건데, 뭐."

"그건 그래."

이서가 바로 동의했다. 사실이 그랬다. 알렉스 한에 꽂혀있었던 건 이서가 아니라 나였다. 통영까지 내려와 인터뷰한 것은 고생이 아니라 행운이라 할 수 있다. 수화기 너머 빨리 수영하러 가자고 재촉하는 남자 목소리가 들렸다. 나는 누구냐고 묻지 않았다. 다자 연애를 추구하는 이서에게는 남자가 많아도 너무 많았고 쉴 새 없이 바뀌어서 일일이 물어보기에는 숨이 찼다. 이서가 남자에게 잠깐만 기다리라고 외치는 소리가 들리더니 다시 물었다.

"언제 올라와?"

"내일 갈까 해. 이왕 온 김에 하루 놀다 가려고."

"잘 생각했어. 내가 그럴 줄 알고 쎄끈한 가이드도 하나 섭외해 놨어. 인별 친군데, 통영 토박이야."

"그럴 필요 없어."

"혼자 무슨 재미로 놀아. 괜찮은 친구니까 같이 다니면 재미있을 거야. 해브 펀(Have fun)!"

내가 괜찮다고 사양하는데도 이서는 자기 할 말만 하고는 끊었다. 다시 전화를 걸어봤지만 받지 않았다. 분명 당황해하는 나를 떠올리며 혼자 낄낄거리고 재미있어 할 것이다.

예상치 못한 통영 여행에 가이드까지 생겼다. 그래, 혼자서 낯선 통영을 헤매는 것보다는 가이드가 있으면 좋긴 하겠지. 나는 좋게, 편하게 생각하기로 했다. 이렇게 반짝이는 날씨에 아름다운 통영인데, 이모 말대로 꼭 해야 할 숙제처럼 안달복달하지 말고, 쓸데없는 고민 말고 그냥 즐겨보자.

 이서가 섭외한 가이드로부터 해안도로에서 만나자는 문자가 왔다. 음악당 바로 앞이라 천천히 걸어 내려가 바다를 구경하는데, 멀리서 아주 낡은 자동차가 털털거리며 달려왔다. 어디에 부딪혔는지 범퍼는 깨지고, 군데군데 칠이 벗겨지고 녹이 슬기도 했다. 좀 더 자세히 보니 뒤쪽 문도 찌그러져 있다. 저렇게 낡은 자동차가 폐차장이 아니라 도로에 있어도 괜찮나 싶을 정도였다. 그래도 용케 굴러가기는 하네, 신기해하며 쳐다보는데 그 낡은 차가 내 앞에 와서 섰다.
 무심히 쳐다보는 내 앞에서 운전석 문이 열리더니 쭉 뻗은 모델 같은 몸매에 햇볕에 그을린 멋진 갈색 피부를 가진 남자가 내렸다. 갈색 피부톤을 돋보이게 해주는 하얀 색 린넨 셔츠와 면 반바지를 입은 남자는 어딘지 보헤미안처럼 자유로운 분위기를 풍겼다. 파란 물감을 푼 것처럼 쨍한 색감의 하늘과 바다, 시원하게 펼쳐진 해안가 도로, 그 길 한가운데 서 있는 낡은 자동차와 보헤미안 남자가 무척 잘 어울렸다. 패션 화보의 한 컷으로 써도 괜찮겠다는 생각이 들었다. 남자 때문인지 좀 전만 해도 고물처럼 보이던 낡은 자동차가 일부러 준비한 빈티지 소품처럼 보였다. 차에서 내린 남자가 내 앞으로 걸어왔다.

"김소영 씨? 오늘 가이드를 맡은 강상준입니다. 박현수 씨에게 급한 일이 생겨서 대신 왔습니다."

오, 듣기 좋은 중저음의 허스키. 목소리마저 죽인다. 이서가 쌔끈한 가이드를 섭외해 놓았다고 할 때만 해도 그냥 하는 말인 줄 알았는데, 그냥 하는 말이 아니었다. 그런데 가만, 김소영이라니? 이 남자는 이서가 점지해 준 내 가이드가 아닌 건가? 하다가, 좀 전에 이서에게서 받은 문자가 생각났다.

- 참, 선배 이름은 김소영. 직업은 유치원 교사야. 인별 친구한테 그렇게 말해뒀어. 새로운 부캐로 재밌게 놀아봐.

이서는 만나는 애인마다 다른 이름을 사용하는 버릇이 있다. 이서의 표현에 의하면, 각각의 애인에 맞는 맞춤 부캐(부캐릭터)를 만들어 연애의 즐거움을 다양화하고 극대화하는 거라나 뭐라나. 이서는 제 버릇대로 나에게 김소영이라는 이름과 유치원 교사라는 부캐를 만들어주었다.

나는 내 이름은 김소영이 아니라 서경주라고 제대로 말해주려다 관뒀다. 어차피 하루짜리 가이드이고, 오늘이 지나면 이름은커녕 얼굴도 기억나지 않을 사이인데, 굳이 번거롭게 사실은 이렇다 해명하며 통성명을 새로 할 필요가 있나 싶었다. 가이드에게도 김소영이나 서경주나 별 차이도 없고 관심도 없을 테고. 그래서 이름을 고쳐 말하는 대신 간단히 대답했다.

"오늘 잘 부탁해요."

강상준이라고 자신을 소개한 가이드는 내게 자동차 문을 열어 태우더니 해안도로를 달렸다. 차가 달리자마자 활짝 열린 창문으로 바닷바람이 거세게 불어와 머리카락을 이리저리 날리며 엉망으로 만들었다. 창문을 올리려고 했지만 고장이 났는지 꿈쩍도 하지 않았다. 나의 가이드가 뭐라고 하는 것 같은데, 사방팔방 제멋대로 휘날리는 머리카락을 부여잡느라 다시 묻지도 못했다. 가이드는 내가 대답이 없자 나를 쳐다보고는 갓길에 차를 세웠다.

"창문 올려드릴게요. 차가 연식이 좀 돼서 창문 올리는데도 요령이 필요하거든요."

가이드는 조수석에 앉은 내게로 몸을 기울이며 창문을 올렸다. 나는 갑자기 다가온 남자를 피해 어색하게 뒤로 몸을 젖혔다. 하지만 좁은 차 안에서 완전히 거리를 두며 피할 수는 없어 어쩔 수 없이 그와 가까워져야 했고, 가이드의 반쯤 마른 젖은 머리카락에서 나는 푸릇푸릇 싱그러운 풀냄새의 샴푸향을 맡아야 했다. 그 향을 맡자 문득 아주 오래전에 읽은 소설 속 문장이 떠올랐다. '그에게서는 언제나 비누 냄새가 난다'라고 했던가. 주인공이 첫사랑 남자에 대해 묘사한 문장으로 기억한다. 나의 가이드에게는 풀내음이 썩 잘 어울렸다.

가이드는 창문을 올리고 다시 차를 출발시켰다. 창문으로 들어오는 바람이 그치자 그의 질문에 집중할 수 있었다. 남자의 질문은 통영에 와본 적이 있냐는 거였다. 통영에는 7, 8년 전 화보 촬영하러 한번 와본 적이 있지만 정말 화보만 촬영했던지라 처음이나 마찬가지였다. 내가 처음이라고 하자 가이드가 다시 물었다.

"가보고 싶은 곳 있어요?"

내가 지금 당장 가고 싶은 곳은 당연히,

"식당이요."

내 요청에 가이드가 데려간 곳은 서호시장의 어느 식당이었다. 나는 가이드가 시켜준 시락국 한 그릇을 밥알 한톨 남기지 않고 싹싹 비웠다. 무얼 먹어도 맛있었겠지만 구수하면서도 담백한 국에 사장님이 직접 담갔다는 김치가 기가 막혔다. 밥 한 공기에 뚝배기 한 그릇을 몽땅 비웠는데도 부족했다. 반면 남자는 보기보다 소식을 하는지 국에 밥을 반 공기 정도만 말고 밥을 남겼다.

"소식하시나 봐요."

"그건 아니고, 아침을 먹고 와서요."

"아, 그렇구나."

잘됐다.

"그럼 그거 안 드실 거죠? 제가 먹어도 되죠?"

내가 반쯤 남은 밥을 가리키며 묻자 남자는 좀 당황한 얼굴을 했다.

"네. 그렇긴 한데……. 한 공기 더 추가해 드릴게요."

"뭐하러요."

내가 남자의 밥을 가져다 먹자 남자가 대놓고 신기한 눈으로 쳐다봤다. 밥 좀 많이 먹는 게 그렇게 신기한 일인가? 나는 멋쩍게 웃으며 변명 아닌 변명을 했다.

"항상 이렇게 많이 먹지는 않아요. 여기 음식이 너무 맛있기도 하고, 새벽부터 여기 오느라 아무것도 못 먹었거든요."

진짜로 꼭두새벽부터 정신없이 움직이느라 아무것도 먹지 못했다. 인터뷰하면서 커피 한 모금 마신 게 다였다.

"그거 괜찮아요? 제가 먹던 건데."

가이드가 자신의 밥공기를 가리키며 물었다.

"이게 왜요? 깨끗하게 덜어 드셨잖아요. 음식 남기면 벌받아요."

남자가 설핏 웃었다.

"유치원 교사다운 말씀이네요."

아, 맞다. 나 지금 유치원 교사지. 음식 남기면 벌받는다는 말은 휘가 밥 먹기 싫어할 때마다 하던 말이었는데, 유치원 교사가 하기에도 적당한 말 같다. 다행이다. 나는 김소영이 아닌 게 들통나기 전에 서둘러 화제를 전환했다.

"이 식당 정말 마음에 들어요. 가이드님의 탁월한 안목, 인정합니다. 그런 의미로 오늘 일정은 모두 가이드님께 맡길게요."

"배불러서 아무 생각 없는 건 아니고요?"

"티 났어요?"

내 말에 남자가 웃었다. 웃을 때 눈가에 살짝 접히는 주름이 근사하다. 뭐하는 남자일까. 직업이 가이드 같지는 않은데. 나는 하루짜리 남자가 조금 궁금해졌다.

서호시장을 나서며 본격적으로 통영 관광을 시작했다. 통영에 대해 잘은 모르지만 박경리 작가와 백석 시인이 통영과 깊은 연이 있는 것 정도는 알고 있다. 그들의 흔적이 남아있는 곳에 가보고 싶었는데, 그는 말하지 않아도 그곳으로 안내했다.

충렬사에서 나는 백석 시인이 짝사랑하던 여자를 만나지 못하고 낮술을 한 채 앉아 시를 썼다는 계단을 찾아 시인이 어디쯤 앉았을지 추측하며 여기저기 앉아봤다. 시인이 계단에 앉아 바라봤을 풍경은 어떤 모습이었을지 궁금했다. 어떤 풍경을 보며 못내 그리운 연시를 썼을까. 내가 다섯 번쯤 자리를 옮겨 앉자 상준이 좀 질린다는 얼굴을 했다. 이렇게까지 해야겠냐는 얼굴로 날 쳐다봤다.

"백석 시인을 정말 좋아하나 봐요."
"잘생겼거든요. 요즘 태어났으면 아이돌을 했을 얼굴이에요."

내 말에 상준이 어이없다는 얼굴을 했다. 그가 그런 표정을 짓는 게 재밌어 웃음이 났다.

"백석 시인도 좋아하고 박경리 작가도 좋아해요. 어릴 때 그분들 책 읽으면서 많이 웃고 울고 했었어요."
"문학소녀?"

드디어 계단을 벗어나 걷기 시작했다. 낡은 차를 두고 나란히 걸으며 우리는 오래 알아 온 친구처럼 이야기를 나눴다.

"그렇다고 할 수 있죠. 난 어릴 때부터 책이 좋았어요. 갓 인쇄돼 나온 책의 잉크 냄새도 좋고, 오래된 책에서 나는 먼지 섞인 종이 냄새도 좋고. 손가락에 느껴지는 종이의 촉감이나 페이지를 넘길 때 나는 사라락하는 소리도 좋아요. 그 안에 담긴 글들은 말할 것도 없이 너무 좋고요."

"21세기 디지털 시대에 20세기 아날로그형 인간이네요."

"그죠. 이제는 종이책의 시대가 아니죠. 종이책을 좋아한다고 하면 다들 옛날 사람 취급하더라고요."

나는 저물어가는 종이의 시대를 생각하자 좀 우울해졌다. 세상은 너무도 빨리 변했다. 쌍둥이 사이에도 세대차를 느낀다는 말이 괜히 나온 말이 아니었다. 나의 세계인 잡지에 한정해도 그랬다. 내가 처음 잡지를 시작했을 때만 해도 사람들은 서점에서 잡지를 사보고 잡지에 나온 기사를 주제로 대화를 나누었었다. 기사 하나하나에 정성 어린 피드백을 건네는 독자들도 많았다.

하지만 지금은 아무도 잡지에는 관심을 가지지 않는다. 사람들의 관심이 사라지자 광고가 줄었고 광고가 줄어들자 책 볼륨이 줄어들었다. 이렇게 줄어들다가 아예 사라질지도 모른다. 〈그레이스〉의 현실이 그랬다. 엊그제 마감한 6월호만 해도 광고 비수기인 걸 감안하더라도 광고가 없어도 너무 없었다. 나는 나도 모르게 씁쓸한 한숨을 쉬었다.

"나도 책 좋아해요. 엄청 아날로그형 인간이에요"

상준이 변명하듯 말했다. 내 한숨을 자신이 아날로그형 인간이라고 말한 탓이라 생각하고 미안해하는 것 같았다.

"상준 씨도 옛날 사람일 줄 알았어요."

난 농담처럼 가볍게 받아쳤다. 나는 어느새 그를 '가이드님'이라 부르는 대신 이름으로 편하게 부르고 있었다. 만난지 얼마 되지 않았지만 상준과 나누는 얘기가 즐거웠다. 일과 관련되지 않은 주제로 이렇게 편하게 이야기를 나눠본 게 언제인지 기억도 나지 않았다.

휘가 어렸을 때는 모든 관심사가 휘에게 쏠려있었고, 6년 전 〈그레이스〉 편집장이 된 후로는 일 얘기밖에 하지 않았다. 인간 서경주는 사라지고 편집장 서경주, 휘 엄마 서경주로만 살아왔다. 두 가지 역할을 해내는 것만으로도 시간이 모자랐다. 그래도 훌륭히 해내고 있다고 자부했고 즐기고 있다고 만족했는데, 그렇지가 않았나 보다. 낯선 이와 나누는 별거 아닌 사소한 대화가 이렇게 편하고 즐거운 것을 보면.

목적 없이 거닐던 골목 끝에 오래돼 보이는 중고 서점이 눈에 들어왔다. 세월의 흔적이 고스란히 묻어 나는 낡은 간판에 서점 앞에 무심히 쌓여있는 먼지 쌓인 잡지들과 단행본들이 '진짜' 중고 서점 같았다. 서울에서는 이제 보기 힘들어진 중고 서점이 반가웠다.

"책 좋아하는 아날로그형 옛날 사람들끼리 저기 한번 가볼까요?"

상준을 이끌고 서점으로 갔다. 가까이 가서 보니 서점은 정말 오래돼 보였고 입구도 작았다. 작은 문을 열고 들어가자 다른 세상이 펼쳐진 듯 널따란 공간이 나왔다. 오래된 책부터 비교적 신간까지 다양한 책들이 천장에 닿을 듯 쌓여있고, 한쪽에는 오래된 LP와 CD 등이 쌓여있다. 뒤죽박죽 멋대로 쌓여있는 줄 알았는데 책장마다 도서관처럼 분류표가 붙어있는 것이 나름 장르별로 분류도 잘 돼 있다. 문학 서가에 서서 손에 잡히는 대로 책을 집어 펼쳐봤다. 노랗게 변색된 종이에 세로 읽기로 인쇄된 문고판 책들이 정겨웠다.

한결의 책장에도 세로로 인쇄된 문고판 책들이 많았다. 촬영할 때 소품으로 활용하기 위해 중고 서점에서 구입한 거라 했었는데, 딱 이런 책들이었다. 한결과 나는 마감이 끝나고 여유가 있을 때는 같이 소파에 누워 소품용으로 구입한 문고판 소설을 읽고는 했었다. 내가 페이지를 넘기면 한결은 아직 다 읽지 못했다며 다시 페이지를 넘겼고, 그러면 나는 빨리 읽으라고 한결을 재촉했고, 한결은 내게 읽어달라 졸랐었다. 내 인생에서 철없이 행복하던 때였다.

상준이 내 눈앞에 책을 펼쳐 보였다. 백석 시집에 실린 백석의 사진이다.

"아까 그렇게 찾던 백석 시인이에요."

상준의 말투가 조금 놀리는 듯 했다. 처음 만났을 때의 서걱거리던 무뚝뚝함이 사라진 것을 보니 내가 그에게 느끼는 것처럼 그도 나에 대한 낯선 거리감을 조금은 덜어낸 것 같다.

"진짜 잘생겼죠?"

난 백석 시인이 내 남자친구라도 되는 양 뿌듯한 얼굴로 책을 들어 상준의 옆에 비교하듯 놓았다.

"음, 보자. 날카로운 콧날은 좀 닮은 것 같고, 눈은 상준 씨가 조금 더 큰 것 같고……."

"그래서 누가 더 잘생겼어요?"

상준이 대놓고 포즈를 잡으며 시인과 경쟁하려 했다. 나는 그냥 풋 웃어버리고, 백석 시집을 훑어보았다. 페이지를 넘기다 '통영2'에서 멈췄다. 충렬사 앞에도 시비(詩碑)로 있던 시로, 백석이 짝사랑한 여자를 만나러 통영을 오가며 쓴 시이다. 나는 통영2를 읽다가 한 글귀에서 멈췄다.

"자다가도 일어나 바다로 가고 싶은 곳. 이 글귀 때문에 한동안 통영에 오고 싶어 했었어요. 얼마나 아름다운 곳이길래 이렇게나 가고 싶었을까?"

"그런데 왜 안 왔어요?"

"그러게요. 서너 시간이면 올 거리인데. 사는 게 바쁘기는 했어요. 제가 이래 봬도 5학년 초딩 아들을 키우는 싱글맘이거든요."

내 말에 상준은 머리라도 두드려 맞은 듯 엄청 충격 받은 얼굴을 했다.

"표정이 왜 그래요? 싱글맘인 게 그렇게 놀랄 일이에요?"

내가 고개를 갸웃거리자 상준이 얼른 표정을 수습하며 말했다.

"싱글맘인 게 놀라운 게 아니라, 초등학교 5학년 아들이 있다는 게 놀라워서요. 아무리 봐도 20대 후반으로 보이는데, 중학생 때 낳았어요?"

"네? 하하하하."

20대라니, 웬일이래? 상준의 대답에 소리내 크게 웃다가 주변 눈치를 보며 입을 다물었지만, 삐죽삐죽

웃음이 새어나왔다. 농담으로 한 말이든 아니든 기분은 좋았다. 내가 자꾸 웃자 이번에는 상준이 고개를 갸웃거렸다.

"20대 아니에요?"

"맞아요, 20대."

"그런데 왜 그렇게 웃어요?"

실실거리는 나를 상준이 미심쩍게 쳐다봤다.

"원래 20대는 굴러가는 낙엽만 봐도 웃음이 나고 그럴 때잖아요. 아, 굴러가는 낙엽은 사춘기인가? 아무튼 자꾸 웃음이 나네요."

나는 짐짓 시치미를 떼며 답했다. 그러면서도 상준에게 거하게 밥이라도 사야 하나, 싶었다. 20대로 보인다는 게 이렇게나 기분 좋은 것을 보면, 나이가 들긴 들었다.

"나도 딸 하나를 키울 예정인 싱글대디예요."

"키울 예정인 건 뭐예요?"

"딸이 지금은 애엄마랑 뉴욕에 있는데, 저와 살고 싶다고 해서요. 캐나다로 이민 가서 같이 살 예정이에요."

상준은 얼마 전 회사를 관두고 고향인 통영에 내려와 캐나다로 이민 갈 준비를 하며 지내고 있다고 털어놓았다. 오늘 가이드로 나온 것은 고향 후배의 부탁으로 대신 나온 거라는 얘기도 했다. 같은 싱글맘, 싱글대디라는 공통점 때문인지 상준이 더욱 친근하게 느껴졌다.

서가를 지나 음반들을 구경하다 상준이 카니발 CD를 발견하고 물었다.

"카니발 알아요?"

"당연히 알죠. 저 고등학교 때 카니발 노래 틀어놓고 수학문제 풀었어요. 지금도 카니발 노래 들으면 자동으로 근의 공식이 떠올라요."

"나도 카니발 노래 들으면서 공부했었는데……. 정말 좋아하던 앨범이었어요."

이번에는 내가 〈러브 액추얼리〉 OST를 찾아 상준에게 보여주었다.

"이건 어때요?"

"영화가 별로예요."

상준이 고개를 저었다.

"왜요? 이 영화 싫어하는 사람 거의 없던데. 크리스마스 영화는 안 좋아해요?"

"이 영화 개봉했을 때가 고등학교 2학년 겨울이었어요. 크리스마스 시즌 즈음이라 다들 연인 아니면 가족이랑 영화를 보러 왔더라고요. 나 혼자 그 사람들 틈에 끼어서 봤는데, 행복해하는 사람들 틈에 있으니 얼마나 더 우울하고 외롭던지, 그때 이후로 다시는 크리스마스 시즌에 영화 보러 안 가요."

"왜 혼자 가셨어요? 친구나 가족이랑 같이 가지."

"그냥… 그렇게 됐어요."

상준이 좀 머뭇거리다 답했다. 구체적인 이야기는 하고 싶지 않아 하는 것 같아 더 묻지 않았다.

"사실은 나도 이 영화, 극장에서 혼자 봤어요. 나도 그때 고등학교 2학년이었는데 같이 보기로 한 친구가 남자친구랑 보게 됐다고 당일에 약속을 취소했거든요. 그래서 혼자 씩씩대고 봤었어요."

"고등학교 2학년? 20대라면서요?"

상준이 의아해하며 반문했다. 농담인 줄 알았는데 진심이었던 거야? 오늘 정말 거하게 한 턱 내야 할 것 같다.

"설마 그걸 믿었어요?"

"와, 소영 씨, 보기보다 무서운 여자네요. 깜빡 속았어요."

상준이 과장해서 무서운 듯 굴다 웃었다. 나도 따라 웃었지만 조금 찔렸다. '소영 씨'라는 호칭이 걸렸다. 반나절도 안 돼 이렇게 격의 없이 말하는 사이가 될 줄 알았으면 처음 만났을 때 제대로 통성명할 걸. 지금이라도 사실대로 말하는 게 나을 것 같았다.

"후배가 대신 가이드해 달라고 부탁했을 때 거절했었는데, 끝까지 거절하지 않아서 다행이에요. 하마터면 소영 씨 같은 무서운 여자도 못 만날 뻔했잖아요."

친근하게 말하는 그를 보며 솔직히 말하고 사과하려 했다.

"저기, 상준 씨."

그를 부르는데 "전화 받으셩, 전화 받으셩~!" 외치는 귀여운 아이 소리가 들렸다. 조용한 서점 안을 두리번거리던 상준이 자신의 주머니에서 들리는 소리임을 깨닫고 황급히 서점 밖으로 나가며 전화를 받았다. 서점 창문으로 상준이 누군가와 통화하는 모습이 보였다. 나는 그를 기다리며 다시 서가로 돌아가 책들을 구경했다.

잠시 후 서점으로 돌아온 상준은 봉평동의 예쁜 카페에 가서 커피를 마시자고 했다. 상준을 대타 가이드로 밀어넣은 후배가 여자들은 예쁜 카페에 가는 것을 좋아한다고 전화로 알려줬단다. 여자와 데이트라는 걸 해본 적이 까마득한 상준이 못미더워, 나로서는 상준의 미모로 여자를 멀리해왔다는 게 잘 믿기지는 않지만, 후배가 조언했고, 상준은 연애 경험이 풍부한 후배의 조언을 기꺼이 따르려 했다. 나는 상준에게 내가 보던 책을 내밀어 보여주었다.

"카페보다는 여기 가보고 싶어요."

내가 보던 책은 통영의 섬들을 소개하는 여행책이었다. 한산도, 소매물도 등 여러 유명한 섬들이 있었는데 내가 가보고 싶은 섬은 바다에 핀 연꽃, 연화도였다. 언제 또 통영에 와서 이곳에 갈 수 있을까 생각하니 지금 당장 가고 싶어졌다. 갑자기 이루어진 즉흥 여행답게 오늘은 뭐든지 즉흥적으로 하고 싶다.

"가본 적 있어요?"

내 질문에 상준이 거드름을 피우며 잘난 척을 했다.

"저기요, 나 통영 사람이거든요?"

동네 뒷산보다 자주 갔었다며 자랑하던 상준은 통영 사람답게 배 시간을 먼저 체크했다.

"지금 가면 들어가는 배는 탈 수 있는데, 오늘 나오는 배편은 없을 거예요. 내일까지 섬에 있어야 해요."

"괜찮아요. 내가 언제 또 섬에서 하룻밤을 보낼 수 있겠어요? 같이 섬에 들어가자는 소리는 안 할 테니까 여객 터미널까지만 태워주세요."

상준은 낡은 차로 여객터미널까지 데려다주었다. 나는 차에서 내리기 전, 카니발 CD를 내밀었다. 상준 덕분에 통영에서 좋은 시간을 가질 수 있었고, 나처럼 그도 오늘을 좋은 추억으로 여기길 바라는 마음에서 준비한 소소한 선물이었다. 상준은 CD를 받고 백석 시집을 건넸다.

"오늘을 기념하는 의미에서."

그와는 통하는 것이 많았다. 좋아하는 음악, 영화, 책, 싱글맘&대디라는 것들도 비슷했지만 콕 집어 말할 수 없는 것들에서 통한다는 느낌을 받았다. 그러니까, 아, 하면, 어, 하는 것 같은 거랄까. 굳이 길게 설명하지 않아도 그는 내가 무슨 말을 하려는지 알아들었고, 나도 그와의 대화에서 편안함을 느꼈다. 그리고 오늘을 추억하기 위해 선물을 준비하는 것까지도 통했다.

아쉽지만, 오늘 하루 고마웠다는 작별 인사를 건네고 차에서 내리려는데 그가 잡았다.

"같이 가도 돼요?"

불쑥 튀어나온 말인지, 자신이 한 말에 나보다 더 놀란 얼굴을 했다. 그는 당황한 얼굴로 말을 이었다.

"어… 그러니까 통영에서의 일정은 내게 다 맡긴다고 했으니까… 연화도도 통영이고 그래서 내가 가이드를 해야 하지 않나 하는 거죠. 나도 연화도에 가본 지 오래됐기도 했고, 한번 가봐야지 하던 참이기도 했고, 내가 아주 잘 아는 곳이기도 하고 또……."

횡설수설 말을 이어가는 상준을 보며 나는 아주 잠깐 갈등했다. 이 남자와 같이 섬에 들어간다는 것은 밤도 같이 보내야 한다는 것이다. 옛날 영화나 드라마에서 보던 클리셰처럼 민박집에 방이 하나밖에 없다거나 해서 어쩔 수 없이 방 하나에서 같이 밤을 보내야 하는 일이 발생하면 어쩌지? 설마, 나 지금 내심 그런 걸 바라고 있는 거야? 서경주, 미쳤다. 나는 쓸데없는 걱정을 치워버리고 담백하게 말했다.
 "같이 가주면 저야 땡큐죠."

 연화도는 차를 가지고 갈 수 있는 섬이다. 나는 배에 실린 상준의 차를 사랑스럽게 봤다. 처음 봤을 때는 폐차장을 검색해 알려주고 싶을 정도로 불안했는데 지금은 든든하고 늠름해 보이기까지 했다.
 사람 마음이란 게 참 요사스럽다. 차는 변한 것 없이 그대로인데, 내 마음이 달라지니 차도 다르게 보인다. 상준에 대한 감정도 비슷했다. 상준에 대한 첫인상은 잘생긴 보헤미안 같다는 거였고, 그게 다였다. 몇 시간 어울리다 다시는 볼 일 없을 사람이라 생각해 '소영 씨'라 부르는 것도 상관없었는데, 그 몇 시간만에 아주 오래 알고 지낸 친구처럼 친숙함을 느끼게 됐다.

잡지사 편집장이라는 직업상 많은 사람들을 만나고 잘 어울리긴 하지만, 난 사실 그렇게 사교적인 성격은 아니다. 마음을 열고 친해지는데 많은 물리적 시간을 필요로 하는 사람인데, 상준에게는 왜 이럴까. 나는 연화도에 대해 설명하는 상준의 얼굴을 흘끔거리며 쳐다봤다. 어쩐지 심장 한편이 말랑말랑해지는 것 같기도 했다. 이런 말랑거리는 느낌을 가져본 게 얼마만인지 기억도 나지 않았다.

연화도는 여행책에서 본 소개글보다 훨씬 더 좋았다. 기대(?)와 달리 성수기가 아니라서 빈방이 많은 탓에 각각 오늘 하루 잘 방을 먼저 잡아놓고 드라이브를 했는데, 절경이 따로 없었다. 어릴 때부터 자주 왔었다더니 상준은 능숙하게 코스를 잡고 효율적인 동선으로 연화도를 돌아볼 수 있게 안내했다.

"지금도 예쁘지만 여름에 오면 더 예뻐요. 그때는 수국이 잔뜩 피거든요. 겨울도 좋아요. 붉은 동백꽃이 섬을 뒤덮어 피어요."

"여름의 수국, 겨울의 동백꽃, 봄의 들꽃. 사계절 꽃이 피는 섬이네요."

"그래서 이 섬 별명이 꽃섬이에요."

"어떤 계절의 섬을 좋아해요?"

"여름 수국이 필 때요."

상준은 어릴 때 엄마와 섬에 온 적이 있었는데, 온 섬에 활짝 핀 수국이 정말 아름다웠다고 했다. 그 말을 하는 상준의 표정이 아련하면서도 행복해 보여 여름의 수국섬을 보지 않았어도 본 것만 같았다. 나는 아마도 봄의 들꽃섬을 제일 좋아하게 될 것 같다.

 연화도에 왔으면 고등어회는 꼭 먹어봐야 한다는 상준의 강력 추천으로 저녁은 고등어회와 소주가 되었다. 아직 성수기가 아니라 관광객이 드물어 부둣가 횟집의 손님은 우리 외에 20대 커플 한 쌍이 다였다. 솜털이 보송보송 난 커플은 요즘 세대답게 애정 표현이 솔직하고 거침이 없었다. 누가 보거나 말거나 세상에 둘만 남은 양 뽀뽀를 하고 손깍지를 끼고 서로의 얼굴을 쓰다듬으며 한시라도 떨어지면 큰일이 나는 것처럼 끊임없이 스킨십을 했다. 좋을 때다.

 "부러워요?"

 내가 중얼거리는 것을 들었는지 상준이 내 앞에 물티슈와 물컵을 놓아주며 물었다. 나는 상준의 잔에 소주를 따랐다.

 "부럽죠. 아무 생각 없이, 걱정 없이 사랑만 할 수 있는 나이잖아요. 세상에 단둘만 존재하는 것처럼, 오로지 서로에게만 집중하는 사랑을 할 수 있는 때."

 "그런 사랑을 했었나 봐요?"

그런 사랑을 했었다. 처음으로 내 모든 것을 던져 사랑했던, 나의 첫사랑 한결. 그가 떠난 지도 어느새 12년이 지났다. 차마 죽지 못해 산다고 생각했었는데 언젠가부터 그를 떠올려도 눈물을 흘리지 않게 됐고 심장을 쥐어뜯듯 날카로웠던 통증도 무딘 통증으로 바뀌었다. 내 얼굴에 드리운 쓸쓸함을 눈치챘는지 상준이 내 잔에 잔을 부딪쳐 건배하며 술을 권했다. 나는 상준을 따라 술잔을 비웠다.

"지금도 늦지 않았어요. 아무 생각 없이, 걱정 없이 사랑하면 되잖아요."

"그러고 싶지만, 그럴 수 없어요. 사랑만 하기에는 챙겨야 할 것도 많고 책임져야 할 것도 많아요. 20대처럼 사랑만 할 수 있는 나이는 예전에 지났어요."

나는 한숨처럼 말을 이었다.

"20대였던 게 엊그제 같은데 벌써 마흔이 코앞이에요. 언제 이렇게 시간이 흘렀는지 모르겠어요. 빨리 시간이 흘러 파파할머니가 되면 좋겠다고 생각한 적도 있었는데……."

지방 촬영을 갔다 온다던 한결이 교통사고로 응급실도 아니고 영안실에 있다는 연락을 받았을 때, 나는 누가 아주 못된 장난을 치는 줄 알았다. 영안실에 누워있는 한결을 눈으로 보고도 믿지 못했다. 일주일을 앞두었던 결혼식은 한결의 장례식이 되었고, 자꾸만 까무러지다 입원한 나는 병원에서 한결의 아이를 임신했다는 것을 알았다.

한결 없이 휘를 낳고 키우면서도 나는 사는 게 죽음보다 더한 고통으로 느껴졌다. 빨리 시간이 흘러 한결을 잊기를, 아니면 한결의 곁으로 가게 되기를 바랐었다. 시간은 더디면서도 꾸준히 흘렀고 휘와 이모 덕분에 나는 한결을 죽음같은 아픔 대신 그리움으로 남기게 됐다.

한결에 대한 의리를 지키느라 그동안 연애나 결혼을 하지 않았던 것은 아니다. 사랑이라는 것을 하기에는 내 삶이 너무 고되고 바빴다. 불행인지 다행인지 눈에 들어오는 남자도 없었다. 한결 외의 남자에게 이성적인 호감을 느낀 것은 지금 눈앞에 있는 남자가 유일하다. 나는 지금 상준에게 이성적으로 끌리는 것을 인정하고 있다. 내가 다른 남자에게 한눈파는 것을 한결이 알면 서운해 할까? 서운해도 할 수 없다. 그러게 누가 그렇게 빨리 가랬나. 괜히 울적해졌다. 심란하기도 했고, 낯선 남자에게 설레어하는 내가 낯설기도 했다. 더 생각하기 싫어 갑자기 생각난 듯 손뼉을 치며 진부한 대사를 읊었다.

"별 보러 가요. 서울 촌년이라 그런가, 이런데 오면

꼭 별이 보고 싶어져요."

 상준이 별 보기 좋은 장소라며 바닷가 근처로 데려갔다. 부둣가 불빛에서 멀어지며 사방이 캄캄해져 갔다. 상준이 핸드폰 플래시를 켜고 내가 잘 걸을 수 있도록 발 앞을 비춰주었다. 이끄는 대로 따라가다 발을 잘못 딛고 짧게 비명을 지르자 상준이 손을 내밀었다. 나는 상준이 내민 손을 잡았다.
 상준은 내 걸음에 맞춰 천천히 걸어주었다. 맞잡은 손이 따뜻했다. 5월의 밤바다는 아직 서늘해 한기가 돌았었는데 상준의 손에서 전해지는 온기가 한기를 덜어내 주는 것 같았다. 어쩌면 조금씩 빨라지고 있는 내 심장박동이 한기를 밀어내고 있는지도 모른다.
 손만 잡았을 뿐인데도 이상하게 긴장이 됐다. 난 사춘기 소녀가 아니고, 남자와 담 쌓고 지낸 조선시대 수절 과부도 아닌데, 마흔이 코앞인 아줌마가 손 하나 잡은 걸로 긴장하는 게 말이 되나. 무슨 말이라도 해서 이 어색한 침묵을 깨고 싶었지만 아무 말도 떠오르지 않았다. 슬쩍 올려다보니 플래시 불빛에 비친 상준은 덤덤히 앞만 보고 있다. 그는 전혀 긴장한 것 같아 보이지 않았다.
 나는 나 혼자 긴장하는 것 같아 민망해졌다. 처음

만난 남자에게 홀려 마음을 열더니 이제 혼자 북치고 장구치며 한결이 서운해 할까 별 생각을 다하며 옆의 남자를 의식하고 있다. 대체 왜 이러는지, 바람이라도 들었나 왜 마음이 살랑거리는 건지.

생각해 보니 다 동숙 이모 때문인 것 같다. 아침부터 이모가 남자 만나 연애하라고 바람을 넣어서 싱숭생숭해져 있던 참에 상준이 타이밍 좋게 등장해서 의식하게 된 게 틀림없다. 게다가 오늘 날씨도 너무 좋았고, 여기 풍광은 또 얼마나 낭만적인가. 상준이 아니라 그 누구와 함께였어도 이런 마음이지 않았을까, 하다가 쓸데없는 핑계는 그만두기로 했다. 나는 다른 누구도 아닌 상준에게 설레고 있다. 첫인사를 나눈지 열 시간도 되지 않은 상준에게, 느닷없고 예상치 못한 일이지만, 끌렸다.

하지만 거기까지이다. 한결에 대한 미안함 때문이 아니라 상준의 상황 때문이다. 조만간 캐나다로 이민을 갈 남자와 무엇을 할 수 있겠는가. 이 나이에 장거리 연애를 할 것도 아니고, 설렘에서 그치는 게 맞다. 내 심장이 소생 불가하게 딱딱하게 굳어있는 것은 아니라는 것을 확인한 것만 해도 오늘의 수확이다.

얼마 안가 상준이 말한 장소에 도착했다. 상준이 자신한 대로 밤하늘 가득 별들이 반짝였다. 시선이 닿는 곳 저 멀리까지 별들이 펼쳐져 있었다. 어둠이 어느 정도 눈에 익자 철썩이는 파도를 밀어내는 밤바다도 어슴푸레 보였다. 나는 나도 모르게 작게 탄성을 질렀다. 검은 실크에 박아놓은 크리스털처럼 반짝이는 별들과 재즈처럼 불규칙한 선율을 선사하는 파도 소리가 환상적으로 어우러졌다. 우리는 모래사장을 걷다가 적당한 곳을 찾아 앉아 밤하늘을 바라봤다.

구름에 가려졌던 달이 나오며 사위가 조금 더 밝아졌다. 밤하늘을 바라보다 문득 시선을 돌리자 나를 바라보고 있던 상준과 눈이 마주쳤다. 눈이 마주친 상준은 처음에는 당황하는 듯 하다 뭔가 말하려고 하는데, 갑자기 경쾌한 웃음소리가 들렸다. 웃음소리가 들리는 곳을 보니 부둣가 횟집에서 만났던 20대 커플이 커다란 웃음을 날리며 폭죽을 터트리고 있었다. 팡팡 터지는 폭죽 소리와 불빛이 어수선하게 밤을 밝혔다. 나는 잠시 20대 커플을 보다 상준을 쳐다봤다.

"무슨 말 하려고 했던 거 아니에요?"

상준은 잠시 갈등하는 눈빛을 하다 고개를 저었다.

"아뇨. 이만 갈까요?"

"네. 이곳에 데려와줘서 고마워요."

"마음에 들었다니 다행이에요."

짧은 대화를 끝으로 상준은 민박집으로 돌아오는

내내 말이 없었다. 방에 들어가는 내게 언제 준비했는지 세면도구가 든 봉투를 내밀며 잘 자라 인사한 게 다였다. 그의 군더더기 없는 깔끔한 태도가 왠지 모르게 아쉬웠지만 한편으로는 다행이었다. 그가 손을 내밀었다면, 나는 바닷가에서처럼 또다시 그의 손을 잡고 또 다른 곳으로 갔을지도 모른다.

우리는 아침 일찍 첫 배를 타고 통영으로 돌아왔다. 나는 여객터미널 앞에서 상준에게 악수를 청했다.
"반가웠어요. 덕분에 즐거운 여행이었어요."
"벌써 가려고요?"
상준이 아쉬운 얼굴을 했다. 어젯밤 바닷가 이후 계속 딱딱하게 굴었던 것을 생각하면 의외의 반응이었다.
"가봐야죠. 지금 출발해도 집에는 저녁 즈음 들어갈 거 같아요."
"버스터미널로 가세요?"
"아뇨. 진주역에 가서 KTX를 타려고요."
"그럼 진주역까지 데려다줄게요."
"네, 데려다주세요."
진주까지 갔다가 혼자 돌아올 상준을 생각하면 나 혼자 가는 게 효율적이고 합리적이다. 평소라면 굳이 그럴 필요 없다고 거절했겠지만 지금은 거절하고 싶지 않았다. 지금 헤어지고 나면 다시 보지 못할 남자지만, 그러니까 한두 시간 정도 더 같이 있어도 괜찮지 않을까 싶었다.

상준의 낡은 차가 해안도로를 달렸다. 통영 바다가 스쳐 지나갔다. 어제도 지나갔던 길인데, 아주 오래전의 일처럼 느껴졌다. 조금 더 천천히 달려도 좋겠다는 생각을 하는데, 차가 내 생각이라도 읽은 양 털털거리더니 갑자기 시동이 꺼져버렸다. 상준이 여러 번 시동을 켜려 시도했지만 소용이 없었다. 결국 견인차를 불러 근처 카센터로 가야 했다. 카센터 사장은 차를 보자마자 고개를 절레절레 흔들더니 보닛을 열어보고는 고치려면 최소 일주일은 필요하다고 했다.

"미안해요. 데려다주겠다고 하고선 이렇게 돼 버렸네요."

상준이 겸연쩍어하며 사과했다.

"아니에요. 택시 불러서 가면 돼요."

앱을 열어 택시를 호출하려고 하는데 카센터 사장이 장사꾼 미소를 지으며 다가왔다.

"데이트하려면 뭐 탈 게 필요할 텐데, 스쿠터라도 빌려드릴까? 내가 싸게 빌려줄게요. 우리가 스쿠터 대여도 하거든. 저 고물차보다는 백배 나을 걸."

상준이 나를 쳐다봤다. 나는 3분 거리에 택시가 있다는 안내문을 무시하고 조용히 택시 호출 앱을 껐다.

"다행이에요. 그찮아도 주변에 택시가 없다고 떠서 어떡해야 하나 싶었는데."

카센터 사장의 스쿠터는 아담하고 예뻤다. 여자 혼자 타기에 적당해 보였다. 상준과 내가 스쿠터 크기에 난감한 얼굴을 하자 사장이 일단 한번 타보라고 권했다.

"타보면 보기보다 안 작아요. 타봐요. 이 정도면 둘이 타기 딱이지."

헬멧까지 씌워주며 권하는 사장의 권유에 상준이 앞에 타고 나는 뒷자리에 앉았다. 사장의 말대로 보기보다 작지는 않았지만 넉넉하지도 않아서 상준의 등에 밀착해 붙어야 했다. 잡을 만한 곳을 찾아 이리저리 살펴보는데 상준이 머뭇거리며 말했다.

"허리를… 잡는 게 좋을 거 같은데요."

"어… 그럴까요?"

나는 두 팔로 조심스레 상준의 허리를 잡았다. 상준이 시동을 걸고 다시 도로를 달렸다. 탈탈거리며 달리는 스쿠터도 나쁘지 않았다. 자동차보다 느린 속도도 괜찮았다. 우연히 시작된 여행의 마무리로 완벽한 것 같다, 라고 만족하는 순간 갑자기 빗방울이 떨어지기 시작하더니 금세 빗줄기가 굵어졌다. 예보에도 없던 소나기에 당황한 상준이 서둘러 어느 건물 처마 아래 스쿠터를 세우고 비를 피했지만 이미 홀딱 젖어 버린 후였다. 상준이 미안해서 어쩔 줄 몰라했다.

"미안해요. 아, 오늘 왜 이러지. 계속 실수 연발이네."

"날씨가 왜 상준 씨 실수예요? 그냥 운이 좀 나쁜 거죠."

자동차가 고장나 스쿠터로 마무리하나 싶었는데 소나기까지 맞게 될 줄이야. 통영에서 우연과 사고가 연속되는 돌발 여행의 진수를 경험하게 될 줄은 몰랐다. 어이없기도 하고 재미있기도 했다. 비에 젖어 얼굴에 달라붙는 머리카락을 떼어내고 옷자락을 쥐어짜 털어냈지만 그다지 효과가 있지는 않았다. 그걸 본 상준이 말했다.

"이렇게 젖어서 서울까지 어떻게 가죠?"

"가다 보면 마를 거예요."

나는 아무렇지 않게 웃었지만 상준은 계속 미안해 어쩔 줄 모르겠다는 얼굴을 했다.

"괜찮으면 우리 집에 갈래요? 가서 씻고 옷도 말려서 가요."

그렇게 묻는 상준의 표정은 아주 조심스러웠다. 자

신의 집으로 가자고 하는 것을 내가 어떻게 받아들일지 걱정하는 것 같았고, 좀 긴장한 것 같기도 했다. 어쩌면 내가 긴장해서 그렇게 보이는 것일지도 모르겠다. 나는 나를 걱정했다. 그의 집으로 따라가도 될까? 이런 마음으로? 나는 상준에게서 눈을 돌려 내리는 비를 바라봤다. 굵은 비가 멈출 줄 모르고 계속 내리고 있었다.

스쿠터 위에서 내리는 비를 온몸으로 맞으며 도착한 상준의 집은 작은 마당이 있는 아담한 단층 주택이었다. 상준이 마당에 스쿠터를 세우고 집안으로 안내했다. 밖에서 보기와 달리 안은 꽤 넓었다. 방이 세 개나 되고 욕실도 두 개에 거실도 널찍했다. 상준이 서둘러 갈아입을 옷을 찾아 건넸다. 새것 같은 맨투맨 티셔츠에 반바지.

"여자 옷이 없어서······. 그래도 내 옷 중에 가장 새 옷이에요. 옷이 마를 때까지 입고 있어요."

"그럼, 잠깐 실례할게요."

나는 상준이 건네준 옷을 들고 욕실로 들어갔다. 하얀 색 타일의 욕실은 깔끔했고 미니멀했다. 샴푸와 바디워시 등 꼭 필요한 것 외에는 휑하리만큼 아무것도 없었다. 집주인의 성격이 보였다. 나는 거울 속 나를 낯설게 봤다. 어제 아침에만 해도 존재조차 몰랐던 낯선 남자의 집 욕실에서 물에 빠진 생쥐꼴로 얼굴을 붉히고 있는 나.

샤워기 아래 서서 어제 상준의 젖은 머리카락에서 났던 풀내음이 나는 샴푸로 머리를 감았다. 싱그러운 풀내음이 욕실에 퍼졌다. 추억은 후각에 민감하다고 하던데, 이러다 공원을 산책할 때마다 상준을 생각하게 되는 건 아닌지 모르겠다.

씻고 나오자 상준도 그새 씻었는지 젖은 머리를 한 채 세탁기를 돌리고 있다. 창밖으로 잠깐 그쳤던 비가 다시 내리고 있는 것이 보였다. 인기척에 상준이 돌아서서 나를 봤다. 나는 내게는 긴 상준의 티셔츠 소매를 걷어 올렸다.

"어때요? 잘 어울려요?"

내가 묻자 상준이 미소지었다.

"맞춘 것처럼 잘 어울리는데요. 차 마실래요?"

"좋죠."

나는 상준이 차를 준비하는 동안, 양해를 구하고 집 구경을 했다. 소파가 있는 거실과 침대가 있는 방은 욕실처럼 군더더기 하나 없이 단정하고 깔끔했다.

"원래 이렇게 깔끔하게 하고 지내요?"

"깔끔한가요? 난 잘 모르겠는데."

"이게 깔끔한지 모르겠다니, 우리 집 와서 보면 기절하겠다."

방문을 열어 보자 작은 방 안에는 어린 여자애가 좋아할 인형부터 축구공, 스케이트, 게임기 등 사춘기 아이들이 좋아할 물건까지 갖가지 취향의 물건들로 가득했다. 한쪽 벽에는 뜯지 않은 선물 포장된 상자들이 가득 쌓여있었는데, 밑으로 갈수록 포장지가 낡은 것을 보니 오래전부터 하나씩 마련해 놓은 것 같았다.

"아이가 뭘 좋아할지 몰라서 이것저것 사다 보니 이렇게 됐어요."

어느새 다가온 상준이 찻잔을 내밀며 말했다. 나는 찻잔의 따듯한 온기를 느끼며 상준을 쳐다봤다.

"아이가 보면 좋아하겠어요."

"그럴까요?"

"그럼요. 꼭 산타클로스 가방 속 같아요. 우리 아들이 봤으면 아주 환장했을 거예요."

내 말에 상준이 풋 웃었다. 그 바람에 마시던 차가 내 얼굴에 튀었다. 상준이 당황해하며 손으로 내 얼굴을 닦았다.

"미안해요."

"괜찮아요."

나는 허둥대며 내 얼굴을 닦으려 하는 상준의 손을

잡고 상준을 쳐다봤다. 이제는 나도 모르겠다. 이런저런 핑계는 됐다. 나는 이 남자에게 반했고, 몇 시간 뒤 이 남자를 다시는 볼 수 없게 된다 하더라도 지금은 이 남자를 원했다. 상준은 내 눈을 피하지 않았다. 나를 바라보는 상준의 눈빛이 뜨거웠다. 그를 바라보는 내 눈빛도 그보다 더하면 더했지 다르지 않을 것이다.

한걸음 상준을 향해 다가섰다. 상준이 손을 들어 내 얼굴을 조심스레 어루만졌다. 심장이 빠르게 뛰었다. 상준의 고개가 천천히 내게로 기울어졌고, 그의 숨결이 내 입술에 닿았다. 그때 세탁 종료음이 울렸다. 종료음은 끊어질 듯 끊어지지 않고 집요하게 계속 울렸다. 상준이 아쉬운 얼굴로 고개를 들었다.

"세탁이 다 됐나 봐요. 건조기에 말려줄게요."

그가 내 옷을 건조기에 넣기 위해 다용도실로 가자 나는 참았던 숨을 내쉬었다. 심장이 미친 듯이 뛰었다. 이러다 입으로 심장을 토해낼 것만 같았다. 나는 가슴에 손을 얹고 깊이 심호흡을 했다. 키스하려다 숨이 멎어 돌연사한 여자로 뉴스에 나오고 싶지는 않다.

나는 거실 구석에서 CD 플레이어를 찾아 카니발 CD를 플레이시키고 소파에 앉았다. 건조기를 작동시키고 온 상준이 거리를 조금 두고 내 옆에 앉았다.

우리는 벌을 서는 학생들처럼 어색하게 앉아 차를 마시며 음악을 들었다. 비 오는 소리에 섞여 카니발의 노래가 흘렀다. '프렐류드'가 끝나고 '롤러코스터'가 시작될 때쯤 난 더 이상 이 어색하고 긴장된 분위기를 감내할 수 없어 말했다.

"키스할래요?"

우리는 누가 먼저라고 할 것도 없이 서로의 얼굴을 감싸며 뜨겁게 키스했다. 그의 혀에서 좀 전에 마신 얼그레이의 쌉싸름한 맛이 났다. 그의 입술이 닿는 곳마다 열꽃이 피어오르는 것 같았다.

"나… 사실은… 어젯밤부터 이러고 싶었어요."

"난 상준 씨가 갑자기 말이 없어져서 불편해하는 줄 알았어요."

"말하면, 키스하고 싶다고 할 것 같아서, 말을 할 수가 없었어요."

"나도 그랬는데. 난 나만 그런 줄 알았는데……. 말하지 그랬어요."

목덜미에 닿아있는 상준의 입술이 웃는 듯 움직이는 것이 느껴졌다. 미래니 이민이니 장거리 연애니 그런 거는 생각하지 말자. 지금 이 순간에 충실하자. 카르페디엠. 내가 상준의 티셔츠를 끌어올리자 상준이 마저 벗으려 했다. 그런데 이번에는 건조기 종료음이 울려댔다.

"아, 건조기……."

상준이 낮게 중얼거렸다. 나는 그가 또 일어나 건조기로 갈까 봐 그의 티셔츠를 마저 벗기고 내가 입고 있던 상준의 티셔츠도 벗어던졌다

"건조기 따위, 신경 꺼요."

우리는 사랑을 나누었다. 나는 그를 사랑하지는 않는다. 적어도 아직은 아니다. 내가 그에게 느끼는 감정은 강렬한 호감이 적확할 것이다. 그러니 우리는 호감을 나누었다라고 해야겠지만, 수사적 표현으로 섹스를 '사랑을 나누었다'라고 하니까, 우리는 뜨겁게 사랑을 나누었다. 어쩌면 정말 사랑을 나누었을지도 모르겠다.

아까부터 반복돼 플레이되는 카니발의 노래를 따라 흥얼거리는데, 상준이 내 허리를 감싸안으며 끌어당겼다. 등 뒤에서 느껴지는 상준의 체온이 따뜻했다. 소파가 생각보다 넓지 않아 우리는 포개놓은 숟가락 두 개처럼 꼭 붙어있었다. 나는 내 허리를 감싸고 있는 상준의 팔을 가만가만 만지며 말했다.

"비가 그친 것 같아요."

아까부터 빗소리가 들리지 않았다. 거실 안으로 들

어오는 햇빛도 어느새 기울어지고 있었다. 가야 할 시간이다.

"조금만 더 있다 가요."

상준이 힘을 줘 더욱 당겨 안았다. 귓가에 닿은 상준의 숨결이 간지러워 나는 옅게 웃었다. 나도 조금만 더 있다 가고 싶었다. 그래서 진즉에 떠났어야 했음에도 조금만 더 있다 가라는 상준의 말을 네 번째 들으며 아직도 이러고 있다.

"이제 진짜 가야 해요. 이러다 버스까지 놓치겠어요."

기차는 이미 늦었고 버스를 타고 올라가야 했다. 여차하다가 버스 막차까지 놓치면 큰일이다. 상준이 나를 힘껏 껴안았다 놔주며 일어났다.

"데려다줄게요."

나는 다시 스쿠터 뒷자리에 앉아 상준의 허리를 잡았다. 비에 씻긴 말간 하늘에 빨갛게 노을이 내리고 있었다. 나를 둘러싼 세상이 비현실적으로 아름다워 통영에서의 일이 모두 꿈이었던 것은 아닌지 의심이 됐다. 문득 오래 전 봤던 영화가 생각났다. 영화 속 주인공은 우연히 만난 남자와 사흘인가 나흘 동안 나눈 사랑을 평생 간직했었다. 그런 짧은 만남을 평생 간직할 수가 있나, 그때는 주인공이 너무 순수하다고,

말이 안된다고 생각했었는데, 지금은 그 심정이 이해됐다. 나는 가만히 상준의 등에 기대며 앞으로 평생 통영을 그리워하게 될 거라는 생각을 했다.

"캐나다에는 언제 가세요?"

버스터미널에서 서울행 버스가 들어오기를 기다리며 물었다.

"다음 주에요."

"아… 그렇구나."

나는 처음 듣는 것인양 고개를 끄덕였다. 그를 만났을 때부터 알고 있었음에도 왜 자꾸 묻는 건지 스스로도 모르겠다. 열 번쯤 물어보면 대답이 달라지리라 기대하는 것도 아니고. 온 지구가 인터넷으로 연결되고 마음만 먹으면 어디든 갈 수 있는 지구촌 시대라고 하지만, 통영도 아니고 캐나다에 있는 사람과 인연을 이어가기란 불가능에 가깝다. 이 남자를 다시 만날 일이 있을까 생각하는데 상준이 물었다.

"우리 다시 만날 수 있을까요?"

나도 궁금했다. 다시 만날 수 있을까. 다시 만나고 싶지만 힘들겠지.

"행운을 빌어요."

나는 상준에게 손을 내밀며 웃었다. 그는 내 손을 잡고 웃어주었다. 그렇게 그와 손쉽게 이별했다.

버스는 서울을 향해 쉼 없이 달렸다. 버스 안은 조명을 내려 어두웠고 창밖도 깜깜했다. 창문에는 내 얼굴만 희미하게 비쳤다. 나는 어두운 창밖에 시선을 두고 상준과의 일을 떠올렸다. 낡은 차에서 내리던 상준의 모습부터 하나씩 떠올려보다 그에게 내 이름을 끝내 밝히지 않은 것이 생각났다. 하루면 잊힐 인연이라고 해도 제대로 통성명을 했어야 했는데. 이름을 밝힐 몇 번의 기회를 놓친 게 후회됐다. 핸드폰을 열고 문자를 입력했다.

"내 이름은 서경주예요. 어쩌다 보니 이름을 정확히 알려드리지 못했어요. 우리가 다시 만나든 만나지 못하든 내 이름을 알려드리고 싶었어요. 우리가 다시 만나게 된다면, 그건 운명일 거예요. 나는 운명에 내 행운을 걸어볼게요."

나는 문자 발송 버튼을 누르며 상준에게 내 진심이 닿기를 바랐다.

매거진사업부의 저승사자

 도어락 누르는 소리가 들리더니 동숙 이모의 활기찬 발소리가 들렸다. 새벽 강습을 마치고 돌아오는 것이다. 이모의 발소리를 들으며 나는 길게 기지개를 켜고 일어났다. 컨디션이 나쁘지 않았다. 7월호 마감을 끝내고 3일 동안 빈둥거리며 쉰 덕이다. 아쉽게도 오늘부터는 다시 출근해야 하지만. 거실로 나가자 이모가 그새 주방에 서서 호박을 자르며 찌개를 끓이려 하고 있다.
"이모, 내가 할게. 좀 쉬셔."
"됐어. 내 손이 더 빨라. 넌 가서 출근 준비나 해."
"괜찮아. 아직 시간도 이른데?"
"아우, 비켜, 길 막지 말고. 정 심심하면 커피나 마시던가."
 이모가 밀어내는 바람에 나는 이모가 아침에 내려놓은 커피를 잔에 따르고 아일랜드 식탁 의자에 앉았다. 오늘처럼 강경하게 밀어낼 때는 순순히 따르는 게 좋다. 괜히 버티다 이모를 버럭하게 만들면 듣지 않아도 될 잔소리를 한 시간은 듣게 될 거다. 나보다 이모 손이 빠르고 솜씨도 훨씬 좋은 것이 사실이기는 하니까. 나는 커피를 홀짝이며 아침 준비를 하는 이모를 봤다. 가볍고 효율적인 움직임이 춤추는 것처럼 리드미컬했다. 이모의 에어로빅처럼 보기 좋았다.

"새벽 타임 안 피곤해? 센터에 얘기해서 시간 좀 조정하면 안되나? 아침으로 몰거나 저녁으로 몰거나. 새벽에 한 타임, 밤에 한 타임은 너무하잖아."

"난 좋아. 일부러 미라클 모닝도 하는데 새벽 타임 때문에 하루를 일찍 시작할 수 있잖아."

이모는 자른 호박을 찌개에 넣고 이제는 달걀말이를 하려고 달걀을 풀며 경쾌하게 대답했다.

"그럼 밤 타임이라도 관둬요."

"그걸 왜 관둬? 집에 있어봤자 TV나 볼 텐데, 그 시간에 나가서 돈 벌면 땡큐지."

"와, 역시 긍정왕. 인생은 이모처럼 살아야 하는데."

작년 말에 새로 온 문화센터 최주임은 나이 든 강사 고동숙을 좋아하지 않았다. 센터의 변화를 외치며 젊은 강사들로 물갈이하고 싶어 했는데, 이모와의 계약이 남아있어 뜻대로 할 수가 없었다. 이모에게 계약 해지하고 나가달라는 말을 돌리고 돌려 은근히 암시했는데 이모는 그걸 못 알아듣고 더욱 열심히 하겠다며 파이팅을 외쳤더랬다. 그러자 답답해진 최주임은 분풀이라도 하듯 젊은 강사들이 꺼리는 새벽과 밤 타임만 골라서 이모에게 주었다. 그렇게 하면 알아서 나가리라 기대한 것 같은데, 천만의 말씀이다. 우리 이모가 어떤 사람인데. 씩씩한 고동숙은 '더 좋아!'를 외치며 새벽과 밤 타임 모두 아주 잘 수행하고 있다.

우리 고동숙 여사는 최소 10년은 더 쌩쌩하게 에어로빅 강사로 활동할 체력과 능력이 된다. 나이 말고는 젊은 강사보다 뭐 하나 부족한 게 없는데도 밀려나야 하는 현실이 서글프다. 여기서 서글퍼하는 건 나다. 이모는 뭐하러 아직 일어나지도 않은 일을 미리 당겨서 서글퍼하냐며, 걱정해서 해결될 일은 없으니 하루하루 행복하면 된다는 주의다. 달리 긍정왕 고동숙이 아니다.

이렇게 매사 긍정적이고 현실적인 이모도 사서 걱정하는 것이 딱 하나 있는데 그건 바로, 나다. 이모는 내가 혼자 나이 들어가는 것을 아주 못마땅해 한다. 몇 년 전만 해도 은근히 암시만 주는 정도였는데 이제는 시도 때도 없이 대놓고 남자 좀 만나라고 강요하고 있다. 이제라도 늦지 않았으니 좋은 남자 만나 알콩달콩 살았으면 좋겠는데 눈 씻고 봐도 너한테는

영 그런 기미가 안 보여 밤잠을 설친다고, 잔소리를 해댔다. 벌써 몇 달째다.

뚝딱뚝딱 달걀말이를 완성한 이모가 내 앞에 앉았다.

"경주야,"

불러놓고 말을 하지 않는다.

"왜 불러놓고 말을 안해?"

이모는 답지 않게 한참을 머뭇거리다가 입을 열었다.

"나 사고 쳤다."

"무슨 사고? 보증 섰어? 아님 교통사고? 누구랑 싸웠어? 이모가 누구한테 맞았을 리는 없고. 때렸어? 껌값 달래? 얼마나 달래?"

"얘는. 내가 깡패니?"

이모가 가볍게 눈을 흘겼다.

"그런 게 아니면 무슨 사고? 뭔데요?"

"너, 결혼정보회사에 등록했어."

"이모!"

내가 꽥 소리를 지르자 이모는 머뭇거리던 태도를 벗어던지고 뻔뻔하게 나왔다.

"아니 그러니까 내가 이러기 전에 네가 알아서 연애했으면 좋았잖아. 네가 아무것도 안 하는데 나라도 나서야지. 안 그래? 입장 바꿔서 네가 나라면 안 그럴 거 같아?"

"어, 나라면 싫다는 사람 의견 존중해서 안 그럴 거야. 환불해요."

"아, 몰라. 낙장불입이야. 환불 못해."

"거기가 어딘데? 앞장 서. 아냐. 이름만 말해. 내가 가서 환불해 올게."

"환불 불가로 싸게 했어. 계약서에 도장도 쾅, 찍었고. 환불 절대 안돼."

"내가 못 산다, 진짜."

완강하게 버티는 이모에게 짜증을 냈다. 이모가 내 생각을 해서 그랬다는 것은 알지만, 싫은 건 싫은 거다.

"아침부터 왜 싸워?"

시끄러운 소리에 깼는지 깨우지도 않았는데 휘가 눈을 비비며 나왔다. 이모가 평소보다 더 반색하며 휘를 껴안았다.

"아이고, 우리 못난이, 학교 가야지. 할머니가 세수 시켜 줄까?"

"세수 나 혼자 하는데……."

혼자 하겠다는 휘를 굳이 해주겠다며 데리고 가는 이모를 보며 한숨을 쉬었다. 이모가 남자 얘기를 하는 게 싫었다. 예전에도 싫었지만 지금은 더 싫었다. 남자 얘기를 하면 상준이 생각났다.

통영에서 돌아온지 이제 겨우 한 달이 지났을 뿐인데도 상준의 얼굴이 또렷하게 떠오르지 않았다. 그날의 분위기, 그때 느꼈던 감정, 손에 닿았던 촉감, 키스, 섹스, 다 꿈을 꾼 것처럼 아련했다. 어쩌면 진짜로 꿈을 꾼 것일지도 모르겠다는 생각을 했다. 아름다운 풍광에 홀려 신기루 같은 봄날의 꿈속을 헤맨 것일 수도. 그렇게 낯설고 강렬한 경험을 실제로 했을 리가 없다.

나는 화장대 앞에서 출근 준비를 하다 옆에 놓여있는 백석 시집을 집어들었다. 상준이 꿈이 아니었다는 증거. 아니, 이것도 스스로 구입해 놓고 아닌 양 착각하고 있는 것일지도 모른다. 나는 가만가만 시집을 쓰다듬었다. 마음이 날아올라 상준에게로 가려 했다. 그를 기억하고 그리워하려 했다. 통영에서 돌아온 후 한동안 가슴앓이를 했던 것처럼. 나는 고개를 흔들어 생각을 떨쳐냈다. 출근해서 할 일이 많았다. 한가하게 기억이나 더듬고 있을 때가 아니다.

출근해서 컴퓨터 전원 버튼을 누르는데 카톡이 왔다. 옆 사무실의 인테리어 월간지 〈라벨라 La Bella〉

의 편집장 민부장이 보낸 것이다.
 - 휴게실로! 지금 당장!!!

 내용은 한 줄인데 느낌표만 찍힌 톡이 연달아 왔다. 성격 급한 민부장이 잘하는 짓이다.

 휴게실에 가자 민부장과 패션지 〈패션 Passion〉의 차부장이 손을 흔들었다. 내가 다가가자 차부장이 미리 준비해 둔 내 몫의 커피를 내 앞으로 밀어주었다.

 민부장과 차부장, 나, 우리 셋은 나이도 비슷하고 잡지 경력도 비슷하고 편집장을 단 시기도 비슷해 자주 어울리는 편이다. 그렇다고 친구라는 것은 아니다. 마감이 아닐 때는 휴게실에 모여 모닝커피도 같이 하고, 회사에서 부당한 요구를 할 때는 합심해 이의를 제기하기도 하고, 아주 가끔은 퇴근 후 술 한잔을 하기도 하지만, 사람들이 친구냐고 물으면 셋 다 아니라고 답한다.

 나는 민부장의 기민한 처세술을 좋아하지 않고, 민부장은 차부장의 무던한 성실함을 답답해하며, 차부장은 나를 편해하지 않는다. 친구라고 하기에는 상호간 공감이 없다. 그래도 동료로서 서로를 인정하는 동료애는 있으니, 굳이 말하자면 동종업계 동료이자 선의의 경쟁자 정도의 관계라 할 수 있다.

 마당발에 온갖 루머와 소식들에 빠삭한 민부장이

오늘도 완벽하게 풀메이크업한 얼굴에 으쓱거리는 태도로 나와 차부장을 쳐다봤다. 민부장은 마감이 한창일 때도 풀메이크업을 하고 화려한 패션을 유지한다. 편집장이라는 자리는 잡지의 얼굴과도 같아서 항상 완벽한 외모를 갖추고 있어야 한다는 것이 민부장의 지론이다. 어릴 때 키즈 모델을 했었다는 민부장은 화려한 패션이 잘 어울린다. 반면 한때 언론고시를 준비했던 차부장은 일만 잘하면 되는 거 아니냐며 행사에 참석할 때 외에는 콜라병 밑바닥같이 두꺼운 안경을 끼고 옷도 대충 입고 다닌다. 난 민부장과 차부장 중간이다. 시간적 여유가 있으면 꾸미고 여유가 없으면 대충 다닌다.

민부장이 손가락을 세워 흔들며 새로 알아 온 정보를 말했다.

"본부장이 새로 올 거야."

"그래?"

나는 심드렁하게 대답했다. 느낌표 세 개를 연달아 찍어대며 호출할 정도의 새로운 정보는 아니었다. 원래 있던 본부장이 은퇴했으니 누군가 또 귀양을 와서 채우겠지 싶었다.

JK 그룹 산하의 JK 매거진사업부는 JK 그룹의 아픈 손가락 같은 존재…도 되지 못하는 손톱 거스러미 같은 존재다. 한때는 내 살이고 내 일부였으나 지금은 필요 없고 떼어내고 싶은데 잘못 떼어내면 피가 날지도 몰라 일단 방치하고 있는 껄끄러운 거스러미 같은 것, 매거진사업부의 현재 상황이 딱 이랬다.

매거진사업부에서는 나의 〈그레이스〉를 비롯해 민부장의 〈라벨라〉, 차부장의 〈패션〉, 그리고 남성 월간지 〈드리머 Dreamer〉와 교양지 〈푸르내〉의 5개 잡지를 발행하고 있는데, 이중 〈패션〉과 〈푸르내〉만 적자가 아니고 나머지는 모두 적자였다. 〈패션〉과 〈푸르내〉도 적자만 아닐 뿐 겨우겨우 버티고 있으니 그룹 차원에서 보자면 매거진사업부 전체가 문제였다.

그래서 보통 매거진사업부의 본부장으로는 은퇴가 임박한 임원이나 좌천된 임원이 왔다. 매거진사업부로 오는 것을 귀양 온다고 하는 것만 봐도 그룹 내에서 매거진사업부가 어떤 취급을 받는지 짐작할 수 있다.

민부장은 나의 신통치 않은 반응을 무시하며 의미심장한 얼굴로 본론을 말했다.

"이번에 오는 본부장은 기존에 오던 본부장들이랑은 다를 거래. 귀양을 오는 죄인이 아니라 저승사자가 될 거라는 얘기가 있어."

"저승사자라니?"

차부장이 안경을 치켜 올리며 '저승사자'라는 말에

관심을 보였다.

"그룹에서 우리를 눈엣가시로 생각하는 거 알지? 대대적인 구조조정이 이루어질지 모른다는 거야. 피바람이 불거라고. 피바람."

민부장이 음산한 어조로 피바람을 강조했다. 그러자 진짜로 어디선가 바람이 불어오는 것 같이 선뜩해져 소름이 돋았다. 작게 몸서리를 치며 바람이 부는 쪽을 돌아보는데 이서가 휴게실 문을 열고 들어왔다.

"부장님들, 지금 막 새로 온 본부장이 편집장들이랑 광고부장들 모두 호출했어요. 본부장실로 고고하시죠."

민부장이 나와 차부장을 쳐다봤다. 그녀의 눈이 이렇게 말하는 것 같았다. 저승사자, 출두요!

우리는 휴게실을 나와 본부장실로 향했다. 새로 온 저승사자가 어떤 사람일지 궁금하다는 얘기를 하며 복도를 따라 걸어갔다. 깐깐한 할아버지이거나 꽉 막힌 꼰대 임원일 거라 예상했다. 저승사자라고 해도 여태껏 본부장으로 왔던 사람들과 크게 다를 것 같지는 않았다. 민부장은 피바람이 불거라 겁을 줬지만, 사실 그런 얘기는 늘 있었던 얘기이다. 아주 새로운 이야기는 아니었다.

본부장실 앞에 도착하자 연락을 받고 온 편집장들과 광고부장들이 안으로 들어가고 있다. 나도 그들 뒤를 따라서 들어갔다. 각 매체의 편집장과 광고부장들까지, 열 명이 한번에 들어가자 꽤 넓은 본부장실도 북적거렸다.

 맨 뒤에서 따라 들어간 나는 사람들 사이를 헤치고 본부장을 찾았다. 대체 어떤 사람이길래 저승사자라는 거야. 궁금해 하며 본부장을 찾던 나는 새로 온 본부장을 보고 얼어붙었다. 상준이었다. 잘못 봤나 싶어 눈을 비비고 다시 봐도 상준이었다.

 다만 분위기가 완전히 달랐다. 보헤미안처럼 자유로워 보였던 통영의 상준과 달리 본부장으로 내 앞에 서있는 상준은 빈틈없는 꼿꼿한 자세에 명품 슈트를 차려입은 완벽한 비즈니스맨이었다. 여유로워 보였던 통영과는 달리 무표정한 얼굴에 날카로운 눈빛이 바늘 끝 하나 들어갈 틈도 없어 보였고 차가운 카리스마까지 뿜어냈다.

 본부장은 같이 부임해 온 남자 비서실장을 옆에 두고 냉랭한 눈빛으로 편집장들과 광고부장들을 쓱 일별했다. 본부장의 시선이 나를 스쳤는데 그는 나를 전혀 모르는 사람 보듯 봤다. 나는 당황하고 황당하고 멍해졌다. 상준에게 쌍둥이 형제가 있었나? 아니면 말로만 듣던 도플갱어? 상준이라면 나를 못 알아볼 리가 없으니, 상준은 아닐 것이다.

"이번에 새로 본부장으로 발령받아 온 강상준입니다."

본부장이 자신을 강상준이라 소개했다. 내가 알고 있는 상준과 이름이 같다. 그렇다면 쌍둥이 형제나 도플갱어는 아니라는 건데. 평행이론인가? 어쩐지 통영에서의 시간이 꿈같이 느껴지더라. 통영의 세계와 지금 이곳의 세계는 다른 우주인가 보다, 라고 나는 멍한 상태에서 말도 안 되는 생각을 했다. 그만큼 너무 혼란스러웠고, 그렇게라도 지금 이 상황을 이해하고 싶었다.

본부장 상준은 나의 혼란은 아랑곳하지 않고 자신이 해야 할 말을 거침없이 했다.

"여러분 모두 잘 아시겠지만 우리 JK 그룹은 자선단체가 아닙니다. 기업이고, 기업은 이윤 창출을 목표로 합니다. 그런데, 현재 JK 매거진사업부의 상황은 기업의 이윤 창출 목표와는 상당한 차이가 있습니다. 인테리어지 〈라벨라〉, 패션지 〈패션〉, 남성지 〈드리머〉, 여성지 〈그레이스〉, 교양지 〈푸르내〉. 다섯 잡지 모두 상황이 좋지 않습니다. 이 상태로는 매거진사업부를 계속 끌고 갈 이유가 없습니다. 저는 매거진사업부의 수익 구조 개선을 위해 무엇이든 할 생각입니다. 구조조정도 그 중 한 방법이 될 겁니다. 그럼에도 상황이 개선되지 않는다면, 5개 잡지 모두 폐간시키고 매거진 사업을 접을 수도 있습니다."

 본부장 상준의 첫 일성은 선전포고였다. '너희들 모두 정신 차리지 않으면 잘라버리겠다.' 피바람이 불거라는 민부장의 말이 사실이었다. 본부장실 내 분위기가 급격히 얼어붙었다. 여기 들어설 때만 해도 새로온 본부장과 인사 나누는 의례적인 상견례인 줄 알았지, 이렇게 대놓고 얻어터질 줄은 아무도 짐작하지 못했을 거다.

 "최선을 다하겠다. 죽을힘을 다해 노력하겠다, 그런 말은 내게 아무런 감흥도 주지 못합니다. 살아남고 싶다면 살아남아야 할 이유를 수치로 증명해 보이세요. 내가 믿고 신뢰하는 것은 숫자입니다. 각 잡지별 매출 현황과 목표를 제시하세요. 이상입니다."

 상준의 무시무시한 선포에 5개 잡지의 편집장과 광고부장들은 사형선고를 받은 사형수들처럼 넋 나간 얼굴이 됐다. 본부장실을 나와 한숨만 푹푹 쉬다가 좀비처럼 느릿느릿 휴게실로 향했다. 다들 이 상황을 어떻게 받아들여야 할지 난감한 얼굴들이다.

 우리 광고부의 송부장이 아이스캔커피를 홀짝이다

침묵을 깨고 말했다.

"심각할 거 없어. 새로 왔으니까 군기 한번 잡겠다고 윽박지르고 겁주고 그러는 거지 뭐. 장사 한두 번 하나."

평소 뺀질거리는 성격처럼 자기 좋을 대로 해석하는 송부장이다. 〈패션〉 광고부 김부장도 거들었다.

"그래, 매거진 사업 접는다는 소리, 십 년 전부터 있었지만 아직도 잘 버티고 있잖아. 별 일 없을 거야."

사람들이 애써 본부장의 경고를 의례적인 것으로 만들며 분위기를 바꾸려 하는데, 민부장이 얼음물을 확 끼얹었다.

"노노. 그게 그렇게 간단하지가 않아요. 내 소식통에 의하면 새로 온 본부장, 강회장과 친인척 관계인가 그런데, 강회장의 칼이래요. 아주 잘 드는 칼, 해결사. 그런 사람을 여기로 발령 낸 이유가 뭐겠어요?"

민부장이 사람들을 둘러보며 뜸을 들이다 경고하듯 말했다.

"이번에는 귀양 온 죄인이 아니라 귀양지를 초토화시킬 저승사자라니까."

잠깐 희망을 가지려 했던 사람들의 얼굴에 다시 짙은 그늘이 드리워졌다. 나는 모두가 매거진사업부의 미래를 걱정하며 암울해하는 이 순간에도 본부장의 정체가 미치도록 궁금했다. 같은 얼굴 같은 이름인데 완전히 다른 분위기. 그리고 처음 보는 사람 대하듯 하던 태도. 대체 뭐지? 누구냐, 넌?

"안되겠어. 직접 물어봐야겠어."

내가 벌떡 일어서자 차부장이 황급히 잡았다.

"왜 그래? 뭘 물어봐? 본부장한테 가서 따지려고? 그러지 마. 그러다 괜히 긁어 부스럼만 돼."

"그런 거 아니야. 나 먼저 갈게."

나는 걱정스러운 눈으로 쳐다보는 사람들을 무시하고 본부장실로 향했다. 머리 아프게 고민하느니 직접 물어보면 간단히 해결될 일이다.

본부장실로 들어가려 하는데 안에서 아까 본부장 옆에 그림자처럼 서있던 비서실장이 나왔다. 김실장이라고 했었다. 30대 중반쯤 돼 보이는 김실장은 똑똑하고 영리해 보였다. 제멋대로에 개성 강한 매거진사업부보다는 대기업 기획팀에 어울릴만한 유형의 사람이었다. 차가운 카리스마를 뿜어내던 본부장처럼 말이다. 김실장이 펜으로 그린 듯한 의례적인 미소를 지어 보였다.

"〈그레이스〉의 서경주 부장님이시죠? 무슨 일이세요?"

오, 본사에서 온 엘리트 직원답게 벌써 사람들 정보를 다 외우고 있다. 나는 잠깐 감탄하다 급히 해야 할 말을 했다.

"잠깐 본부장님 좀 뵐 수 있을까요?"

차돌멩이처럼 깐깐하게 생긴 김실장은 생긴 대로 깐깐하게 굴었다.

"지금은 곤란합니다. 본부장님께서 아무도 들이지 말라 하셔서요."

나는 잠시 고민했다. 이대로 돌아갈까. 그냥 돌아가면 궁금해 미치겠지? 그래서 나는 여전히 그린 듯한 미소를 지은 채 나를 보고 있는 김실장에게 물었다.

"그럼 실장님께 여쭤볼게요. 혹시 본부장님 고향이 어디세요? 가족은 어떻게 돼요? 쌍둥이 형제가 있어요?"

"서부장님, 제가 조언 하나 드릴게요. 본부장님께서는 학연 지연 혈연 그런 걸로 아는 척하고 봐달라고 하는 사람, 딱 질색하십니다. 공과 사를 아주 칼같이 구분하는 분이시거든요. 그런 거 물어보고 아는 척하다가는 〈그레이스〉가 제일 먼저 구조조정 대상이 될 수도 있습니다."

김실장은 예의바르지만 한심하다는 표정을 감추지 않은 채 제 할 말만 하고는 남자 화장실로 들어가 버렸다. 혼자 남은 나는 본부장실 앞을 서성대다 결국 아무 소득 없이 사무실로 돌아와야 했다.

사무실로 돌아온 나는 자리에 앉아 한숨을 쉬었다. 내 한숨 소리에 장단이라도 맞추는지 여기저기서 땅이 꺼져라 한숨 쉬는 소리가 돌림노래처럼 이어졌다. 매거진사업부 전체가 단체로 우울증이라도 걸린 것 같았다. 이게 다 본부장 때문이었다. 다른 사람들은 매거진사업부의 미래 하나만으로 심난했겠지만, 내게는 매거진사업부 미래에 더해 통영의 일까지 있었다. 본부장의 정체가 궁금해 미칠 지경이었다.

상준 때문에 하루 종일 일이 손에 잡히지 않았다. 하루만에 십 년은 늙어버린 것 같은 기분이 들었다.

"분위기가 왜 이래?"

복도에서부터 만나는 사람마다 잘 지냈어요? 오랜만이에요, 유쾌하게 인사하며 걸어오는 소리가 들리더니 재우가 〈그레이스〉 사무실로 들어왔.

재우는 연예인 화보로 명성을 얻고 연예인과의 스캔들로 심심치 않게 뉴스에 오르내리는 셀러브리티 포토그래퍼로, 한결의 대학후배이자 내가 잡지 기자를 시작했을 무렵부터 알고 지낸 사이이다.

당시 한결과 재우는 스튜디오를 공동 창업하고 잡

지사들을 찾아다니며 일거리를 찾는 초짜 포토그래퍼들이었고 나는 한 라이센스 잡지의 일년차 신입 기자였다. 포트폴리오를 들고 무작정 찾아온 한결과 재우를 당시 편집장이 마음에 들어 해 내게 같이 일해보라고 했다. 편집장의 지시가 아니었어도 나는 그들과 일하게 해달라고 졸랐을 거다. 그들이 가져온 포트폴리오가 정말 마음에 들었었다. 나와 잘 맞을 것 같았는데 역시나 잘 맞았다.

사회 초년생인 나와 한결, 재우는 젊은 패기와 열정으로 뭉쳐 같이 많은 작업을 했다. 밤새워 시안을 찾고 컨셉 회의를 하며 모두를 놀라게 할 화보를 만들어내자고 의기투합했었다. 우당탕탕 시행착오를 겪으면서도 빠르게 업계의 인정을 받고 성장했다. 몇 년 되지 않아 한결과 재우는 모두가 같이 일하고 싶어 하는 라이징 포토그래퍼가 됐고, 나는 한결과 사랑에 빠졌다. 일과 사랑, 모든 것이 완벽했었다. 더 이상 바랄 것이 없이 행복했었다.

결혼으로 완벽하게 닫힌 해피엔딩이 될 줄 알았지만 삶은 예측불허했다. 한결의 죽음은 나와 재우 둘 다에게 엄청난 충격이었다. 한결을 따라가려던 나는 한결을 따라가는 대신 한결의 아이를 낳고 키우며 편집장이 됐다. 재우는 연예인 화보를 찍으며 셀러브리티 포토그래퍼로 승승장구했다. 남들 보기에 겉으로 드러나는 이력은 화려했지만 우리가 버텨낸 시간은 고통스러웠다. 우리는, 나와 재우뿐 아니라 휘와 이모까지 함께 서로를 의지하며 아파하고 견디고 버텨냈다.

재우는 특별한 인연으로 엮인 나와 가족처럼 허물없이 지내는 관계였고, 다른 JK 매거진사업부 사람들과도 꾸준히 작업을 해오며 두루두루 다 친했다.

재우가 우울한 얼굴로 한숨만 쉬고 있는 사람들을 보며 의아한 얼굴을 하자 이서가 아는 척을 했다.

"재우 선배, 날 잘못 잡아 오셨어. 오늘 폭탄이 터졌거든."

"인쇄 사고라도 났어?"

"그런 것보다 더 근원적인 거. 매거진사업부의 존폐가 걸린 위기랄까? 언젠가 터질 일이 오늘 일어난 거지."

이서가 시큰둥하게 존폐 위기를 언급했다. 평소 잡지업계의 불황에 대해 떠들어 왔고, 본사에서 구조조정을 하지 않는 게 이상하다고 말해왔던 이서에게 본부장의 폭탄 투하는 전혀 놀라운 일이 아니었다. 오히려 이렇게 충격을 받고 괴로워하는 사람들의 반응이 놀랍다고 했다.

"아니, 이렇게 될 줄 진짜 예상 못했던 거야? 다들 바보인가?"

이서는 점심을 먹으며 나에게 이렇게 투덜거렸더랬다.

재우가 내 자리로 오며 말했다.

"지나가는 길에 잠깐 차나 한잔 하려고 왔는데, 잘못 왔네."

"아냐, 잘 왔어. 그잖아도 정실장 만나러 가려고 했었어."

나는 자리에서 일어났다. 하루 종일 상준 때문에 머리가 아팠는데, 머리도 식힐 겸 일 얘기도 할 겸 재우를 데리고 건물 1층 커피숍으로 내려가 카푸치노를 마셨다.

"정실장, 7월에 스케줄 언제 비어?"

"나한테 일 맡기게?"

"응. 8월호 패션 화보 하나만 같이 하자. 8피짜리."

"누나. 나 엄청 비싼 거 알지? 작년보다 더 올랐어."

"우리가 알고 지낸 세월이 얼만데, 야박하게 다 받으려고? 지인 찬스 없어? 좀 깎아줘."

상준은 상준이고, 8월호 잡지는 만들어야 하기에 재우를 졸랐다. 재우가 툴툴거렸다.

"시장에서 물건값 깎냐?"

"그래서, 못해주겠다는 거야?"

"스케줄 조정해 볼게."

안해줄 것처럼 툴툴대더니 생각보다 쉽게 승낙했다. 스케줄 빼기도 힘들 거라 생각했는데 촬영료까지 깎아준다니 역시 인맥이 좋긴 좋다. 활짝 웃는데 재우가 냅킨으로 내 입가를 닦았다.

"카푸치노 거품 묻었어."

"난 또 너무 좋아하다 침 흘린 줄. 땡큐야. 역시 너밖에 없다."

고마운 마음에 한껏 환한 미소를 짓는데, 누군가의 시선이 느껴졌다. 쳐다보니 상준이 로비를 걸어가고 있다. 설마 나를 봤던 걸까? 상준은 사무실로 올라가려는지 엘리베이터 앞에 섰다. 나를 한심하게 보던 김실장도 없이 혼자 있다. 나는 하루 종일 궁금했던 것을 해결할 절호의 기회라는 것을 깨달았다.

"연락할게. 가봐."

"벌써 가라고?"

더 놀자고 하는 재우를 서둘러 보내고 엘리베이터 앞으로 갔다. 엘리베이터를 기다리고 있던 상준이 나를 흘깃 쳐다봤다. 나는 그 기회를 놓치지 않고 미소를 지으며 인사했는데, 상준은 그런 나를 차갑게 외면했다. 그런 눈빛의 상준은 처음 봤다. 물론 상준과 함께 보낸 시간은 몽땅 더해도 서른 시간 정도 밖에 되지 않기에 그에게는 내가 보지 못한 많은 모습들이 있겠지만, 차가운 눈빛의 상준은 너무 낯설었다.

엘리베이터가 도착하자 상준이 탔다. 나도 상준을 놓칠세라 얼른 따라 탔다. 매일 시도 때도 없이 붐비는 엘리베이터가 오늘따라 한가해 엘리베이터 안에는 상준과 나 둘만 있었다. 나는 상준이 비록 차가운 눈빛으로 나를 외면했다 해도 이 기회를 놓치면 안될 것 같아 말할 틈을 찾아 그를 흘끔거렸다. 내 소개부터 해야 하나, 단도직입적으로 물어야 하나, 무슨 말로 대화를 시작해야 할지 고민하는데, 그런 나를 눈치챘는지 무표정하게 앞만 보고 있던 상준이 갑자기 입을 열었다.

"서경주 부장."

나는 당황하면서도 그가 나를 불러준 게 반가워 얼른 대답했다.

"네."

"이름이 서경주네요? 유치원 교사는 아니고 〈그레이스〉 편집장이고요."

내내 나를 외면하던 상준이 고개를 돌려 정면으로 나를 응시했다. 비난하는 눈빛이었다. 찬바람이 쌩쌩

부는 게 여름인데도 한겨울 냉기가 흘렀다. 상준과 함께 있어 조금은 들뜨고 통영에서의 일을 묻고 싶어 들썩였던 나는 노골적인 비난의 눈초리 앞에서 할 말을 잃었다.

"어… 그게 그러니까…요."

뭔가 변명을 해야 할 것 같아 입을 열기는 했는데, 어디서부터 무슨 말을 해야 할지 몰라 더듬거리는 사이에 땡, 엘리베이터 문이 열렸다. 상준은 내 대답은 듣지도 않은 채 성큼성큼 가버렸다. 나는 멀어지는 상준의 뒷모습을 보며 지금 이 상황이 무엇인지 이해하려 애를 썼다.

그러니까 저 남자가 한 말을 따져보면, 저 남자는 통영의 그 남자가 맞다. 그러니까 유치원 교사 운운했겠지. 본부장 상준은 통영의 상준과 동일인이다. 그런데 본부장실에서 나를 모른 척했고, 지금은 내 해명을 들으려 하지도 않고 무시하며 가버렸다. 이름을 속인 것은 미안하지만 해명할 기회도 주지 않는 건 너무하다. 그런데 저 남자가 원래 저렇게 무례했었나? 통영에서는 다정하고 친절했었는데. 정말 같은 사람인 게 맞는 걸까?

하루 이틀, 생각에 생각을 거듭하면서 당혹감과 미안함은 옅어지고 분노가 차곡차곡 쌓였다. 그래, 나는 이름을 속였다. 그런데 상준은? 인격을 속였다. 나도 잘한 것은 아니지만 굳이 경중을 따지자면 이름보다 인격을 속이는 게 더 큰 죄가 아닌가. 세상에 다시 없을 로맨티스트처럼 굴더니 실체는 소시오패스였나 보다. 자기가 지킬앤하이드야, 뭐야? 사람이 어떻게 저렇게 다를 수가 있지?

"이중인격이 흔한 건가?"
"이중인격자, 많지."
내가 혼자 중얼거리는 것을 들었는지 이서가 답했다. 아, 지금은 8월호 기획회의 중이었지. 이서는 '직장내 이중인격 상사에 대처하는 법'에 대한 아이템을 낸 참이었다. 이서의 아이템을 검토하다 보니 상준이 이중인격자가 아닌지 의심이 들었고 상준을 떠올리며 중얼거리고 말았다. 나는 상준에 대한 생각을 덜어내고 기획 회의에 집중하려 했다.
"선배도 이중인격이잖아요."
석 달 전 인턴으로 입사해 이번 달부터 정식 피쳐기자가 된 범호가 자신의 사수인 이서를 보며 해맑게 말했다. 잡지기자로 갓 태어난, 아직 핏덩이에 불과한 범호는 뭘 모르기 때문인지 이서에게도 하고 싶은 말을 거리낌 없이 다했다.

"선배, 피쳐 기자가 뭐예요?"

인턴으로 입사한 범호가 이서에게 한 첫 질문이었다. 그때 이서는,

"패션을 담당하면 뭐야?"

"패션 기자요."

"뷰티를 담당하면?"

"뷰티 기자요."

"인테리어 담당은?"

"리빙 기자요."

"피쳐 기자는 그 나머지 이것저것 잡다한 것을 다 하는 기자야."

"올~ 좋은데요! 저 피쳐 기자하겠습니다!"

그렇게 피쳐 기자가 된 범호는 모르는 것은 바로바로 사수인 이서에게 물어가며 기자로 커가고 있다. 이서는 눈치 없이 해맑기만 한 범호를 살뜰히는 아니어도 지 새끼라고 덜 화내며 묻는 말에도 꼬박꼬박 대답해주며 데리고 있다.

범호도 녹록하지는 않지만 이서를 오래 지켜본 선배로서 말하건데, 이서는 절대 만만한 상대가 아니다. 연애는 어장관리에 문어발이지만 일에 있어서만은 맺고 끊는 것이 확실하고 실수를 용납하지 않는 완벽주의자이다. 선배인 나도 어떨 때는 이서의 눈치를 보게

된다. 이서가 선배라면, 어휴, 생각도 하기 싫다. 그런 이서를 범호가 도발하고 있다. 하룻강아지 범 무서운 줄 모른다고, 범호가 딱 그렇다.

"내가 이중인격이라고?"

이서가 덤덤하게 되물었다.

"선배 일할 때는 지옥불에서 걸어나온 악마처럼 겁나 무서운데, 회식할 때는 강림 천사처럼 엄청 잘 챙겨주잖아요."

"아… 그래서 이중인격. 네가 아직 날 잘 몰라서 그런가보다. 나 이중인격 아니고 다중인격인데, 한번 만나볼래? 지옥불 악마랑 강림천사 말고 뭐가 또 있는지? 소개해줄까?"

이서가 아주 다정하고 친절하게 호응했다. 불길한 전조증상이다. 저러고 나오는 것은 지옥불 악마가 아니라 악마 할애비다.

"또 뭐가 있는데요? 보여줘요."

"그만!"

범호가 흥미로워하며 반응하는 것을 내가 말렸다. 회의 끝나고 둘이서 치고받고 싸우든 말든, 회의 중에 이서의 벼락같은 고함 소리를 듣고 싶지는 않다. 상준만으로도 나는 이미 넘치게 심란하다.

"그런 건 회의 끝나고 니들끼리 하고, 이중인격 상

사 대처법 좋다. 한번 구성 짜봐."

"오케이. 내가 확실하게 대처법 마련할게."

"그래. 부탁한다. 어떻게 대처해야 하는지 진짜 알고 싶다."

나는 이중인격자인 상준을 어떻게 상대하면 좋을지, 정말이지 꼭 알고 싶었다.

상준이 이중인격자일 것이라 잠정 단정 지은 나는 최대한 상준과 마주치지 않으려 노력했다. 운이 좋아 지킬인 상준을 마주치면 다행이지만 본부장으로 온 상준은 지킬의 모습을 보인 적이 없었다. 시종일관 하이드였다. 아주 냉정하고 잔인해 보이는 하이드. 하이드 상준은 정말 무섭고 나를 주눅 들게 만들었다.

상준의 충격적인 부임 이튿날, 출근길 엘리베이터 앞에서 상준을 마주쳤었다. 나는 그래도 본부장이니 먼저 인사를 건넸는데 돌아온 것은 싸늘한 눈빛이었다. 눈빛만으로도 심장마비를 일으켜 죽게 할 것 같은 아주 싸늘한 눈빛. 그 다음날 출근길도 마찬가지였다. 한여름인데도 소름이 돋았다.

계속 이런 식으로 등골 오싹하게 싸늘한 상준을 마주하다가는 제 명에 못 살 것 같아 엘리베이터를 포기하고 비상계단을 이용해 12층까지 걸어 출근했다.

그렇게 계단을 이용해 출근을 하니 상준과 마주칠 위험이 없는 것은 좋은데, 출근을 하자마자 일을 시작도 하기 전에 녹초가 되는 게 문제였다. 가만있어도 더운 6월 말의 날씨에 12층을 걷자니 땀범벅이 됐고 그 꼴로 하루를 보내야 하는 것이 정말 싫었다.

며칠만에 비상계단 출근을 포기하고 나는 또 다른 방법을 찾았다. 새벽 출근이다. 상준이 출근하기 전으로 출근 시간을 확 앞당겨버렸다. 출근길뿐 아니라 근무시간에도 상준을 피하기 위해 최선을 다했다. 복도에서 마주칠까 두려워 가능하면 화장실도 가지 않으며 사무실에서 버텼다. 월요일 임원 회의를 할 때는 가급적 눈에 덜 띄는 구석에 웅크리고 앉아 눈을 내리깔고 조용히 필기만 했다.

나를 대하는 그의 싸늘한 태도가 불편해서였지만 나 역시 그를 어떻게 대해야 할지 난감했다. 호감을 가지고 뜨겁게 사랑을 나눈, 그러나 지금은 나를 미워하는 직장 상사를 어떻게 대해야 할지 모르겠어서, 일단 피했다.

그러면서도 한편으로는 딸을 데리고 캐나다에 가서 새 출발을 하겠다고 하던 남자가 어쩌다가 매거진사업부 본부장으로 발령 받아온 건지 궁금했다. 생각해보니 나는 그에 대해 아는 게 거의 없었다. 그에 대해 최대한 많은 정보를 얻어야 한다. 하지만 지금은 그에게 직접 물어볼 상황이 아니니, 이럴 때 필요한 사람은 민부장이다.

나는 휴게실로 민부장을 불러내 상준에 대한 세간에 떠도는 소문들을 진지한 태도로 묻고 경청했다. 민부장은 이런 고급 정보는 아무한테나 알려주는 게 아닌데, 라며 거드름을 피우기는 했지만 곧 신이 나서 상준에 대해 아는 것들을 쏟아냈다.

"JK의 저승사자 또는 칼잡이로 불린대. 철저하게 그룹 입장을 대변하고 가는 곳마다 구조조정을 해서 사람들을 날리고, 어떨 때는 팀을 통째로 날리기도 한대. 강회장의 친인척이라는 소문이 있는데 정확하지는 않아. 같은 강씨니까 그럴 수도 있는데, 강씨가 희귀성은 아니니까 신뢰도는 40% 정도? 공채 수석으로 들어온 초엘리트로 강회장이 믿고 쓰는 칼잡이라는 건 팩트. 작년에 JK 리조트 구조조정해서 직원들 반을 날렸다는 것도 팩트."

"그게 다야?"

어느새 합류한 차부장이 아쉬운 얼굴로 물었다.

"계속 알아보는 중이야. 정보 수집이 그렇게 쉬운 게 아니거든."

상준에 대해 궁금해 하는 건 나뿐만이 아니었다. 소문을 수집한 민부장도, 엄숙한 얼굴로 상준의 소문에 귀 기울인 차부장도, 매거진사업부 사람들 모두 상준이 어떤 사람인지 궁금해 했지만, 상준에 대한 정보는 그리 많지 않았다.

 때마침 휴게실로 들어온 김실장이 생글거리며 다가와 친절하게 인사를 건넸다.

 "부장님들, 식사는 하셨어요?"

 매거진사업부 직원들과 거리를 두며 가까워지는 것을 경계하는 것 같던 김실장이 먼저 아는 척을 하며 이상하게 친근하게 굴었다. 그런 김실장의 모습은 처음 봤다. 오늘따라 왜 저래, 라고 생각하는 사이에 민부장이 얼른 자신의 옆에 자리를 마련하며 김실장을 반겼다.

 "실장님, 이쪽으로 앉으세요."

 나란히 앉은 민부장과 김실장을 보니 어딘가 닮아 보였다. 외모가 닮았다는 게 아니라 풍기는 분위기, 사람을 분석하고 훑어보는 눈빛 같은 게 닮았다. 민부장은 김실장이 앉자마자 상준에 대한 이야기를 꺼냈다.

 "실장님은 본부장님을 오래 모셨다면서요? 본부장님에 대해 모르는 게 없겠어요?"

"대학 동문인데다 JK에 입사하고부터 계속 본부장님을 곁에서 모셨으니 짧은 시간은 아니죠. 다른 사람들보다는 많이 알 거예요. 본부장님에 대해 무엇을 알고 싶으신데요?"

웬일인지 김실장은 오늘따라 순순히, 어떤 질문이든 답해주겠다는 듯한 태도를 보였다. 일전에 내가 상준의 고향이 통영이냐 물었을 때는 비웃듯 단칼에 잘라버렸으면서. 마음이 상하기는 하나 궁금하기는 하니까, 나는 무심한 척 표정 관리를 하며 민부장과 김실장의 대화에 집중했다.

"구체적으로 무엇을 딱 알고 싶다기보다, 전부 다 알고 싶어요. 뭘 좋아하고 뭘 싫어하는지, MBTI는 뭔지. 아, 그건 딱 봐도 알겠어요. 확신의 대문자 T. 맞죠? 그건 중요한 게 아니고, 부하 직원으로서 제일 궁금한 건, 상사로서 어때요? 괜찮은 보스예요? 꼰대는 아니죠?"

민부장이 물었다.

"상사로서 본부장님은 대체적으로 좋은 분이세요. 공과 사 확실하고, 합리적이고, 아랫사람이라고 갑질하거나 무리한 지시 같은 거는 안하세요."

흠, 갑질 같은 건 안한다고? 전혀 아니던데. 내가 차마 겉으로 반박할 수는 없어 속으로 김실장의 대답에 토를 다는 동안 민부장과 김실장의 즉문즉답은 계속되었다.

"대체적으로 좋은 거면 안 좋은 거는 뭐예요?"

"단점은 본인이 워낙 스마트해서 사람들이 다 그런 줄 안다는 거예요. 자신의 지시 사항을 따라오지 못하면 얄짤없이 아웃."

"그렇게 보였어요. 차갑고 무자비하게……."

잠자코 듣기만 하던 차부장이 어둡게 중얼거렸다. 원래도 사소한 걱정을 달고 사는 차부장은 요즘 태산 같은 걱정 속에 파묻혀 지냈다.

"그래도 그런 면만 있는 건 아니에요. 좋아하는 사람과 있을 때는 얼마나 다정하고 상냥하신데요."

그 말에 나는 나도 모르게 김실장을 쳐다봤다. 나를 비웃는 듯 보는 김실장의 시선과 마주친 것 같은데 순식간에 사라져 확실하지는 않다. 아니, 확실하다. 김실장은 나를 비웃었다. 그런데 나를 왜 비웃지? 부임 첫날부터 상준에 대한 개인적인 질문을 해댔으니, 김실장은 내가 상준을 유혹하려는 꽃뱀 정도로 생각할지도 모른다. 그래서 내가 못마땅해서 비웃는 건가? 확실히 김실장이 나를 보는 눈빛이나 태도는 민부장이나 차부장을 대하는 것과는 달랐다. 김실장은 나를 못마땅해 하는 게 확실하다. 그 이유를 좀 따져 묻고 싫었지만 지금은 김실장이 나를 어떻게 생각하는지가 중요한 게 아니니까 넘어가자. 지금은 김실장의 대답에 집중하자.

"본부장님이 약혼녀에게 하는 걸 보면 깜짝 놀라실 걸요. 스윗 그 자체예요."

약혼녀라니! 김실장의 대답은 가히 충격적이었다.

"약혼녀요? 약혼녀가 있어요?"

내가 묻기도 전에, 약혼녀라는 말에 흠칫한 나만큼이나 놀란 얼굴로 민부장이 물었다. 김실장은 자신의 일이라도 되는 양 아주 자랑스러워하는 얼굴로 답했다.

"본부장님 같은 분이 혼자일 리가 없잖아요. 재벌댁 따님이신데 미모도 엄청나세요. 양쪽 집안에서 결혼을 서두르고 있어서, 아마 올해가 가기 전에 식을 올리지 않을까 싶어요."

그 뒤로 민부장이 김실장에게 본부장의 약혼녀에 대해 뭔가를 더 물었는데 내 귀에는 아무것도 들리지 않았다. 상준의 약혼녀라는 새로운 정보에 내 뇌는 충격을 받아 일시 정지됐다. 처음의 강렬한 충격이 가라앉고 뇌가 다시 작동하기 시작하자 서서히 분노가 일었다.

세상에 뭐 이런 경우가 다 있나? 약혼녀까지 있는

사람이 내 마음을 그렇게나 흔들고 꼬시나? 약혼녀를 두고 바람을 피우다니. 사람 그렇게 안 봤는데 영 별로네. 아니, 잠깐만. 바람 핀 상대가 나니까, 졸지에 내가 불륜녀가 된 거잖아.

 나는 흔들리는 눈빛을 아무에게도 들키고 싶지 않아 눈을 내리깔고 커피잔을 들었다. 하지만 커피잔을 든 손이 파르르 떨리며 커피잔도 흔들렸다. 나는 다시 커피잔을 내려놓으며 활발하게 정상 작동하는 뇌로 상준을 저주했다. 강상준, 나쁜 놈, 벼락 맞을 놈.

 나는 상준에 대한 생각을 바꿨다. 이미 결혼할 약혼녀가 있으면서 나를 불륜녀로 만든 나쁜 남자, 나를 원수 보듯 차갑게 대하는 냉혈한. 그런 자를 의식해 혼자 피해 다니는 게 우스웠다. 내가 상준에게 잘못한 것은 이름을 제대로 알려주지 않은 아주 사소한 거짓말 하나에 불과했지만 그가 내게 한 짓은 어마어마한 잘못이었다. 객관적으로 따져 봐도 그렇지 않나? 이름을 제대로 알려주지 않은 것과 인격을 속이고 약혼한 것까지도 속인 것. 누가 봐도 상준이 더 잘못했지 않나. 아니라는 반론은 듣지 않겠다. 나는 상준의 잘못이 더 크다고 강력하게 주장하겠다. 그러니까 피하려면 크게 잘못한 그가 피해야지, 사소한 거짓말을 한 나는 아니다.

 갑자기 억울해진 나는 상준을 피하는 것을 그만두고 무시하는 쪽을 택했다. 더도 말고 덜도 말고 딱 본부장으로만 대하는 거다, 굳게 다짐했다.

 하지만 사람 마음이란 게 문을 여닫는 것처럼 쉽게 열고 닫히는 게 아니라서 본부장으로만 대하기가 생각처럼 쉽지 않았다. 약혼녀가 있는 데다 내가 이름을 속였다고 오해하고 나를 미워하는 그에게 자꾸만 시선이 향했다. 잘못으로 치면 내가 그에게 한 짓보다 그가 나에게 한 짓이 훨씬, 휘얼씬 큰 데도 그에게 이름을 속인 것에 대한 변명을 하고 싶기도 했다. 이러다 또다시 본부장실로 달려갈까 봐 나는 내가 무서웠다. 그에게 향하는 관심을 끊어내지 못하는 내가 한심하고 또 한심했다.

 그래서 선을 보라는 이모의 말에 덜컥 응하고 말았다. 사람은 사람으로 잊는 거라는 말이 있다. 기적처럼 좋은 남자를 만나면 상준에 대한 마음도 정리할 수 있겠지, 라는 헛된 희망을 품고, 선 볼 남자의 연락처를 받아 톡으로 연락하다 약속을 잡았다. 약소 장소는 강남의 호텔 커피숍으로 정했다. 마침 외부 미팅 장소가 호텔 근처라 미팅을 끝내고 가기에 적당했다.

 약속 시간에 맞춰 장소에 도착하니 먼저 와 있던

남자가 일어나 인사했다. 선한 인상에 매너도 좋았고 통하는 부분도 있었다.

"아버지가 얼마나 괴롭히시던지, 선 안볼 거면 인연을 끊자고 하시더라고요."

"저도요. 선 안 볼 거면 인연 끊자고 하셨는데. 재밌네요."

이모는 내 등쌀에 결혼정보회사 등록은 취소했지만 아들을 등록하러 온 심사장이라는 남자와 의기투합해 나와 아들을 만나게 해주기로 약속했었다. 아버지 때문에 억지로 끌려 나온 남자와 나는 비슷한 처지에 공감하며 웃었다.

얘기를 하다 보니 이모와 남자의 아버지에 대한 이야기에 열중하게 됐고 헤어질 즈음에는 이모와 아버지를 만나게 해주면 어떻겠냐는 이야기까지 하게 됐다. 나는 이모가 결혼하는 상상만 해도 좋았다. 평생 혼자서 고생만 해온 이모가 좋은 남자를 만나 노후에라도 행복할 수 있다면 더 이상 바랄 게 없을 것 같았다. 선한 인상의 남자를 보면 심사장이라는 분도 좋은 분일 것 같았다.

우리는 집에서 궁금해 할 어르신들을 생각해 적당히 시간을 보낸 후 일어섰다. 커피숍에서 나와 로비를 걸어 나가는데, 여자와 걸어 들어오는 상준과 마주쳤다. 상준의 팔짱을 낀 여자는 젊었고 예뻤고 활짝 웃고 있었다. 〈패션〉에 실리는 명품 브랜드들의 신상품으로 머리부터 발끝까지 꾸민 것을 보니 돈도 많은 것 같았다. 김실장이 입에 침이 마르도록 칭찬해 마지않던 재벌집 영애 약혼녀인 것 같았다.

약혼녀를 대하는 상준의 태도는 예의 바르고 다정했다. 회사에서 나를 볼 때는 무표정이 디폴트에 가끔 인상을 찌푸리거나 차가운 눈빛으로 고개만 까닥거렸으면서 약혼녀를 향해서는 편한 얼굴로 미소를 지어 보였다. 통영 이후로 상준이 웃는 것을 처음 봤다. 약혼녀에 대해 말로 들었을 때도 충격이었지만 직접 눈으로 상준과 약혼녀를 확인하니 기분이 정말 불쾌했다.

게다가 지금 나를 보고 있는 상준의 눈빛. 나는 나와 시선이 마주친 상준의 눈빛에서 비난과 혐오의 감정을 읽었다. 정말 웃기는 인간이 아닐 수 없다. 자기는 보란 듯이 약혼녀와 팔짱을 끼고 호텔을 들락거리면서 나를 비난하고 혐오하는 눈빛으로 보다니. 어이가 없다.

나는 나를 쳐다보는 상준의 시선을 피하지 않고 방금 선을 끝낸 남자의 팔짱을 끼고 상준을 지나쳐 갔다. 뒤에서 여자가 통통 거리는 목소리로 "상준 씨, 뭐해요? 가요."하며 재촉하는 소리가 들렸다. 뒤통수가 따가운 게 상준이 나를 노려보는 것 같았지만 뒤돌아보지 않았다. 호텔을 나온 후 나는 내 멋대로 팔짱을 낀 것에 대해 남자에게 사과했다.

"미안해요."

"내 하찮은 팔쯤이야 얼마든지 빌려드릴 수 있어요. 그런데 그 남자, 경주 씨와 무슨 사이예요?"

"아무 사이도 아니에요. 이미 다 끝난 사이예요."

"그런 것 같지 않던데. 남자는 현재진행형이던데."

약혼녀를 버젓이 옆에 두고 남이 현재진행형으로 오해할 수도 있게끔 나를 보는 강상준, 나쁜 놈. 이제는 정말 끝내야 한다. 나는 상준에게 남아있는 일말의 미련조차 털어내기로 결심했다.

다사다난 파란만장 8월호

 회사에서 상준을 마주칠 때마다 나는 그를 투명 인간 취급하며 쳐다보지도 않았다. 그 역시 내게는 시선도 주지 않았다. 우리는 누가 누가 더 상대를 철저하게 무시하나 대결이라도 하는 것처럼 모든 상황에서 서로를 무시했다. 복도에서 마주치면 눈길도 주지 않고 지나쳐 갔고, 같은 엘리베이터를 타도 그 좁은 공간에서조차 서로를 없는 사람 취급했다. 하지만 이 대결은 내게 절대적으로 불리했다. 당연하게도 상준이 내 상사이기 때문이다.
 "각 잡지별 제작비 절감 방안을 가져오세요."
 상준은 이번 주 월요일에 열린 임원 회의에서 첫 미팅에서 공표한 대로 각 잡지의 흑자 전환을 위한 강력한 긴축 재정을 지시했다.
 "저희는 지금도 제작비가 부족한데 여기서 어떻게 더 절감을 하라는 말씀이신지……."
 〈드리머〉의 오부장이 공손하게 말했는데도 본부장

은 아주 차가운 얼굴로 싸가지 없게, 다른 사람 눈에는 어떻게 보였을지 몰라도 내 눈에는 아주 싸가지 없어 보이게 쏘아붙였다.

"오부장님, 지난 호 일러스트 비용이 얼마나 들었죠? 이미지컷 대여료는 얼마나 쓰셨습니까? 그런 불필요한 지출만 줄여도 제작비가 절감될 겁니다."

상준의 지적에 오부장을 비롯한 회의 참석자들은 아무 말도 하지 않고 침묵했다. 회의실 분위기가 싸늘하게 가라앉았다. 본부장씩이나 돼 가지고 쪼잔하게 일러스트 비용이나 따지고 있다니, 나는 쩨쩨한데다 싸가지도 없는 상준을 노려보다가 모두를 위해 나서서 반박했다.

"일러스트, 이미지컷 대여가 왜 불필요한 지출이죠? 잡지 만드는데 필요하니까 쓰는 거예요."

상준에게 약혼녀가 있는 것을 알고 난 이후 나는 회의에서 구석에 짱 박혀 앉는 대신 상준의 정면에 앉아왔다. 지금도 상준의 정면에 앉아 그를 똑바로 쳐다보며 강하게 반박했다. 더 이상은 참고 싶지 않았다. 약혼녀를 두고 나를 불륜녀로 만든 것도 기분 상하지만, 잡지에 대해 아무것도 모르면서 비용 절감만을 고집하는 무식함(!)은 정말이지 참을 수가 없었다. 공사 구분 잘하는 본부장처럼 나도 공사 구분해서 침착하게 조곤조곤 따지고 싶었는데 목소리가 격하게 감정적으로 나왔다. 격한 나의 반박에도 상준은 차분하게 대응했다.

"AI를 활용한 일러스트, 무료 이미지컷 등 찾아보면 무료로 사용할 수 있는 것들이 많습니다."

"왜, 기사도 AI에게 쓰라고 하시죠?"

상준처럼 냉철하게 대응하고 싶었지만 감정의 컨트롤을 잃어버린 나는 비아냥거리며 맞섰다.

"좋은 생각입니다. 시도해 보길 추천합니다."

상준의 말에 여기저기서 작게 한숨 쉬는 소리가 들렸다. 나는 또다시 맞섰다.

"무료 사진 쓰고 AI가 그린 일러스트 쓰고 그러면 잡지퀄이 어떻게 되겠어요?"

"그렇게 해도 좋은 퀄을 유지하는 게 편집장의 능력입니다."

"본부장님이 잡지에 대해 아무것도 모르니까 그런 말도 안되는 뻘소리, 아니 말씀을 하는 것 같은데, 잡지라는 게 그렇게 막 만들어지는 게 아니에요. 우리가 다른 건 몰라도 잡지 만드는 거 하나는 본부장님보다 훨씬 더 잘 알고, 잘 한다고요."

나는 책상을 치며 격하게 반발했다. 상준의 침착함이 오히려 나의 공격성을 자극했다. 하지만 상준은 끄

떡도 하지 않았다. 조금도 물러서지 않았다.

"맞습니다. 잡지에 대해서는 서부장보다 모릅니다. 하지만 이 상태로는 매거진사업부 유지가 어렵다는 것은 잘 압니다. 무조건 제작비 절감하세요."

"저는 본부장님 의견에 따를 수 없습니다."

"그러면 선택해야겠네요. 서부장이 나가거나 내가 나가거나."

"지금 협박하시는 거예요?"

너무 열받아서인지 목소리가 떨리게 나왔다. 아, 협박에 떨려 하는 걸로 보이면 안되는데. 약해 보이면 안되는데. 나는 있는 힘껏 눈에 힘을 주고 상준을 노려봤다.

"협박이 아니라 선택권을 주는 겁니다. 어떡하시겠습니까?"

상준이 냉정한 눈으로, 불꽃처럼 활활 타오르는 나를 응시했다. 회의실 분위기가 순식간에 꽁꽁 얼어붙었다. 사람들은 숨소리조차 내지 않고 우리를 쳐다봤다. 지시를 내리는 상준과 지시를 따라야 하는 나. 애초에 이길 수 없는 싸움이었는데 왜 나는 이 싸움을 시작한 걸까. 그럼에도 나는 포기하지 않고 회의가 끝나고 본부장실을 나오면서도 상준을 맹비난했다.

"저렇게 잡지에 대해서는 아무것도 모르는 인간이

매거진사업부 본부장으로 오는 것부터가 문제야. 자기가 기사 한 줄을 써봤어? 책을 한번 만들어본 적이 있냐고? 뭐? 무료 일러스트를 써? 저런 인간 때문에 잡지가 더 망해가는 거라고."

"그만 진정해."

차부장이 말리는데, 민부장이 내 어깨를 두드렸다.

"아냐, 아주 잘했어. 내 속이 다 시원하더라. 오늘 서부장, 맘에 든다."

"우리 서부장, 이렇게 파이팅 넘치고 용기 있는 사람인 줄 오늘 처음 알았네. 내 편 들어줘서 고마워."

오부장이 내게 다가와 인사했다.

"제작비 절감 방안을 어떻게 마련하죠?"

차부장이 걱정 한가득인 얼굴로 편집장들과 광고부장을 둘러보며 말했다.

"지금도 힘들어 죽겠고만 여기서 뭘 더 어떻게 줄여. 난 그런 방안 못 내."

〈푸르내〉 김부장이 말했다. 그러자 민부장이 격하게 호응했다.

"맞아요. 우리 다 같이 그런 말도 안되는 지시는 거부해요."

다들 그러자며 고개를 끄덕였다. 하지만 나는 분명 들었다. 각자의 사무실로 돌아가며 편집장과 광고부장들이 제작비를 절감할 방법에 대해 소곤거리며 의논하는 소리를.

 상준의 만행은 임원 회의로 끝나지 않았다. 상준은 각 편집장들과 개별 미팅을 진행했다. 나도 예외는 아니었다.
 상준은 다음날 친히 〈그레이스〉 사무실로 찾아와 나와 독대를 하였다.
 "제작비 절감에 가장 효과적인 방법은 인원 감축입니다. 〈그레이스〉의 매출을 고려해 봤을 때 3.5명을 자르면 적자폭을 줄일 수 있습니다. 잡지는 이직율이 높은 업계이니 인원을 감축하는 게 그리 어렵지는 않을 겁니다. 당장 실행하세요."
 상준은 지극히 사무적으로 감정 없이 말했다. 나는 그런 상준을 보며 AI 같다는 생각을 했다. AI 타령하며 그렇게 좋아하더니 AI가 돼 버린 건가 싶었다. AI가 아니라 인간이라면, 사람을 자르라는 소리를 저렇게 인정머리 없게 할 수는 없다.
 "3.5명을 자르라고요? 좋아요. 어떻게 자를까요? 한 명은 몸뚱이를 반으로 잘라서 나가라고 할까요? 그래야 3.5명을 맞추죠. 안 그래요? 아니, 사람이 어떻게 이렇게 비인간적일 수가 있어요?"

"서부장 말이 일리가 있네요."

내 말에 상준이 신중하게 고개를 끄덕였다. 세게 나가니 그래도 먹히는 건가 싶어 안도하려고 했는데, 상준은 일초도 안 돼 나의 작은 안도감을 와장창 깨 버렸다.

"그럼 4명을 자릅시다."

뭐 이런 인간이 다 있지? 멀끔한 얼굴로 아무렇지 않게 말하는 상준을 보며 나는 이성을 잃고 소리를 질렀다.

"지금도 기자가 부족한데 그렇게 다 자르면 일은 누가 해요?"

"그럼에도 해내는 게 편집장의 능력 아닙니까? 잡지 만드는 거 하나는 자신 있다면서요? 자신 없어요?"

상준에게 사람 염장을 지르는데 아주 탁월한 재능이 있는 줄은 미처 몰랐다. 침착한 얼굴로 상대의 울화통을 제대로 터트린다. 나는 주먹을 쥐었다. 정수리가 후끈 달아오르며 주먹 쥔 두 손이 부르르 떨렸다. 저 얄미운 얼굴에 한 대만, 딱 한 대만 주먹을 날릴 수 있다면, 더 이상 바랄 게 없겠다.

회의를 끝내고 회의실 문을 열자 기자들이 후다닥

자리로 돌아가 앉는 모습이 보였다. 본부장이 직접 찾아온 데다 회의실에서 계속 큰 소리가 나니 불안하고 궁금해서 엿들었을 것이다.

사무실 분위기가 무거웠다. 평소에는 서로 수다도 떨고 섭외 전화도 하느라 시끌벅적한데 오늘은 모두 입을 다물어버렸다. 수철 선배는 언제 밖에 나갔다 왔는지 로또를 1만 원어치나 사 왔다. 지난주까지만 해도 매주 5천 원씩 샀었는데 이번 주부터는 1만 원씩 사기로 했단다. 언제 정리 해고가 돼도 이상하지 않을 회사 분위기에 믿을 데는 로또밖에 없는 게 직장인의 신세다. 행운이 필요했다. 아주 절실하게.

상준에게 불같이 맞서기는 했지만 나도 알고 있다. 지금 상태로는 〈그레이스〉에 미래는 없다. 요동치는 잡지 시장을 고려하건데, 글로벌 시장을 상대하는 몇몇 라이센스 잡지를 제외한 나머지 잡지들은 사라지게 될 운명이다. 〈그레이스〉도 그 중 하나가 될 것이다. 그렇게 되지 않기 위해서 대대적인 개혁이 필요하다는 것은 절감하고 있었지만, 이렇게 급작스레 올 줄은 몰랐다. 나는 괜히 상준에게로 모든 원망을 돌렸다. 상준의 등장 이후로 모든 게 엉망이 된 것 같았다. 맞다, 다 강상준 때문이다. 강상준이 미웠다.

하지만 어쩌겠는가. 아무리 상준이 미워도 본부장의

말을 거역할 힘이 내게는 없다. 동의하고 싶지는 않지만, 그의 말대로 3.5명을 자르지 않는 이상 적자를 벗어나기는 불가능했다. 스트레스로 두통이 일어 머리가 깨질 듯 아파왔다. 신선한 공기가 필요했다.

홀로 옥상으로 올라왔다. 옥상에 흡연장이 있어 늘 한두 명은 있었는데, 지금은 아무도 없다. 다행이다. 나는 아무도 없는 기회를 놓치지 않고 옥상 난간에 서서 입에 손을 대고 있는 힘껏 고함을 치며 상준의 욕을 했다. 강상준, 나쁜 놈아!

한번 하고 나니 체한 듯 답답하던 속이 조금 후련해지는 것 같았다. 두통도 좀 가시는 것 같다. 기세를 몰아 몇 번 더 고함치듯 상준 욕을 했다. 7월 한낮의 태양이 지독히도 뜨거웠지만 속은 후련해졌다. 아주 잠시만 후련했다. 해결해야 할 문제는 여전히 그대로였기 때문이다. 다시 속이 답답해지며 어떻게 해결해야 하나 머리를 쥐어뜯는데 언제 올라왔는지 이서가 물방울이 맺힌 차가운 맥주캔을 건넸다.

"마셔. 이럴 때는 좀 마셔줘야지. 안 그럼 화병 나."

"근무시간에 무슨 술이야?"

"무알콜이야. 그래도 맥주맛은 나서 도움이 돼. 일종의 플라시보 효과랄까?"

플라시보 효과는 무슨, 궁시렁거리면서도 나는 이서가 건넨 차가운 무알콜 맥주를 들이켰다. 시원한 음료가 들어가자 들끓던 마음도 조금은 진정이 됐다. 몇 모금 더 마시다 안쓰럽게 나를 보고 있는 이서에게 말했다.

"어떡하지? 그냥 내가 나갈까? 비용 절감 때문에 인원을 감축해야 하는 거면, 연봉이 높은 내가 나가는 게 제일 낫잖아."

"선장이 사라지면 배가 어디로 가겠어? 그냥 내가 나갈게."

이서가 청바지 뒷주머니에서 사직서를 꺼내 내밀었다. 뒷주머니에 오래 꽂고 다녔는지 꼬깃꼬깃 구겨져 있다. 내가 구겨진 사직서 주름을 손으로 펼치자 이서가 겸연쩍은 얼굴을 했다.

"폼나게 사직서 싹 내밀고 관두려고 했는데. 너무 구겨졌나? 다시 뽑아다 줘?"

구겨진 사직서를 펼치려다 포기한 나는 사직서를 부채 삼아 부쳤다. 아주 미약하나마 바람이 일었다.

"이런 건 또 언제 준비했대?"

"직장인들 누구나 가슴 속에 사직서 한 장쯤은 품고 있는 거 아냐?"

이서가 심드렁하게 말하며 맥주를 홀짝였다. 나도

같이 맥주를 홀짝였다. 감정적으로 대응할 때가 아니었다. 현실적인 판단을 해야 한다. 나는 골똘히 생각에 집중하며 말했다.

"4명을 잘라야 해. 그러면 남은 사람이 피쳐, 패션, 뷰티 다 해야 할 거야. 멀티가 되는 사람이 남아야 해. 넌 멀티가 되니까 자를 수 없어."

"이렇게 또 생명 연장을 하나?"

이서가 시큰둥하게 농담을 하거나 말거나 나는 진지했다.

"나미는 4년차니까 오라는 데는 많을 거야. 연희는 계속 그만두고 싶다고 했었으니까 괜찮을 거 같고……."

"선미도 관두고 싶대. 희망 퇴직금 챙겨준다니까 이번 기회에 관둬야겠다고 하더라."

"그래?"

동고동락해 온 후배들을 내보내야 하는 게 쓰라렸다. 상준의 말대로 잡지계의 이직률은 높다. 하지만 제 발로 나가는 것과 등 떠밀어서 나가라고 하는 건 완전히 다른 이야기이다.

나는 재빨리 이직을 알아보고 성공한 연우까지 포함해 기자 4명을 내보냈다. 남은 기자는 이서와 이제 겨우 세 달 된 신입 기자 범호, 패션 어시스트 보라

뿐이다. 나는 텅 비어있는 기자들 자리와 핏덩이인 범호와 보라를 보자 암담해졌다. 그나마 이서가 있긴 하지만 대체 이들과 앞으로 어떤 잡지를 만들게 될지 그림이 그려지지 않았다. 하지만 한탄만 하고 있을 때가 아니었다. 당장 8월호를 만들어야 한다.

8월호 기획 회의에서 확정된 아이템들을 진행해야 했지만 어느 것 하나 기획대로 할 수 없었다. 제일 먼저 재우의 촬영을 취소했다. 돈이 없어 기자도 내보내는 마당에 재우의 촬영비를 감당할 여력은 더더욱 없었다. 현재 〈그레이스〉 상황에서 재우를 욕심내는 건 거지가 샤넬 백을 욕심내는 것이나 마찬가지이다. 재우는 정 사정이 그렇다면 그냥 해주겠다고 했지만 그건 내가 싫었다.

이서는 그것을 알량한 자존심이라고 했지만 나는 아무리 돈이 없어도 선은 지키고 싶었다. 무월급으로 일할 직장인이 없듯 일을 시키면 돈을 줘야 한다. 친구 사이라 해도 프로답게 선은 지켜야 한다. 시장에서 물건값 깎듯 고료를 깎기는 해도 공짜로 해달라고 하는 건 너무 염치가 없는 일이다.

하지만 얼마 안 돼 나는 선을 지키겠다는, 이서의 표현에 의하면 알량한 자존심이 현 상황에서는 말도 안되는 사치임을 깨달았다. 모든 게 예상보다도 더 엉망이었다.

바쁜 이서를 대신해, 어렵게 섭외한 연예인 부부를 인터뷰하러 갔던 범호는 인터뷰이와 싸우고 돌아왔다. 인터뷰에 서툰 범호가 인터뷰 내내 허둥대다 연예인 아내와 장기 연애를 했던 전 남자친구에 대해 언급했다고. 그 일로 부부싸움이 일어나더니 곧 이 싸움을 일으키게 한 원흉 범호에게로 온갖 화살이 쏠리며 부부는 인터뷰를 보이콧해버렸다. 뭐라 야단을 치기도 전에 잔뜩 풀이 죽어 자책하는 범호를 보자니 한숨만 나왔다.

패션 어시스트에서 기자로 승격돼 제품 화보를 진행하게 된 보라는 신이 나서 온갖 브랜드에서 협찬을 받아와 촬영을 했다. 기자로서 처음 진행한 화보치고는 나쁘지 않아 나도 칭찬을 아끼지 않았는데, 여기서도 문제가 발생했다. 비싸기로 유명한 브랜드에서 화보 촬영에 협찬했던 제품에 스크래치가 났다고 컴플레인을 건 것이다. 보라는 자신이 낸 스크래치가 아니라고 억울해했지만, 촬영용 제품을 받았을 때부터 스크래치가 나 있었는지는 기억하지 못했다. 협찬 제품을 받으면 꼼꼼히 스크래치 확인부터 해야 한다는 기본을 지키지 않은 탓이었다. 결국 마른 수건 쥐어짜듯

빠듯한 진행비를 쥐어짜서 스크래치가 난 제품을 구입해야 했다. 그나마 사정해서 할인받아 구입한 것이 다행이라면 다행이었다.

이게 다가 아니었다. 범호와 보라는 누가 더 사고를 많이 치나 경쟁이라도 하듯 크고 작은 사고들을 쉴 새 없이 쳐댔고, 나와 이서는 이들이 친 사고를 커버하느라 죽을 맛이었다. 일년에 한번 일어날까 말까 하는 사고들이 하루에 연달아 일어났다. 가뜩이나 쳐내야 할 기사들도 산더미인데 핏덩이들 뒤치다꺼리까지 해야 하던 이서가 참다 참다 절규했다.

"이러다 우리 다 죽어. 제발 대책을 마련해 줘!"

나도 이서의 절규에 공감했다. 이런 식으로 가다가는 8월호를 못 낼 수도 있다. 내 잡지 인생 최초로 잡지를 펑크 낼 지도 모른다. 그런 생각이 들자 문자 그대로 등골이 오싹해 졌다. 〈그레이스〉의 역사에 그런 말도 안되는 커다란 오점을 남길 수는 없다. 절대, 안된다.

하지만 시간은 우리 사정 같은 건 봐주지도 않고 째깍째깍 잘도 흘렀다. 8월호가 무사히 발행되기 위해서는 하늘이 두 쪽 나도 17일까지는 원고와 디자인을 마치고 인쇄소로 넘겨야 한다. 달력을 확인했다. 17일까지 겨우 이주일 남짓 남았다. 이주일 동안 저 어린

중생들과 8월호를 만드는 것은 아무리 긍정적으로 생각하고 이리저리 궁리해 봐도 불가능이다. 더 이상 이 상황을 방치해서는 안된다. 더 늦기 전에 방법을 찾아야만 한다. 나는 분연히 자리를 박차고 일어나 본부장실로 갔다.

"프리랜서를 쓰겠습니다. 써도 되죠?"

자리를 박차고 달려올 때의 패기와는 달리, 나는 좀 애원하는 투로 말했다. 자존심 상하지만, 프리랜서가 너무도 절실했다. 상준에게 거절당해서는 안된다. 간절하게 상준을 쳐다봤다. 옆에 있던 김실장이 내게 뭐라 하려고 하는데, 상준이 손을 들어 막더니 대답했다.

"서부장 뜻대로 하세요. 책정된 진행비 안에서 어떻게 사용하든 저는 상관하지 않습니다."

나는 울컥하는 것을 꾹꾹 눌렀다. 진행비 안에서 사용할 거면 뭐하러 본부장실에 달려왔겠냐고요? 일부러 나를 놀리려고 모르는 척 저러는 거 아냐? 나는 상준을 의심하면서도 최대한 정중하려 노력했다. 치사해도 원하는 바를 얻기 위해서는 그래야 한다.

"제 말은 그런 뜻이 아니라, 프리랜서 비용을 따로 책정해 달라는 말이에요."

"아, 그건 안됩니다."

상준은 아주 간단하고 쉽게 거절했다. 내가 어떤 마음으로 여기에 왔는데, 얼마나 간절하고 절절한 마음으로 왔는데, 저렇게 쉽게 거절할 수가 있나. 열받은 정수리가 뜨끈뜨끈 뜨거워졌다. 나는 더 이상 정중한 체 하지 못하고 불퉁하게 물었다.

"왜요? 왜 안 되는데요?"

"프리랜서 비용을 따로 책정할 생각이었으면 인원 감축을 하지도 않았겠죠. 안 그렇습니까, 상식적으로?"

상준이 떼쓰는 어린아이에게 설명하듯 내게 말했다. 나를 상식도 없는 떼쟁이 취급하는 그의 태도가 마음에 들지 않았지만 지금은 그게 중요한 게 아니다.

"본부장님, 지금 상태로는 8월호 마감 못해요. 숨 쉴 틈도 없이 달리는 데도 안돼요. 이러다 진짜 큰일 나요. 펑크 날 수도 있어요."

"그러면 그렇게 되지 않도록 더 열심히 분발하셔야겠네요."

나는 차분하게 대답하는 상준을 노려봤다. 그냥 주먹 한 대 날리고 때려칠까? 정말 그러고 싶은 마음이 굴뚝같았다. 하지만 그러면 나만 바라보는 이서랑 범호, 보라는? 수철 선배는 아직 로또 당첨도 안됐는데. 〈그레이스〉는 독자들에게 제대로 작별 인사도 하지 못하고 폐간돼 버리겠지. 나는 어쩌지? 요즘 같은 잡지계 불황에 갈 곳이 있을까? 잡지를 하지 못하면 무슨 일을 할 수 있을까? 휘는 아직 어리고 돈 들어갈 데가 많은데. 이모도 조만간 문화센터를 그만둘 것 같은데. 생활비가 얼마나 남았더라.

빠르게 상황 판단을 끝낸 나는 매달리는 것을 선택했다. 무릎 꿇고 빌지만 않았지 거의 그런 거와 마찬가지인 느낌으로 애원했다.

"본부장님, 저희 정말 심각해요. 쓰게 해 주세요. 제발 부탁드려요."

"정 그러시면… 방법은 하나예요."

잠시 미간에 주름을 잡고 생각하던 상준이 말했다.

"뭔데요?"

나는 한줄기 희망을 품고 상준을 쳐다봤다. 상준의 입이 천천히 열렸다.

"직접 벌어서 쓰세요."

나는 기다란 머리카락을 휘날리며 사무실로 들어오는 희영 선배와 수지 선배를 보며 천군만마를 얻는 게 이런 기분이구나 싶었다. 내가 그토록 바라마지않던 프리랜서다. 그것도 경력이 아주 풍부한. 둘 다 나의 일년 선배들로, 희영 선배는 다니던 잡지가 폐간되며 백수가 됐고, 수지 선배는 육아 휴직을 끝내고 돌아오니 회사가 없어져 백수가 됐다. 그러니까 둘 다 다니던 잡지사가 폐간됐고, 나이가 많아 다른 잡지사로 갈 형편도 안되는 '갈 곳 없는 노병'이다.

내가 이 두 명의 프리랜서를 쓰기 위해 얼마나 눈물겨운 노력을 했는지는 오로지 신만이 아실 것이다. 직접 돈을 벌어서 프리랜서를 쓰라는 지엄하신 본부장의 지시대로 나는 돈을 벌었다. 한시가 급했다. 빨리 돈을 벌어야 하루라도 빨리 프리랜서를 쓸 수 있고 마감을 맞출 수가 있다.

씩씩대며 본부장실에서 돌아온 후 나는 광고팀에서 접촉하고 있는 브랜드들 외에 새로 광고할 만한 브랜드들을 리스트업하고, 무작정 전화를 걸었다. 직접 찾아가 담당자를 만나 영업을 하면 좋겠지만 그럴 시간이 없었다.

14년 잡지 인생 인맥을 총동원하고 입에 단내가 나도록 전화를 돌린 끝에 기적적으로 신생 패션 브랜드 아미가에서 유가 화보 8페이지를 따내는데 성공했다. 그런데 이걸 또 송부장이 알고는 광고팀 매출로 잡아야 한다고 우겼다. 아미가는 송부장이 접촉하고 있던 브랜드로 곧 광고가 결정 나려 하는 타이밍인데 내가 끼어들었다는 것이다. 송부장은 이미 자신이 충분히 얘기 해놨기 때문에 아미가가 내게 유가 화보를 준 것이니 광고팀에서 광고를 딴 것과 마찬가지라고 주장했다.

아까는 아미가와 접촉한 적 없다고 해놓고선 광고를 따내니 뻔뻔스레 딴소리다. 내가 따지고 들자 송부장은 직접 만나 접촉한 적은 없지만 전화로는 여러 번 통화를 했었다는 이상한 해명을 늘어놓았다. 격렬한 논쟁 끝에 8페이지에 대한 인센티브는 광고팀에 넘기는 대신 광고비만 편집팀에서 사용하기로 극적 타결을 봤다.

이 모든 일이 단 이틀만에 벌어졌다. 나는 없는 시간을 쪼개 틈이 날 때마다 열정적으로 상준 욕을 하면서 내게 닥친 문제들을 해결하고, 돈을 벌어 프리랜서 두 명을 부르며 편집장으로서 해야 할 일을 해냈다. 내 입으로 이런 말을 하는 게 낯부끄럽긴 하지만, 장하다, 서경주. 잘했어.

선배들의 등장은 가뭄의 단비보다 더 달았다. 둘이 합해 도합 30년 경력의 베테랑 프리랜서들은 떠나간 기자 네 명의 역할을 완벽히 커버했다. 일에 허덕이며 비명을 질러대던 이서의 얼굴에 다시금 시니컬한 웃음이 부활했다. 물어보고 가르쳐줄 선배들이 둘이나 더 생기니 범호와 보라의 실수도 적어져 뒤처리할 일도 적어졌다. 내 책상 위에는 착착 원고가 쌓였고 나는 손볼 곳 없는 선배들의 원고를 읽고 디자인팀에 넘기기만 하면 됐다. 막막하기만 했던 8월호 마감은 오히려 다른 때보다 더 수월하게 진행됐다.

한숨 돌린 나는 미뤄두었던 재우와의 저녁식사를 하기로 했다. 스케줄 비워놓으라고 하고는 일방적으로 취소해 버린 게 미안해 밥을 사기로 했었다. 재우에게 미안한 만큼 상준에게 화가 났다. 상준이 진행비로 압박만 주지 않았어도 죽이게 멋진 화보가 탄생할 수 있었는데. 이게 다 상준 때문이다. 상준 때문에 되는 게 없다.

나는 엘리베이터를 타고 재우를 만나러 1층으로 내려가면서 상준 생각을 했고 이제는 습관이 된 욕을 했다. 1층 로비에 도착해 엘리베이터에서 내리는데, 바로 옆 엘리베이터에서 상준이 내렸다. 엘리베이터를 타고 오는 내내 상준을 욕했던 터라 그 감정이 쭉 이어졌다. 눈앞의 상준을 노려보다 휙 고개를 돌려 외면하고, 먼저 와있던 재우에게 반갑게 손을 흔들며 다가갔다. 상준이 어이없다는 얼굴로 쳐다봤지만 상관없었다. 그를 더 열받게 할 방법을 모르는 게 아쉬울 뿐이었다.

재우는 늘 그렇듯 나를 향해 다정하게 웃었다. 나도 한껏 화사하게, 내가 지을 수 있는 가장 다정한 미소로 화답했다.

"언제 왔어?"

"방금 왔어. 배고프다. 뭐 먹으러 갈래? 어, 잠깐만······."

재우가 걸려온 전화를 받으러 자리를 떴다. 나를 지나쳐 가던 상준이 갑자기 걸음을 돌려 다가왔다.

"서경주 부장."

상준이 아주 딱딱한 어투로 내 이름을 불렀다.

"네, 말씀하세요. 본부장님."

상준의 말투에 맞춰 나도 최대한 딱딱하게 굴었다.

"숨 쉴 시간도 없이 바쁘다더니, 그런 거 같지는 않아 보이네요."

"아무리 바빠도 밥은 먹어야죠. 다 먹고 살자고 하는 일인데."

"데이트도 하면서요?"

상준은 상당히 삐딱하게 굴었다. 회의 때는 AI 같이 차분하기만 하더니 감정이란 게 있기는 한가 보다. 나는 평소와 달리 인간적으로 구는 그를 보니 통쾌했다. 그를 더 열받게 만들고 싶었다.

"네, 그러면 안돼요? 밥도 먹고 님도 보고, 일타쌍

피 좋잖아요."

 나는 이번에는 내가 지을 수 있는 가장 뻔뻔한 얼굴로 답했다. 내 바람대로 상준은 아까보다 더 열받은 것 같았다.

 "궁금한 건 아닌데, 만나는 남자가 몇 명이나 돼요? 아, 됐어요. 알고 싶지 않아요."

 상준은 말을 하다 말고 언짢은 얼굴로 자리를 떴다. 나는 어이가 없었다. 내가 만나는 남자가 몇 명인지는 왜 물으며, 기껏 물어봐 놓고 알고 싶지 않은 건 또 뭔가. 질투라도 하는 거야, 뭐야. 그리고 질문을 했으면 대답을 듣는 게 인간관계의 암묵적 합의이자 예의인 것을, 저렇게 혼자 자문자답하고 가버리는 건 무슨 경우인지. 나는 참지 않고 한마디 하러 상준을 따라갔다.

 "저기요, 본부장님."

 건물 밖으로 따라 나가며 상준을 부르는데, 건물 앞에 서 있던 여자가 상준에게 다가가 팔짱을 꼈다. 지난번 호텔에서 봤던 여자였다. 그 순간 나는 못 볼 것을 본 사람처럼 반사적으로 등을 돌려 외면했다. 약혼녀와 같이 있는 상준을 보자 다시 심장이 쿵 내려앉는 것 같았다. 그리고 그것을 깨닫는 순간 나 자신이 한심해졌다. 아직도 미련이 남아있는 내가 싫었다.

약혼녀가 있는 남자에게 미련을 가져서는 안된다. 확실히 정리하자. 나는 상준을 향해 돌아섰다. 상준은 약혼녀를 차에 태우려 하고 있었다. 나는 예의 바른 미소를 지으며 그들에게 다가갔다.

"안녕하세요, 본부장님. 이분이 약혼녀이신가 봐요."

나는 뜨악해하는 상준을 무시하고 약혼녀에게 인사했다.

"본부장님 약혼녀에 대해 회사 내 소문이 자자해서 궁금했어요, 직접 뵙게 돼 반가워요."

나는 상준에게도 인사했다.

"약혼 축하드려요, 본부장님. 두 분 무척 잘 어울리세요."

상준이 말없이 나를 쳐다봤다. 나도 피하지 않았다. 그는 내게 뭔가를 말하고 싶어 하는 것 같았지만 나는 그에게 듣고 싶은 말이 이제는 없다. 약혼녀가 해맑게 웃으며 상준과 나 사이에 흐르는 긴장감을 깼다.

"고맙습니다."

돈값 제대로 하는 프리랜서의 활약으로 조금 여유가 생기자 보라가 패션 화보를 욕심냈다. 내가 따온 아미가의 유가 화보 8페이지를 진행해 보고 싶다고 애원했다. 그동안 보라는 어시스트만 해왔고 단독으로 모델 화보를 진행해본 적이 없었다. 모델 화보는 제품으로만 찍는 제품 화보와는 또 다르다. 모델뿐 아니라 헤어, 메이크업 스태프들까지, 관리해야 할 사람이 몇 배로 늘어나 신경 써야 할 것이 세 배, 네 배는 더 많다.

나는 경험이 없는 보라가 잘 해낼지 걱정이 됐지만 곧 마음을 고쳐먹었다. 누구에게나 처음은 있는 거다. 경험 쌓을 기회를 주지도 않고 경험자를 원하는 것은 말이 안 된다. 그리고 보라가 하루라도 빨리 제 몫을 해내야 나와 〈그레이스〉가 편해진다. 저렇게 하고 싶어 하니 기회를 주는 게 좋을 것 같았다.

내가 허락하자 보라는 아주 의욕적으로 준비했다. 밤새도록 시안을 찾고 수철 선배를 괴롭혀 페이지 레이아웃까지 잡아보더니 포토그래퍼와 헤어, 메이크업 아티스트 등을 만나 회의를 했다. 모델은 요즘 뜨기 시작한 아이돌에 장소는 협찬 안해주기로 유명한 JK 리조트를 용케도 섭외했다.

시안은 훌륭했고 스태프도 기대 이상으로 잘 꾸려냈다. 모든 준비가 완벽했다. 내 노파심이 무색하게 기대 이상으로 잘 해내는 보라를 보며 나는 마음을 놓았다. 촬영날 따라가려고 했었는데 굳이 그렇게 하지 않아도 좋을 것 같았다. 보라도 바쁜데 따라올 필요 없다며 혼자서도 잘할 수 있다고 강한 자신감을 보였다.

그래서 보라의 촬영날, 매우 홀가분한 마음으로 배웅했다. 나와 이서와 범호, 수철 선배의 응원 속에 보라는 촬영 잘하고 오겠다며 씩씩하게 인사하고 떠났다. 하지만 몇 시간도 되지 않아 나는 보라의 촬영을 담당한 포토그래퍼 최실장으로부터 전화를 받았다. 촬영 준비하던 보라가 '못하겠다'는 문자 하나 달랑 보내고 사라졌다는 거였다.

최실장이 투덜거리며 한 말에 의하면, 아이돌 모델은 날벌레들 때문에 야외에서는 절대 촬영하지 않겠다 고집을 부렸고, 리조트에서는 실내 촬영은 절대 불가하다 했고, 스태프들은 립 컬러부터 앞머리를 내리는지 올리는지, 의상은 어디서 갈아입고, 허리띠는 맬 것인지 풀 것인지 하나하나 물어보는 등 모두가 보라에게 질문과 요구만 해댔고, 이런 일을 처음 겪어본 보라는 패닉에 빠진 것 같았다고. 그래서 최실장의 결론은 화보 진행할 기자가 사라졌으니 촬영을 접어야겠다는 것이었다.

"안돼요, 기다려. 무조건 기다리고 있어요."

나는 최실장에게 기다리라고 말하며 차키를 챙겨 회사 주차장으로 달려갔다. 지금 촬영을 펑크 내면 아미가 화보는 이번 호에 실을 수 없게 된다. 그러면 8페이지의 유가 화보와 광고가 날아간다. 광고가 날아가면 돈 밝히는 본부장이 뭐라 할지 상상도 하기 싫다.

극한 상황에 몰리니 없던 파워가 솟아났다. 난 평소 웬만해서는 고속도로 운전을 하지 않는다. 운전을 배울 때부터 고속도로 운전을 무서워했고 한결의 사고 이후에는 더 무서워져서 피할 수 있으면 피했다. 어쩔 수 없이 하게 되면 무슨 일이 있더라도 70km의 안전 속도를 지켰다. 회사 주차장에 세워둔 차에 타서 내비게이션을 켜니 회사에서 JK 리조트까지 2시간이 나온다. 나는 마음을 가다듬었다. 최대한 안전하게 그러나 최대한 빠르게 가야 한다. 자동차 시동을 켜고 엑셀레이터를 밟자 최대한 안전하게는 사라지고 최대한 빠르게 가야 한다는 생각만 났다. 그래서 한시간 반만에 리조트에 도착했다. 돈의 위력은 역시 대단했다. 유가 화보가 날아갈 수도 있는 상황이 되니, 이게 된다.

리조트 주차장에 차를 주차하고 스태프들이 있는 현장까지 달렸다. 숨을 헐떡이며 현장에 도착하니 최실장이 반겼다. 다행히 가지 않고 기다리고 있었지만,

카메라와 조명은 모두 가방에 넣어 갈 준비를 마친 상태였다. 나는 숨 돌릴 틈도 없이 최실장에게 부탁했다.

"최실장님. 조명 세팅 다시 하고 촬영 준비해 주세요."

"촬영할 수 있겠어? 모델이 돌아가겠다고 난리야."

최실장이 눈짓으로 매니저에게 심술을 부리고 있는 아이돌을 가리켰다. 나는 곧장 그들에게 다가갔다.

"촬영이 늦어져서 미안해요. 대신, 최대한 빨리 진행할게요. 이번에 영화 캐스팅됐죠? 그 소식도 저희가 〈그레이스〉에 멋지게 잘 소개해 드릴게요."

나는 〈그레이스〉가 해줄 수 있는 최대한의 약속을 하며 아이돌을 달랬고, 까다롭게 구는 리조트 직원을 설득하며 빠르게 상황을 정리하고 촬영을 진행했다. 촬영 지연으로 몇 시간을 날린 탓에 서둘러야 했다.

"최실장님, 자연광 최대로 살려서 요정 같은 느낌으로, 아시죠? 도비라컷도 생각해주세요. 헤드라인이랑 리드 들어가야 해요. 헤어는 그대로 가고, 메이크업은 립만 바꿀게요. 다음 컷 의상은 지금 준비해주세요. 세 번째 컷 시안 보고 헤어 준비해주세요. 우리 조금만 서두르죠. 오늘 안에 8컷 다 찍어야 해요."

촬영은 내 잡지 인생 통틀어 신기록을 세울 정도로

빠르게 진행됐지만 보라가 워낙 시안을 잘 만들어둔 덕에 결과물은 나쁘지 않았다. 이제 두 컷만 더 찍으면 되는데 최실장이 야외에서는 더 이상 나올 컷이 없다며 스위트룸 촬영을 욕심냈다. 그렇지 않아도 나도 럭셔리의 끝판왕이라 불리는 JK 리조트의 스위트룸이 욕심이 나 도착하자마자 리조트 홍보 담당자에게 스위트룸 촬영을 부탁했었다. 하지만 담당자는 처음부터 촬영은 야외에 한 해 허가한 거라며 완강하게 거절했다.

"한번 더 말해봐. 이왕 하는 거 스위트룸까지 촬영하면 완벽하잖아."

최실장이 거듭 나를 재촉했다. 욕심이 나는 건 나도 마찬가지라 다시 담당자에게 전화를 걸었다. 아까의 완강한 태도를 보건데 또 거절당할 게 분명했다. 나는 거절당할 각오를 하며, 지금 촬영하는 컷만 끝나면 바로 홍보팀으로 달려가 매달릴 생각을 했는데 의외로 담당자는 흔쾌히 스위트룸 촬영을 허락하더니 촬영이 늦게 끝나면 거기서 숙박을 해도 좋다고까지 했다. 내 말을 전해 들은 최실장은 "이게 웬 떡이래?"라며 좋아했다. 정말 이게 웬 떡인지 모르겠지만 천만다행이었다.

촬영은 한밤중이 돼서야 끝났다. 술 좋아하는 최실장이 서울로 돌아가기에는 너무 늦은 시간이고, 스위트룸에 머물러도 좋다고 허락까지 받았으니 뒤풀이나 하자고 졸랐다. 스케줄이 바쁜 아이돌 모델은 촬영이 끝나자마자 돌아갔고, 빨리 집에 오라는 딸아이의 전화를 받은 헤어스타일리스트도 돌아갔다. 최실장과 최실장의 어시스트, 메이크업아티스트, 그의 어시스트, 나 이렇게 다섯 명이 남아 뒤풀이를 했다.

뒤풀이 분위기는 좋았다. 아침부터 촬영을 하네 마네 마음 졸이다 우여곡절 끝에 시작한 촬영이 무사히 잘 끝난 것에 대해 다들 안도하고 즐거워했다. 술이 몇 잔 돌았다. 나도 분위기를 맞춰 몇 잔 마셨는데, 평소 주량보다 빨리 취했다. 보라의 잠수부터 시작해서 다이내믹한 하루를 보낸 탓이었다. 더 마셨다가는 스태프들 앞에서 실수를 할 것 같아 조용히 밖으로 나왔다.

한밤의 리조트는 조용하고 평화로웠다. 나무가 많아서인지 한여름인데도 그다지 덥지 않았다. 조명등이 곳곳에 설치돼 있고, 산책로도 잘 조성돼 있어 가볍게 산책하기도 좋았다. 나는 나무가 우거진 산책길을 천천히 걸었다. 산책을 하면 술이 깰 줄 알았는데, 오히려 더 취하면서 몸이 물에 젖은 솜뭉치마냥 무거워졌다. 이대로 가다간 방으로 돌아갈 수 없을 것 같아 방이 있는 곳으로 방향을 틀어 걸었다.

걷다 보니 땅이 빙빙 도는 게 어지러웠다. 조금만 더 가면 방이지만 그 조금도 힘들어서 벤치를 찾아 앉았다. 피곤한 몸에 술기운까지 더해지니 저절로 눈이 감겼다.

설핏 잠에 든 나는 꿈을 꿨다. 상준이 통영에서처럼 나를 보며 다정하게 웃고 있었다. 맨날 정장만 입고 다니는 본부장과 달리 통영에서처럼 캐주얼한 차림이어서 더욱 통영의 상준 같았다. 나는 상준의 미소가 반갑고 그리워 상준의 얼굴을 쓰다듬었다.

"나 상준 씨에게 할 말 많은데······."

"뭔데요? 해봐요."

부드럽고 달콤하게 대답하는 상준을 보자 어리광을 부리고 싶어졌다. 그동안 나를 힘들게 하고 괴롭힌 것에 대해 투정을 부리고 싶었다. 꿈속이니까 하고 싶은 대로 해도 되겠지.

"너··· 너··· 네가 얼마나 재수 없는 인간인지 알아? 통영 가이드 강상준은 좋은데. 진짜 좋았는데. 그렇게 가슴이 설렜던 게 언제였는지 기억도 안날 정도로 좋았는데. 본부장 강상준은 왜 이렇게 재수가 없는 거야? 나쁜 놈, 뭐가 그렇게 잘난 건데? 너, 진짜 재수 없어."

 상준의 얼굴을 조심스럽게 어루만지던 손으로 톡톡 쳤다. 그러자 상준이 어이가 없다는 듯 웃었다.

 "취했어요? 취한 척 나한테 욕하는 건 아니죠?"

 웃는 모습이 좋았지만 얄밉기도 했다. 나를 이렇게 힘들게 괴롭히면서 뭐가 좋다고 웃는 건지. 나는 평소 꼭 한번 하고 싶었던 대로 상준의 가슴을 주먹으로 때렸다.

 "웃어? 난 울고 싶다. 나쁜 놈아."

 그런데 꿈이라고 하기에는 내 손에 닿은 감각이 너무 생생했다. 나는 상준의 볼을 꼬집어봤다. 아픈지 상준이 살짝 인상을 찌푸리며 내 손을 잡았다. 상준의 손이 따뜻했다. 손의 온도까지 느껴지는 걸 보면,

 "꿈이 아닌가?"

 나는 중얼거리며 다시 상준의 볼을 꼬집어보려 했는데 상준이 웃으며 말했다.

 "꿈인지 아닌지 확인하려면 자기 볼을 꼬집어봐야지."

 나는 멍하니 눈을 깜빡이며 상준을 보다가 서서히 깨달았다. 아, 지금 이 상황은 꿈이 아니라 진짜구나. 현실이구나. 그렇다면, 아까 한 고백 비스무리한 말도 상준이 들었을 텐데. 술도 깨고 잠도 깨는 것 같았다.

망했다. 이렇게 망신스러울 수가. 어떡하지?

잠시 고민하던 나는 결정을 내렸다. 이럴 때 내가 할 수 있는 최선의 대처법은 하나다. 계속 꿈이라고 우기는 것. 꿈인 척 다시 잠들어버리는 것. 나는 깜빡이던 눈을 천천히 감고 중얼거렸다.

"꿈인가 봐."

눈을 감고 잠든 척하는데, 상준이 낮게 웃는 소리가 들렸다.

망신살이 이걸로 끝났으면 그나마 다행인데, 나는 잠든 척하다 진짜로 잠들어버렸다.

그리고 다음날 스위트룸 침대에서 눈을 떴다. 숙취로 깨질 듯 아픈 머리를 꾹꾹 누르다 어젯밤 일이 생각났다. 술이 웬수였다. 술만 마시지 않았으면 상준 앞에서 그런 추태를 벌이지는 않았을 텐데. 그러다 문득 내가 어떻게 방으로 돌아왔는지가 궁금해졌다. 벤치에서 잠든 척하다 진짜로 잠들었던 것 같은데 왜 침대에서 눈을 떴지? 설마 상준이 나를 방으로 데려다준 건가?

최실장과 스태프들에게 내가 언제 숙소로 돌아왔는지 물었지만 그들은 나보다 더한 숙취에 시달리며 어젯밤 일을 기억하지 못했다.

"서부장, 밖에 나갔었어? 우린 전혀 몰랐는데…….

아우, 속 쓰려. 여기 룸서비스에 해장국 있나?"

최실장이 해장국을 찾자마자 도어벨이 울리더니 룸서비스로 해장국과 숙취해소제가 왔다.

"저기, 이거 누가 시킨 거예요?"

나는 룸서비스를 가져온 직원에게 물었다.

"강상준 본부장님이 가져다 드리라고 하셨어요. 속이 많이 안 좋으실 거라고요."

"강상준 본부장이요? 매거진사업부 그 본부장? 진행비 다 깎아버렸다고 욕하던 그 매정하고 싸가지 없는 본부장?"

최실장이 숙취해소제를 마시며 내게 물었다. 내가 대답하기도 전에 직원이 생색내듯 말했다.

"본부장님, 그렇게 매정한 분 아니세요. 어제 스위트룸 촬영 허가 내준 것도, 여기서 투숙하게 해드린 것도 다 본부장님 지시였어요."

그러더니 직원이 새침하게 나를 봤다.

"잘 주무셨어요? 어젯밤 벤치에서 잠드신 거, 본부장님이 업어서 방까지 모셔다드렸어요. 저희가 하겠다고 했는데, 본부장님이 됐다고 그냥 하셨어요."

세상에, 리조트 직원들까지 내가 술에 취해 상준의 등에 업혀 방으로 간 것을 다 봤다. 망신도 이런 망신이 없다. 근 10년 이래, 아니 내 평생 이런 망신은 없었다. 나는 나를 탓하다 상준을 탓했다. 대체 왜 상준이 이 타이밍에 리조트에 있는 건가. 그가 여기에 없었다면 그런 일도 생기지 않았을 거다. 나는 직원 앞에서 얼굴을 들 수가 없었다.

"그러네. 매정하지는 않네. 술 취한 부하 직원 업어서 방까지 데려다 주는 걸 보면……, 나라면 그냥 벤치에 뒀을 텐데."

숙취해소제가 효과가 있는지 최실장이 한결 편해진 얼굴로 직원에게 물었다.

"본부장님에 대해 잘 아시나 보다. 매정한 사람 아니라고 편드는 거 보면."

"작년까지 저희 리조트 본부장으로 계셨어요."

직원은 잠시 생각하다 덧붙였다.

"합리적인 분이세요. 회사 방침 때문에 구조조정을 주도하긴 하셨지만, 최대한 저희들 입장에서 배려해 주셨어요."

민부장한테서 상준이 JK 리조트 구조조정을 담당했었다는 얘기를 들었던 게 생각났다. 구조조정을 당한 직원들 입장에서는 상준에 대한 마음이 좋을 리가 없을 텐데도 상준의 편을 드는 것을 보면, 상준이 정말 매정한 사람은 아닌가 보다. 최실장은 상준에게 궁금한 게 많은지 직원을 붙잡고 계속 질문을 했다.

"여기는 자주 오세요?"

"회장님께 보고하러 주기적으로 오세요. 회장님께서 여기서 요양 중이시거든요."

"아우, 회장님은 좋으시겠다. 이런 데서 요양도 하고. 없던 병도 싹 낫겠어요."

나는 최실장과 직원의 이야기를 들으며 상준이 매정하든 아니든 당분간 최선을 다해 상준과 마주치지 않도록 피해 다녀야겠다 다짐했다.

다사다난 파란만장했던 8월호 마감도 끝이 났다. 나는 무사히 마감을 했다는 것만으로 그저 감사해하며 일등 공신인 프리랜서 선배들에게 저녁을 대접했다.

"선배들, 이 은혜 잊지 않을게. 두고두고 결초보은 할게."

"결초보은은 됐고, 너도 우리 꼴 나지 않으려면 미리 준비해."

희영 선배의 말에 수지 선배가 고개를 까닥이며 돌림노래 부르듯 따라했다.

"미리 준비해."

선배들은 오래된 만담 커플처럼 완벽한 호흡으로 서로 주거니 받거니 하면서 종이 시대의 종말에 대해 쏟아냈다.

"산업혁명 후 자동차의 등장에 마차가 사라졌지."

"전기 기차가 등장하며 증기 기차가 사라졌고."

"시대가 발전하면 시대에 뒤떨어진 것은 사라지게 돼 있어. 우리 시대에는 그게 잡지야."

"라이센스 말고는 모두 사라질 거야."

"라이센스지가 몇 개나 된다고."

"그러니까. 거기 들어갈 수 있는 사람은 아주 소수야. 노아의 방주처럼. 그들은 예외로 봐야지."

"노아의 방주에 타지 못한 잡지쟁이들은 디지털 시대의 홍수에 떠밀려 사라질 거야."

"잡지는 이미 뇌사 상태야. 소생할 기미가 없어."

"뇌사라니, 이미 관에 들어가 있는데. 관뚜껑에 못 질하는 소리가 들리지 않니?"

"쾅쾅쾅쾅. 들린다 들려."

내가 끼어들 틈도 없이 선배들의 한탄이 길게 늘어졌다. 나는 선배들의 넋두리를 들으며 어쩌다 잡지가 시대에 뒤떨어진 퇴물이 돼 버렸는지 슬퍼졌다. 선배들의 이야기는 지금 내가 현장에서 몸소 경험하고 있는 것들이다.

나는 잡지가, 잡지쟁이들이 도도새 같다는 생각을 했다. 세상과 단절된 섬에 살던 도도새. 어느 날 갑자기 불어닥친 변화를 극복하지 못하고 멸종돼 버린 도도새. 우물보다 작은 자신의 세상이 전부인 줄 알고 우쭐대다 사라져 버린 도도새. 잡지는 디지털 시대의 도도새가 아닐까. 우리도 도도새처럼 멸종하게 될까. 얼마나 많은 도도새가 시대에 밀려 멸종하게 될까.

위태로운, 9월호

 잡지의 미래에 대한 내 걱정과 염려는 그리 오래 가지 못했다. 지금 당장 해결해야 할 문제가 터졌기 때문이다. 휘의 담임 선생님에게서 전화가 걸려 왔다. 휘가 학교에서 친구들과 몸싸움을 벌였다는 것이다. 나는 바로 택시를 잡아타고 달려갔다. 이런 일로 휘의 선생님에게 호출당한 것은 처음이었다.

 학교 앞에 도착해 택시에서 내리자마자 제일 먼저 만난 사람은 또 다른 택시에서 내린 상준이었다. 상준도 나처럼 경황이 없어 보였다. 나는 그가 왜 여기에 왔는지 물을 틈도 없이 함께 달려서 담임 선생님에게 갔다. 교장실에는 휘와 같은 반 친구들 4명, 그들의 부모인 듯 보이는 어른들이 세 명 와있었다. 상준이 휘 옆에 서있는 예쁘장한 여자아이에게 다가갔다.

"서우야,"

"난 괜찮아요."

 서우는 상준이 이름을 부르기만 했는데도 괜찮다고

새침하게 대답하더니 더 이상 질문하지 말라는 듯 머리를 돌려 상준을 외면했다. 나도 휘의 옆으로 갔다. 엉망인 휘의 머리를 정돈해 주며 어디 다친 데는 없는지 살피는데, 휘가 부은 얼굴로 내 손길을 피하며 말했다.

"다친 데 없어."

"저기요, 사과부터 하는 게 먼저 아니에요?"

먼저 와있던 학부모 한 명이 까칠하게 말하며 나를 노려봤다. 학부모가 감싸고 있는 아이의 헝클어진 머리와 늘어난 옷을 보니, 휘에게 맞은 것 같았다. 다른 학부모가 험악한 얼굴로 삿대질을 했다.

"대체 애 교육을 어떻게 하는 겁니까? 우리 애 얼굴 좀 봐요. 여기 상처 난 거 어떡할 거예요?"

아이의 턱에 3mm 정도의 손톱자국이 나 있었다.

"죄송합니다. 죄송합니다."

90도로 허리 숙여 사과하는데, 상준이 내 앞을 가로막고 섰다. 상준은 나를 보호하려는 듯 뒤로 보내고 항의하는 학부모를 상대했다.

"아이가 다친 건 죄송합니다. 그런데 전후 사정을 못 들어서, 어떻게 된 건지 듣고 싶은데요."

"전후 사정이고 뭐고 딱 보면 몰라요? 저 애 둘이 편먹고 아무 이유도 없이 애들을 팼다니까요?"

학부모가 지목한 편먹은 애 둘은 휘와 서우다. 휘와 서우가 같이 합심해 남자애 세 명을 이유도 없이 때렸다는 거였다. 얼굴에 손톱자국이 있는 아이 외에 나머지 두 명도 헝클어진 머리에 코피 자국이 있었다. 하지만 휘와 서우도 만만치 않게 헝클어져 있었다. 휘는 코피 자국에 티셔츠가 찢어져 있고 서우의 팔에는 뻘건 손자국이 있었다. 아이들의 상태로 봤을 때 일방적 폭행은 아닌 것 같았다.

 휘는 누구를 때리거나 괴롭힐 아이가 아니다. 아기 때부터 자기가 맞으면 맞았지 장난으로라도 누구를 때리는 것을 보지 못했다. 보통 부모들은 내 아이는 착하고, 내 아이는 절대 누굴 괴롭히고 때릴 아이가 아니라고 한다. 나도 고슴도치 부모라 무조건 휘를 감싸려 하는 걸까? 내가 휘에 대해 잘 모르고 있었던 건가? 그런데 진짜 휘는 그런 아이가 아닌데. 이모도 휘처럼 순둥순둥한 남자아이는 처음 본다고 했는데. 휘를 쳐다보자 휘가 슬그머니 내 시선을 피했다. 지금 이 상황에 대해 내게 아무런 변명도 하지 않으려는 거다.

 담임 선생님이 상황을 설명하려 했다.

 "청소 시간에 모여서 얘기하고 있었는데 휘가 갑자기 애들을 때려서 싸움이 시작됐다고 해요. 같이 있던 아이들 얘기 들어보니까 말다툼을 하다 몸싸움으로 이어진 것 같아요."

나는 나를 외면하고 돌아서 있는 휘를 붙잡고 물었다.

"네가 얘들 먼저 때렸어?"

"응."

"왜?"

휘는 입을 꾹 다물었다. 서우를 쳐다보자 서우는 새침하게 시선을 돌리고 딴청을 부렸다.

상준과 나는 각각 서우와 휘를 데리고 학교를 나왔다. 학폭위를 열어야 한다는 학부모들에게 사죄하고 사정하느라 진이 다 빠졌다. 다시는 같은 일이 반복되지 않도록 철저히 교육 시키고, 치료비와 위로금을 드리겠다 약속하며 겨우 합의를 봤다.

휘의 폭행 사건은 마무리가 됐지만 여전히 이유가 궁금했다. 이유를 알아야 다시는 같은 일이 반복되지 않게 교육시키고 다독일 수 있을 텐데, 휘와 서우는 약속이라도 한 듯 입을 꾹 다물고 있었다. 내가 괜찮다, 혼내지 않겠다 어르고 달래며 이유를 물어도 휘는 한마디도 하지 않았다.

답답해하며 한숨을 쉬던 나는 상준과 눈이 마주쳤

다. 내가 눈짓으로 아이들에게 말 좀 붙여보라고 압박을 줬지만 상준은 딸과 내외라도 하는지 거리를 두고 어색해했다. 회사에서는 그렇게 조곤조곤 협박성 말도 잘하는 사람이 딸에게는 눈치만 보며 입도 떼지 못했다.

그때 구세주처럼 재우가 나타났다. 재우를 보자 휘의 얼굴이 갑자기 밝아졌다.

"삼촌!"

"정실장이 여길 어떻게 왔어?"

재우가 휘의 어깨에 팔을 두르며 내 말에 대답했다.

"휘가 와달라고 전화했어."

휘를 쳐다보자 휘가 슬그머니 재우 뒤로 가 숨었다. 재우가 휘를 보호하듯 감싸며 말했다.

"난 휘랑 남자 대 남자로 할 얘기가 있거든. 걱정 말고 먼저 가, 내가 저녁까지 먹이고 보낼게."

재우가 휘를 데리고 갔다. 나는 멀어지는 휘를 보다가 상준을 봤다. 상준은 무표정한 얼굴로 재우와 휘를 보다가 내게 목례하고는 서우와 함께 걸어갔다. 상준의 기분은 좋아 보이지 않았다. 전학 온 지 얼마 안 된 딸이 폭행 사건에 연루됐으니 좋을 리가 없을 것이다. 나는 내 아들이 폭행의 주범으로 지목된 상황에서도 상준과 그의 딸을 걱정하며 혼자 터덜터덜 걸어서 집으로 돌아왔다. 휘가 대체 왜 친구들과 싸웠을지 이유를 생각해 보려 했지만 도무지 짐작 가는 게 없었다. 이모도 휘가 싸워서 학교에 불려갔었다는 얘기를 듣고는 나와 같은 반응을 보였다.

"우리 순둥이가 그럴 리가 없는데."

그러니까 그럴 리가 없는 우리 순둥이가 왜 싸웠을까? 재우를 만나고 돌아온 휘는 나와 이모의 궁금해 죽으려 하는 눈빛을 무시하고 자기 방으로 쏙 들어가 버렸다. 재우 삼촌이 피자를 사줬다며 저녁도 먹지 않고 자겠다고 했다. 이모가 따라 들어가 물어봤지만 아무 소득도 없이 쫓겨나왔다. 이제 믿을 데는 재우밖에 없다.

재우는 거의 밤 열 시가 다 돼 연락을 해왔다.

"연락이 늦었지? 급하게 포토샵 작업할 게 있어서 그거 마무리하느라 늦었어."

"미안해. 매번 신세만 진다."

"신세라니, 서운하려고 하네. 휘, 내 조카야. 당연히 내가 챙겨야지."

"그래도… 미안해."

휘에게 한결이 필요할 때마다 재우가 휘의 옆을 지켜주었다. 재우가 휘를 남자 목욕탕에 데려갔고, 휘에게 자전거와 야구를 가르쳐주고, 남자와 여자의 신체가 다른 점이라든가 남자로서 알아야 할 것들을 알려주었다. 재우는 그 바쁜 스케줄에도 틈만 나면 휘를 데리고 야구장이며 축구장에 갔고, 휘가 연락하거나 부탁하는 일은 거절하는 법이 없었다. 그래서인지 휘는 재우를 무척이나 잘 따랐다. 나에게는 말하지 못하는 것도 재우에게는 곧잘 말했다. 오늘처럼 말이다. 재우가 휘를 진심으로 아끼는 것은 알지만 매번 신세를 져야 하는 나로서는 염치가 없고 미안했다.

"정 그러면, 미안하다 하지 말고 고맙다고 해주라. 난 누나가 나한테 미안해하는 거 싫거든."

"그래, 고마워."

"흠, 이것도 별룬데. 너무 선 긋는 것 같잖아. 정 없어 보여. 뭐가 좋을까?"

"됐고, 그래서 휘랑 얘기는 해봤어? 뭐래?"

"휘가 말이야, 다 컸더라. 언제 저렇게 컸는지……. 잠깐만 나 눈물 좀 닦고. 손수건이 어딨더라? 시간 괜찮지? 나 손수건 좀 찾아올게."

"장난 그만 치고 빨랑 말해. 뭔데?"

미안하고 고맙다고 하던 것이 일분도 채 지나지 않았는데 내 목소리에 나도 모르게 짜증이 묻어났다. 재우의 장난을 좋아하고 평소에는 즐겁고 재밌어하며 받아주지만, 오늘은 아니다. 내 아들 문제다. 속이 타들어가는 것도 모르고 장난이라니. 재우가 낄낄거리더니 휘에게서 들은 사건의 전말을 말해주었다.

 청소 시간, 남자아이 세 명이 휘가 엄마 뱃속에 있을 때 아빠가 죽었고, 그래서 휘는 사생아이고 휘 엄마는 미혼모라고 놀렸단다. 어릴 때부터 아빠 없는 아이라는 소리를 수도 없이 들어왔던 휘는 익숙하게 무시하고 있었는데, 서우가 불쑥 끼어들었다.
 "니들 미혼모가 뭔지는 알아? 사생아가 뭔지는 알아? 내가 이런 단어에 대해서는 아주 빠삭한데, 쟤는 사생아가 아니라 유복자야. 유복자가 뭔지는 알아? 니들한테는 너무 어렵나? 욕을 하더라도 뭔지는 알고 욕을 해. 쏘~ 스튜피드. 아, 스튜피드는 멍청하다는 거야."
 예쁜 전학생 서우에게 호감을 가지고 있던 아이들은 호감을 가졌던 그 아이에게서 무시를 당하자 울컥해 서우를 밀쳤고, 그걸 본 휘가 서우를 밀친 아이를 밀치며 몸싸움이 시작됐다. 휘는 이 일을 내가 알면 마음 아파할 것 같아 내게는 비밀로 하고 싶어 했단다.

이야기를 전해 듣고 휘에게 너무 미안했다. 한결이 죽은 후 내가 버틸 수 있었던 것은 휘 때문이었다. 나는 휘 덕분에 살 수 있었는데, 그것 때문에 휘가 놀림을 받아야 하는 게 미안했고, 그걸 내색하지 않고 혼자 견디고 있는 게 미안했다. 나 때문에 너무 일찍 어른이 되는 건 아닌지 속상하고 또 미안했다. 재우는 휘가 속이 깊고 기특하다고 했지만 나는 휘가 그냥 또래 아이들처럼 아이 같았으면 좋겠다.

 궁금해 하는 이모에게도 재우에게서 들은 얘기를 전해주고 휘의 방문을 열었다. 휘는 이미 깊이 잠든 것 같았다. 잠든 휘의 곁에 다가가 꼬옥 껴안자 잠투정을 하며 짜증을 냈다. 이런 모습은 딱 아기 때 모습 그대로인데. 나는 아기를 재우듯 토닥이다 상준과 서우를 떠올렸다. 새초롬하던 서우의 모습과 아이들에게 쏴붙였다는 말솜씨, 상준을 대하는 태도로 보건데, 서우가 상준에게 전후 사정에 대해 말했을 가능성은 거의 제로에 가까웠다.

 "궁금해 할 텐데……."

 상준이 신경 쓰였다. 핸드폰을 만지작거리며 상준에게 알려줄 것인가를 두고 고민했다. 괜한 오지랖인가 싶다가 다시 생각해 보니 부모가 자식의 일에 대해 궁금해 하는 건 당연하고, 같은 학부모로서 이 정도의 배려는 해주는 게 마땅한 것 같았다. 나도 휘가 대체 왜 싸웠는지 궁금하고 걱정돼서 죽을 지경이었지 않나. 나는 마음을 정하고 전화를 걸었다. '같은 학부모'로서 전화하는 건데도 주책없이 심장이 마구 쿵쾅거렸다. 통화 연결음이 울리자마자 상준이 전화를 받았다.

"서경주예요."

"네."

상준은 왜 전화했냐 묻지 않았다. 수화기 너머로 희미하게 음악 소리가 들렸다.

"음악 듣고 있었어요?"

나도 모르게 묻고는 입술을 깨물었다. 음악을 듣고 있건 아니건 무슨 상관이라고 그런 걸 묻는단 말인가. 서둘러 말을 더했다.

"그러니까 제가 방해한 건 아니죠? 애들이 왜 싸웠는지 궁금해 할 것 같아서, 알려드리려고 전화했어요."

나는 재우에게서 들은 이야기를 상준에게 전했다. 조용히 이야기를 들은 상준이 말했다.

"고마워요. 전화해 줘서."

상준과 말소리를 높이지 않고 대화한 것은 통영 이후 처음이었다. 상준의 목소리가 이렇게 듣기 좋았나 싶었다. 게다가 수화기 너머 들리는 음악 소리는 카니발의 노래였다. 나는 괜히 어색하고 쑥스러워졌다. 그리고 곧 이런 감정을 상준에게 가져서는 안 된다고, 쑥스러워하는 나를 단속했다. 어쨌든 그는 직장 상사이고 약혼녀가 있는 남자다. 실수는 한번이면 족했다. 그에게 어떤 이성적인 관심도 가져서는 안 된다. 그래서 불쑥 말해버렸다.

"고마우면 기자 한 명만 더 쓰게 해 줘요."

풋 웃는 소리가 들렸다.

"웃어요?"

내가 퉁퉁거리자 상준이 웃음기 어린 목소리로 대답했다.

"너무 경주 씨다운 말이라서요."

'경주 씨'라는 호칭도 오랜만이다. 흠… 생각해 보니, 경주 씨라는 호칭은 처음이다. 통영에서는 '소영 씨'라고 불렀고, 회사에서 만난 이후로는 계속 '서부장'이라 부르고 있었다. 상준이 불러주는 내 이름. 이런 걸로 마음이 간질거리면 안되는데. 속절없이 설렌다.

"나다운 말이라는 게 뭔데요?"

"솔직하고 당당한 거."

이렇게 갑자기 뜬금없는 칭찬이라니. 내가 뭐라 답

해야할지 몰라 머뭇거리는데 상준이 상준다운 말을 했다.

"고마운 건 고마운 거고, 공과 사는 구분하죠."

"나는 뭐 이런 말하는 게 쉬운 줄 알아요? 나도 애들 팔면서 이런 부탁하기 싫다고요. 근데 내가 오죽하면, 오죽 절실하면 이러겠어요?"

나는 자꾸만 마음 한구석이 간질거려서 더 뻔뻔하게 나갔다.

"기자 한 명 더 없어도 8월호 마감 잘했잖아요."

"잘하긴요. 내 목숨 최소 5년치는 갈아 넣었다고요."

"5년치인지 객관적 수치로 증명할 수 있어요?"

싸가지 강상준. 잠깐 혹해서 설렌다는 둥 했던 내가 멍청했다. 나는 속으로 상준의 욕을 했다. 괜히 전화해서 알려줬다. 궁금해서 속이 터지게 놔둘걸. 궁시렁거리며 전화를 끊어버렸다.

전화를 끊고 나서 물을 마시다 리조트 이후 처음으로 상준과 대화한 것임을 깨달았다. 그날 이후 상준을 계속 피했고 마감하면서도 마주친 적이 없었다. 계속 상준을 피할 수는 없으니 다시 마주치게 되면 어떤 표정을 짓고 무슨 말을 해야 할지 고민을 했었다. 술을 마시고 필름이 끊긴 척을 해야 하나, 고백 비스무리한 말을 한 적이 없다고 잡아떼야 하나, 한동안 이불킥을 날렸었다. 그동안 고민한 게 무색하게 이렇게 그냥 대화를 해버렸다. 뭔가 허무하면서도 이상하게 편했다. 상준과의 일은 언제나 내 예상과는 다르게 흘러간다.

"〈드리머〉가 폐간됐대요!"

주말을 보내고 출근한 아침, 범호가 충격받은 얼굴로 달려와 〈드리머〉의 폐간 소식을 알렸다. 누구도 예상하지 못한 일이었다. 〈드리머〉 편집부는 8월호 마감을 마치고 마감 휴가를 가며 9월호 기획 회의 날짜를 잡았었다. 그런데 짧은 휴가를 마치고 출근하니 전격 폐간이라는 소식이 기다리고 있다. 〈드리머〉 팀은 말할 것도 없고 매거진사업부 전체가 받은 충격은 가히 핵폭탄급이었다.

나는 가방을 자리에 내려놓자마자 휴게실로 달려갔다. 민부장과 다른 편집장들, 광고부장들이 속속 모여들었다. 차부장이 어느 때보다도 더 어두운 얼굴로 음산하게 중얼거렸다.

"설마하던 일이 진짜로 벌어졌어."

"〈드리머〉 폐간이 구조 조정의 서막일까, 아니면 엔딩일까?"

만부장이 말하자 다들 그런 말 하지 말라며 몸서리를 쳤다.

"가만히 있으면 안돼요."

내가 투사처럼 분연히 일어나 외치자 민부장이 물었다.

"가만히 안 있으면?"

"가서 따져야죠. 항의해야죠. 이건 경우가 아니잖아요."

내 말에 사람들이 동의했다. 다 같이 본부장실로 가자고 떠들며 나서려는데 상준과 김실장이 휴게실로 들어왔다. 김실장은 편집장들이 휴게실에 모여있다는 소식을 듣고 본부장이 직접 상황 설명을 하기 위해 온 것이라고 했다. 사람들이 은근슬쩍 나를 앞으로 밀며 눈짓을 했다. 나보고 총대 메고 상준에게 따지라는 뜻이다. 나는 좀 전에 한 말도 있고 해서 싫다고는 못하고 상준 앞으로 갔다. 모두가 볼 수 있게 분기탱천한 얼굴을 꼿꼿이 들고 사람들이 지켜보는 앞에서 말했다.

"〈드리머〉 폐간 결정, 재고해 주세요."

"〈드리머〉의 폐간은 객관적 수치와 분석 하에 결정된 사항입니다. 재고할 일이 아닙니다."

"객관적 수치와 분석이 모든 걸 설명하나요? 그동

안 〈드리머〉가 쌓아온 가치, 문화, 명성. 객관적 수치로 평가할 수 없는 것들도 있어요. 수치만 보고 숫자놀음이나 하는 본부장님 같이 계산적이고 독단적인 사람은 볼 수 없는 무형의 가치가 있다고요!"

내가 쏟아내는 거침없는 독설에 지켜보는 편집장들과 광고부장들이 숨을 헉 들이키는 것이 보였다. 서로 눈빛을 교환하는 게 나를 말려야 하는 게 아닌가 의논하는 것 같았다. 나보고 총대 메라고 밀 때는 언제고 이제는 또 말리려고 하나. 하지만 난 멈추고 싶지 않았다. 말을 하면서 나 스스로 내 말에 설득돼 더욱 분노가 일었다. 숫자와 이익만을 추구하는 본부장 강상준에게 그가 얼마나 큰 잘못을 저질렀는지 깨닫게 해주고 잘못을 돌이키게 만들고 싶었다.

내가 본부장과 대치한다는 소리를 들었는지 수철 선배가 숨을 헐떡이며 달려왔다. 수철 선배는 나를 보며 어쩔 줄 몰라했다. 괜히 〈드리머〉 일에 나섰다가 〈그레이스〉까지 피해를 입지 않을까 걱정하는 선배 마음을 모르는 바는 아니다. 하지만 말도 안 되는 일이 벌어졌는데 내 일이 아니라고 모른 척 그냥 받아들여서는 안된다. 누군가는 이의를 제기해야 한다. 지금은 내 일이 아니지만 내일은 내 일이 될 수 있다. 지렁이도 밟히면 꿈틀해야 밟은 사람이 눈치라도 본다. 이 정도 하면 제발 눈치 좀 봐줘라.

그러나 상준은 언제나 그렇듯 본부장으로서의 평정심을 잃지 않고 내 항의에 대답했다.

"무형의 가치는 박물관에서 찾을 일이고 회사는 수익을 원합니다. 계속 적자만 내는 매체를 유지해야 할 이유가 없습니다."

"그렇다고 어떻게 한순간에 폐간시킬 수가 있어요?"

"이미 판단이 끝난 일을 미뤄봤자 적자만 늘어날 테니까요."

"사람이 어떻게 그럴 수가 있어요? 피도 눈물도 없어요? 본부장님이 그렇게 좋아하는 AI도 본부장님보다는 인간적이겠어요!"

상준과 말을 할수록 말이 통하지 않아 더 분통이 터졌다.

"서부장, 릴렉스. 이렇게 흥분할 일이 아니야."

안절부절하던 수철 선배가 더 이상은 못 참고 끼어들어 나를 말렸다. 수철 선배가 "뭐 하고 있어, 서부장 좀 데려가"라며 옆의 사람들을 재촉했고, 정신 차린 차부장이 나를 억지로 데리고 휴게실을 나왔다.

내가 모두가 보는 앞에서 공개적으로 본부장에게

맞선 사건은 실시간으로 회사 내에 퍼졌다. 사람들은 내가 처음부터 본부장을 못마땅해 하는 것 같더니 돌이킬 수 없는 강을 건너버렸다고 안쓰러워했다. 저러다 〈드리머〉에 이은 두 번째 타겟은 〈그레이스〉가 될 것 같다고 혀를 차면서도 자신들이 하고 싶은 말을 대신해줘 속은 시원했다고 속닥였다. 나처럼 본부장 앞에서 쏘아붙일 용기는 없었지만 둘만 모이면 상준의 욕을 해댔다.

상준의 욕만 하는 게 아니라 서로의 욕도 했다. 어제의 동료가 지금은 경쟁자가 되었다. 내가 〈드리머〉 꼴이 되지 않으려면 너보다 앞서야 했기에, 서로를 견제하고 경쟁하며 사소한 일로도 부딪치며 싸웠다. 하루에도 몇 번이나 말다툼하는 소리가 여기저기서 들렸다. 회사 분위기는 최악으로 치달았다. 하루가 다르게 살벌해졌다. 지금은 말로 다투지만 이러다 곧 몸싸움까지 하게 되는 건 아닌지 걱정이 될 즈음, '워크숍 공지'가 내려왔다.

나는 워크숍 공지를 보며 코웃음을 쳤다. 엉망이 된 회사 분위기를 다독이려 워크숍을 하려는 것일 테다. 워크숍 가서 적당히 술 먹이고 기분 맞춰주고 쌓아둔 얘기를 하게 하면 풀릴 거라 생각하는 거겠지. 근본적인 문제는 덮어두고 적당히 무마하려는 얕은

술수다. 우리를 바보로 아는 게 틀림없다. 누구의 아이디어인지 모르겠지만, 하찮다. 상준의 아이디어라면 정말 실망이다. 공지가 종이 문서로 하달된 거라면 시원하게 찢어버리기라도 할 텐데, 전자 공지로 내려온 거라 힘껏 마우스를 클릭해 창을 닫는 것 밖에 할 수 있는 게 없어 몹시도 아쉬웠다.

누구 하나 워크숍에 가고 싶어 하는 사람은 없었지만 위에서 정한 것을 아랫것들이 따르지 않을 도리가 없다. 끌려가는 노예들마냥 꾸역꾸역 단체로 버스를 타고 강원도에 위치한 JK 사원연수원으로 실려 갔다. 여름 휴가철이라 고속도로는 어마어마하게 막혔고 가뜩이나 탐탁지 않아 하던 사람들의 투덜거림도 그만큼이나 어마어마해졌다. 굼벵이처럼 기어가는 버스 안에서 워크숍을 기획한 자를 찾아내 참형에 처해야 한다고 궁시렁거렸다.

들리는 소문에 의하면 워크숍을 제안한 것은 김실장이었다. 김실장은 워크숍의 성공을 위해 레크레이션 단기 강좌까지 수강하며 친목을 도모할 방법을 연구했다고 한다. 회사 앞에 모여 워크숍에 데려가 줄 버스를 기다리는 동안 평소와는 달리 한껏 미소를 짓고 이 사람 저 사람에게 다가가 사근사근 말을 붙이던 것을 보면 그냥 나온 소문만은 아닌 것 같다.

이른 아침에 출발한 버스는 점심이 한참 지나서야 연수원에 도착했다. 늦은 점심으로 도시락이 제공됐다. 막힌 고속도로에서 지칠 대로 지친 사람들은 얼른 먹고 잠이나 자고 싶어 했다. 하지만 김실장이 허락하지 않았다.

 점심을 먹자마자 대형 강당에 사람들을 불러 모아 놓고 비싼 돈을 주고 데려온 업계 최고 인기 MC에게 사회를 보게 했다. 어서 분위기를 띄우라는 김실장의 압박 속에 MC는 장인 마인드로 하나하나 정성껏 준비한 게임에 막대한 상품을 걸고 쿵짝쿵짝 분위기를 띄우며 참여를 유도했다. 하지만 처음부터 워크숍 같은 거 오고 싶어 하지 않았던 데다 피곤에 절은 사람들에게는 하나도 통하지 않았다. 사람들은 MC가 뭐라 하건 철저하게 무시하는 것으로 대응했다.

 억지로 무대로 불러내 게임을 시키면 뚱한 얼굴로 아무 말도 없이 있다가 "내가 졌네요."하면서 내려갔다. 워크숍을 준비한 김실장과 현장 분위기를 이끄는 전문 MC의 얼굴은 점점 사색이 되어갔다. 처음 왔을 때만 해도 자신만만하던 전문 MC는 이제 대놓고 애원했다.

 "초성 게임에 참여하실 분, 나와주세요. 아무도 안 계세요? 사람 하나 살리는 셈 치고 제발 나와주세요."

아무도 반응하지 않았다. 서로 수군대다 이제 그만 하고 들어가자고 일어서기 시작했다. 그때 상준이 손을 들었다.

"제가 할게요."

상준이 손을 드는 것을 보며 내 손이 자동적으로 올라갔다.

"저도 할게요."

위에서 마음대로 정한 워크숍에 동조하고 싶은 마음은 일도 없었지만 상대가 상준이라면 얘기가 달라진다. 나는 정말이지 간절하게, 단 한번이라도 상준의 얄미운 코를 납작하게 해주고 싶어 안달이 나던 참이었다. 가위바위보든 뭐든 상준을 이겨보고 싶었.

모처럼 두 명의 지원자가 나와서인지 MC의 얼굴이 환하게 폈다. 상준과 내가 무대에 올랐다. 나는 무심히 서있는 상준을 보며 기필코 이기고야 말겠다는 결의를 다졌다. 반드시 이길 것이다. 게다가 게임도 초성 게임. 글을 다루고 책을 만드는 내게 더 유리한 게임이다.

사회자가 초성을 제시했다.

"제가 제시하는 초성을 듣고 음식 이름을 먼저 말씀하시면 됩니다. 자, 첫 번째는 ㅈㅊ."

난 상준에게 기회를 놓칠 새라 재빨리 손을 들고

말했다.

"조청!"

"조청을 음식이라고 하기는 좀 그렇죠? 땡!"

"잡채."

상준이 여유롭게 말했다.

"딩동댕! 본부장님 정답!"

내가 시간을 벌어준 탓에 상준이 쉽게 답을 맞혔다. 그 뒤로도 마찬가지였다. 나는 승리를 자신하며 진지하게 게임에 임했지만 이기고 싶은 열망이 너무 큰 탓에 서둘렀고, 계속 상준에게 밀리자 초조함에 더욱 서두르다 결국 완패했다. 상준에게 지고 나니 내 승부욕은 더욱 불타올랐다.

"초성게임의 승자는 강상준 본부장님이십니다. 축하합니다~! 그리고 패자인 서경주 부장님께는 위로의 상품을 드립니다. 이제야 하는 얘긴데 패자 상품이 훨씬 더 좋은 거예요."

워크숍에 온 후 처음으로 게임다운 게임을 진행해서인지 한결 편해진 얼굴을 한 MC가 상품을 내밀었지만 나는 쳐다보지도 않고 상준을 노려보며 말했다.

"상품은 됐고요, 다음 게임 진행하시죠."

초성 게임을 시작으로 나는 이어지는 모든 게임에서 상준을 상대했다. 게임 같은 것에는 관심 없어 하던 사람들이 태도를 바꿔 열성적으로 나를 응원했다. 모두가 나와 같은 마음이었다. 누구라도 좋으니 제발 저 잘난 본부장의 코를 납작하게 눌러주기를 바랐다.

나와 사람들의 간절한 열망에도 불구하고 나는 모든 게임에서 상준에게 졌다. 반반의 확률로 고르기만 하면 되는 복불복에서조차 질 정도로 운이 안 따랐다. 번번이 지기만 하자 응원하던 사람들이 의기소침해져 그만하면 됐다 말렸지만 나는 포기할 수 없었다. 포기하고 싶지 않았다. 정말이지 단 한번만이라도, 딱 한 번만, 아주 간절하게 상준을 이기고 싶었다.

게임하는 내내 여유롭게 나를 상대하던 상준은 내가 이기기 위해 까나리액젓까지 원샷하자 불쌍했는지 일부러 져주려고 했는데, 그게 나를 얕잡아 보는 것 같아 더 열받았다.

"정정당당히 하시죠!"

나는 담력게임에 마지막 승부수를 걸고 상준을 상대로 지목했다.

담력게임은 워크숍 장소에서 3km쯤 떨어진 폐가에 누가 먼저 갔다 오는지 대결하는 게임이다. 아무도 지원하지 않아 나와 상준만이 대결하게 됐다. 사람들은 모두 자리를 뜨고 끼리끼리 술을 마시러 갔다. 계속 그만하라고 말리던 이서가 마지막으로 한번 더 그만하라고 말렸지만 내가 들은 체도 하지 않자 "어휴, 그놈의 승부욕은" 하고 진저리를 치며 술을 마시러 갔다. 나도 내가 왜 이렇게까지 오기를 부리는지 모르겠지만, 나는 오늘 상준을 상대로 기필코 이기고야 말 것이다.

그렇게 시작된 담력게임, 어느새 해가 진 산속의 밤은 너무 캄캄했다. 휴대용 플래시도 발아래만 희미하게 비출 뿐 별 도움이 되지 않았다. 산 어딘가에서 수상쩍은 동물들의 소리가 났다. 바스락거리는 소리도 났고, 새가 우는 소리도 들렸다. 어둠 때문에 시야가 제한되자 온몸의 촉각이 곤두서 주변의 위험들을 감지하려 했다. 나는 작은 소리에도 움찔 놀라며 잔뜩 긴장한 채 걸어갔다. 밤눈이 어둡고 겁도 많은 내가 대체 뭐하는 짓이람. 상준을 이기려 하는 게임이지만 뒤에서 상준이 따라오지 않았다면 한 걸음도 제대로 옮기지 못했을 것이다.

상준이 도무지 이해하지 못하겠다는 투로 말했다.

"꼭 이걸 해야겠어요? 그냥 서부장이 이긴 걸로 하고 끝내죠?"

"이긴 걸로 하는 게 아니라 진짜 이길 거예요."

나는 상준에 대한 승부욕으로 무서움을 이기며 대

답했다.

"왜 그렇게 나한테 이기고 싶어요?"

이 남자, 진짜 그걸 몰라서 묻는 건가?

"본부장님같이 모든 걸 다 가진 사람은 이해 못해요. 매번 당하기만 하는 게 어떤 기분인지."

"나한테 매번 당했어요? 난 서부장과 대결 같은 거 한 기억이 없는데."

"그거 봐요. 매번 당하는 약자의 기분 같은 거, 모르잖아요."

"그거라면 나만큼 잘 아는 사람도 없을 걸요."

상준이 어딘지 씁쓸한 어조로 말했다.

"본부장님이요?"

나는 뒤돌아 상준을 봤다. 플래시의 작은 불빛에 쓰게 웃는 상준이 보였다. 상준은 금세 씁쓸한 표정을 지우고 가볍게 말했다.

"밤에 산길 가는 거, 안 무서워요? 난 무서운데."

"지금 적당히 무서운 척 빌드업하고 게임 끝내고 싶은가 본데, 안돼요. 정정당당히 대결해야 한다고요."

"빌드업 아닌데. 나 진짜 무서운데."

"내가 이기기 전까지는 안돼요. 난 꼭 본부장님 이길 거예요."

"이미 경주 씨가 이기고 있는데 모르나 봐요."

상준이 중얼거렸다. 내가 이기고 있다니, 나는 내가 잘못 들은 건가 싶어 물었다.

"뭐라고 하셨어요?"

그때 플래시가 꺼졌다. 플래시를 껐다 켜며 다시 켜보려고 했지만 배터리가 다 됐는지 켜지지 않았다. 당황해하는 나를 보며 상준이 핸드폰 플래시를 켰다. 휴대용 플래시보다 작지만 없는 것보다는 나았다.

"폐가까지 3km 정도라고 했는데, 더 온 것 같지 않아요?"

"이 근처에 있을 거 같은데……. 플래시 좀 비춰줘요."

내가 지도를 펼치자 상준이 핸드폰 플래시를 비추며 가까이 다가왔다. 머리를 맞대고 지도를 보는데 상준의 숨결이 느껴졌다. 위험하다. 그가 너무 가깝게 있다. 나는 한걸음 뒤로 물러섰다. 갑자기 아무도 없는 주위가 의식됐다. 나는 작게 헛기침을 하며 어색함을 감추려 했다. 상준이 무덤덤하게 앞을 향해 핸드폰 플래시를 비추며 말했다.

"저쪽 방향인 것 같아요."

우리는 말없이 밤길을 걸었다. 불빛이 없는 산길에 별들만 반짝였다. 연화도의 밤이 떠올랐다. 그날 밤도 지금처럼 별빛과 핸드폰 플래시에 의지해 아무도 없는 길을 둘이 걸어갔었다. 쿵쾅거리는 심장 소리가 상준에게 들릴까 노심초사했었는데. 지난 시간을 더듬다 잠깐 집중력을 잃어 발을 헛딛고 비틀거리는데 상준이 손을 내밀었다. 내가 잡지 않고 바라만 보자 상준이 내 손을 잡았다. 나는 상준의 손을 놔버리고 싶었지만 그러지 못했다. 머리에서는 놔야 한다고 했지만 몸이 말을 듣지 않았다.

손을 잡고 다시 걸었다.

"연화도만큼 별이 많은 것 같죠?"

상준이 침묵을 깨고 말했다. 상준도 나처럼 연화도를 떠올리고 있었던 걸까.

"뭐 하나만 물어봐도 돼요?"

상준이 묻는데 눈앞에 폐가가 보였다.

"저기예요!"

가까이 다가가니 폐가는 귀신들이 몰려나와도 이상하지 않을 정도로 음산했다. 상준의 손을 잡은 손에 힘이 잔뜩 들어갔다. 내가 겁을 내고 있다는 것을 상준이 눈치챘는지 말했다.

"그냥 돌아가죠."

"여기까지 왔는데 그냥 가면 아깝죠."

나는 두려움에 떨면서도 폐가 쪽으로 걸음을 옮겼다. 한두 걸음 걷는데, 폐가에서 뭔가 뛰어나왔다. 나는 비명을 지르며 상준에게 매달렸다. 놀라기는 상준도 마찬가지였다. 상준은 반사적으로 나를 감싸 안으며 폐가에서 뛰쳐나온 것이 무엇인지 알아보려 사방으로 플래시를 비췄다. 아무것도 보이지 않았지만 어디선가 부스럭거리는 소리가 들렸다. 상준이 나를 더욱 힘을 줘 안으며 소리가 나는 방향으로 플래시를 비췄다. 콩닥거리는 심장박동이 내 것인지 상준의 것인지 모를 정도로 우리는 꼭 붙어있었다.

다시 뭔가 빠르게 움직였다. 상준이 이번에는 놓치지 않고 플래시를 비췄다. 토끼였다. 하얀 토끼가 플래시에 놀라 잠깐 동작을 멈췄다 금세 달아나버렸다. 우리는 우리를 놀라게 한 존재가 토끼임을 알고 긴장을 풀었다. 안도하는 것과 동시에 나는 상준에게 안겨 있었던 것을 깨닫고 화들짝 놀라 떨어졌다.

"미안해요. 나도 모르게 놀라서 그만……. 죄송합니다."

"약혼하지 않았어요."

뜬금없는 상준의 고백. 나는 의아한 얼굴로 쳐다봤다.

"약혼한 적 없어요. 사정이 있어서 그런 척했는데, 이제 다 해결됐어요."

"무슨 사정이요?"

내게 그럴 권리가 있는지는 모르겠지만 나는 토라진 애인처럼 물었다.

 상준은 조금 주저하다 말했다. 내가 호텔과 회사 앞에서 마주쳤던 약혼녀는 집안에서 마음대로 정한 사람이었다고. 약혼을 할 수 없다고 거절하는 상준에게 약혼녀 - 진짜 약혼녀는 아니지만 편의상 약혼녀라 하겠다 - 는 다섯 번만 만난 후에 결정해 달라고 사정했다. 다섯 번만 만나면 상준의 뜻대로 자기가 나서서 이 약혼을 깨겠다고 약속했다. 약혼녀에게는 어떤 말 못할 사정이 있어 보였고 차마 거절할 수 없던 상준은 약혼녀의 뜻에 따라주었다. 호텔에서 마주친 것도 약혼녀의 부탁 때문에 그녀의 친구 결혼식에 참석한 것이었다.
 몇 번 만난 후 약혼녀는 상준에게 좋아하는 사람 - 이 말을 할 때 상준은 답지 않게 버벅댔었다 - 이 있는 것을 알았다. 또 상준이 꽤 믿을 만하다 판단하고 자신의 비밀을 털어놓았는데, 약혼녀에게는 따로 사랑하는 사람이 있었다. 그녀의 집안에서도 알고 있었지만 반대가 심했다. 약혼녀가 사랑하는 사람이 여자인 게 이유였다. 약혼녀는 사랑을 포기하는 대신 자기 앞으로 돼 있는 재산들을 정리해 사랑하는 사람과 멀고 먼 나라로 떠나기로 결심했다. 상준에게 다섯 번을 만나자고 한 것은 재산 정리할 시간을 벌고자 함이었다.

그리고 며칠 전 약혼녀는 마침내 자신이 챙길 수 있는 모든 재산을 챙겨 연인과 함께 멀고 먼 나라로 떠나는데 성공했다. 양쪽 집에서 난리가 났지만 어찌할 방법이 없었고 약혼은 자연스레 없던 일이 됐다.

상준은 그간의 사정을 모두 털어놓으며 말했다.
"경주 씨가 알아줬으면 했어요."
"네."
나는 고개를 주억거렸다. 상준이 약혼하지 않았다는 말에 이상하게 안도가 됐다. 약혼에 대해 털어놓은 상준이 다시 입을 열었다.
"정재우 실장은……."
"나 뭐요?"
꺄아악! 갑작스런 소리에 비명을 질렀다.
"진정해, 누나, 나야."
재우가 내 눈앞에서 손을 좌우로 흔들었다. 폐가에서 갑자기 나타난 존재는 재우였다.
"뭐야? 정실장이 왜 거기서 나와?"
"이서가 워크숍 오라고 하도 졸라서 왔더니 누난 폐가에 갔다고 하더라고. 그래서 나도 왔지. 근데 왜 이제 와? 나 안에서 한참 기다렸어."

"저 안에서 기다렸다고? 혼자서 안 무서웠어?"

나는 경악한 얼굴로 폐가를 가리켰다.

"무섭긴 뭐가 무서워? 그냥 사람이 안 살아서 낡은 집인데."

재우가 걱정스런 눈으로 나를 살폈다.

"하얗게 질렸네. 무서워할 것 없어. 내가 왔잖아. 귀신이든 뭐든 내가 지켜줄게."

재우의 말에 상준이 코웃음을 쳤다.

"누가 누굴 지켜준대?"

"뭐라고 하셨어요?"

상준의 중얼거림에 재우가 물었다.

"못 들었음 됐습니다."

상준이 상당히 못마땅한 얼굴로 삐딱하게 말했다.

"그런데 아까 제 이름을 말하지 않았어요? 정재우 실장이라고 한 거 같은데."

"내가요?"

상준은 당황한 것 같았다. 열 명의 편집장과 광고 부장들의 분노 앞에서도 침착함을 잃지 않는 그답지 않게 말도 더듬었다.

"아… 맞아요. 그러니까… 정재우 실장 고료가 왜 그렇게 비싸냐고 물어보려 했어요."

내가 정말 그 말이었냐고 묻듯 쳐다보자 상준은 슬며시 시선을 피했다. 재우가 거드름을 피우며 잘난 척을 했다.

"그게 궁금할 일인가? 그거야 당연히 내가 최고니까요. 안 그래, 누나?"

재우가 나를 보며 다정히 웃자 상준은 못 볼 것을 본 사람처럼 미간에 주름을 잡으며 인상을 찌푸렸다.

폐가에서 숙소로 돌아오는 길 내내 상준과 재우는 나를 가운데 두고 양 옆에서 신경전을 벌였다. 어느 길이 더 지름길인지 우기는 것부터 시작해서 멀리서 우는 새의 이름이 무엇인지 맞추는 것까지 사사건건 상대를 이기려 했다.

"소쩍새가 우나 봐."

재우가 혼잣말처럼 이렇게 말하자 상준은,

"쏙독새겠죠."

라고 답하며 피식 웃었다. 상준의 웃음을 비웃음이라 생각했는지 재우가 발끈했다.

"소쩍새가 맞거든요. 소쩍소쩍하고 울잖아요."

"내 귀에는 쏙독쏙독으로 들리는데요?"

"귀가 안 좋으신가?"

"누가 할 소리인지. 도시에서 자라서 잘 모르나본데

여름산에는 원래 쏙독새가 많아요."

"소쩍새도 많거든요? 누나, 소쩍소쩍으로 들리지?"

솔직히 내 귀에도 소쩍으로 들렸다. 그렇게 말하려는데 상준의 얼굴이 너무 진지해보였다. 소쩍새라고 말하면 정말 상처받을 것 같았다.

"글쎄. 난 모르겠는데."

나는 둘의 싸움에 끼어들고 싶지 않았다. 소쩍새인지 쏙독새인지가 뭐가 그렇게 중요한지도 모르겠다. 그런데 둘한테는 아니었다. 특히 상준은 쏙독새 전문가도 되는 것처럼 쏙독새에 대한 정보들을 장황하게 늘어놓았다. 쏙독새는 한국 여름산의 대표적 야행성 새이며 쏙독하고 우는 이유는 수컷이 자신의 영역을 알리거나 암컷을 유혹하기 위해서라는 것을 상준 덕분에 처음으로 알게 됐다. 쏙독새에 대한 열정적인 설명을 듣고도 내 귀에는 여전히 소쩍으로 들렸지만, 상준에게 동의하듯 고개를 끄덕였다.

상준은 나를 상대할 때와는 달리 상당히 공격적이고 유치할 정도로 강한 승부욕을 보였다. 재우를 상대하는 것을 보고서야 내가 그렇게 '정정당당'을 외쳤음에도 불구하고 나를 많이 봐줬다는 것을 알았다.

둘의 신경전은 다음 날 워크숍을 마친 후에도 계속됐다. 재우가 자신의 차에 나를 태우려 하자 상준이 반대했다. 워크숍은 근무의 연장으로, 회사에서 같이 출발한 것처럼 회사에 같이 도착하는 것으로 종료한다고 고집을 부렸다. 재우가 웃기는 이야기라고 비웃자 상준은 매거진사업부 워크숍이니 직원이 아닌 프리랜서는 빠지라는 말까지 했다.

어젯밤부터 둘의 기싸움을 질리도록 봐온 내가 질린 얼굴로 버스에 올라타자 상준이 의기양양한 얼굴로 따라 탔다. 그렇게 내가 버스에 타기를 고집했던 상준은 막상 버스에 타자 따로 앉아서 회사에 도착할 때까지 자는 건지 눈을 감고 있었다. 나도 눈을 감고 어젯밤 상준이 했던 말을 곱씹었다. 약혼을 하지 않았다. 그것을 내가 알아줬으면 했다, 라고 했다. 나는 바보가 아니다. 그의 말은 고백이나 다름없는 것이다.

나는 그가 약혼에 대해 털어놓았을 때 안도했다. 상준에 대한 미움도 순식간에 사그라들었다. 회사 일로 상준을 미워하고 원망한다고 생각했는데, 아니었다. 상준에 대한 원망이 알고 보니 질투였음을 상준의 약혼에 대해 듣고 알게 됐다. 나의 마음을 알고 그의 마음을 알게 됐다. 우리는 서로를 바라보고 있다.

그런데 그래서 대체 무엇을 어떻게 해야 하지? 20대 때는 어떻게 연애를 시작했었는지 떠올려봤지만 오래 전이라 가물가물했다. 설령 기억이 난다 해도 지금은 20대가 아니니 그때처럼 쉽게 연애를 시작할 수도 없다. 걸리는 게 한두 가지가 아니었다. 상준은 직장 상사이고 휘와 서우는 동급생인데다 상황적으로 〈그레이스〉가 죽냐 사냐 하는 마당인데 편집장이 연애를 시작하는 게 말이 되나 싶었다. 아니, 애초에 상준과의 연애를 원하는 건지도 모르겠다. 머리가 너무 복잡했다. 사랑에는 나이도 국경도 없다는데, 내게는 사랑이 너무 어려웠다.

사랑은 미친 짓이다

 나의 마음을 알고 그의 마음을 알았으니 다음 스텝으로 가야 하는데, 그 다음 스텝이 뭔지 모르겠어서 다시 그를 피했다. 이미 여러 번 피해 본 경험이 있는지라 이제는 그를 피하는 데도 도가 텄다. 어쩌다 마주쳐도 못 본 척, 봐도 모르는 척 외면했다. 상준은 몇 번 내게 말을 붙이려 했지만 그때마다 재빨리 자리를 떠서 피했다. 사람들은 내가 본부장을 싫어하는 것으로 알고 있기에 내 반응에 대해 그러려니 생각하며 아무도 이상하게 생각하지 않았다.
 나는 복잡한 마음을 뒤로 하고 〈그레이스〉에 집중했다. 어쨌거나 지금 제일 시급한 것은 〈그레이스〉를 살리는 일이다. 책상 앞에 앉아 기자들에게 배당할 9월호 아이템들을 정리하는데 이서가 불렀다.
 "부장님, 직접 와서 봐야 할 것 같은데?"
 "왜? 나 바빠."
 "바빠도 직접 봐야 돼."

이서가 나를 회의실로 데려갔다. 회의실 안에는 박스들이 가득 쌓여있고 그 앞에 송부장이 뻘쭘하게 서 있다.

"이게 다 뭐야?"

내가 이서에게 묻자 이서가 송부장을 쳐다봤다.

"아까 나한테 했던 얘기, 직접 하세요. 괜히 나보고 전해달라고 하지 마시고."

"박기자, 빡빡하네. 내가 방법을 물어봤지, 부장님을 데려오라고 했나? 나중에 얘기해."

송부장이 은근슬쩍 얼렁뚱땅 얼버무리며 회의실을 나가려고 하는데 이서가 회의실 문을 막고 서서 비켜주지 않았다.

"뭔데요? 그냥 말씀하세요."

나는 송부장과 이서 사이에 오가는 무언의 눈싸움에 끼어들며 말했다. 이서에게 눈으로 욕하던 송부장이 어쩔 수 없다는 듯 나를 돌아봤다.

"그러니까, 이게 뭔 일이냐 하면요, 부장님. 요즘 광고시장이 정말 안 좋은 건 아시죠? 발에 땀띠 나게 뛰어다녀도 광고 하나 따기가 별 따는 것보다 더 어려워요. 아니, 라이센스 아니면 다 죽으라는 거야 뭐야? 라이센스지만 잡지야? 사람들이 신토불이 좋은 걸 몰라."

"송부장님, 본론만 하시죠."

송부장은 언제나 서론이 길다. 본론에 자신이 없을 때는 특히 더 서론이 길다. 가만있으면 한 시간이고 두 시간이고 혼자 떠들어 댈 것이다.

"골퍼스초이스 광고비예요."

송부장이 손으로 쌓아놓은 박스들을 가리켰다. 박스 몇 개가 열려있는데, 골프 의류들로 가득했다.

"광고비대신 현물 받아 온 거예요? 지금 우리 얼마나 심각한지 아시면서 이러면 어떡해요?"

내가 울컥해서 목소리를 높이자 송부장도 뻔뻔하게 목소리를 높였다.

"그럼 어떡합니까? 광고비 줄 돈이 없다면서 꾸역꾸역 가져가라는데. 나라고 좋아서 가져왔겠어요?"

"부장님이 화낼 일이에요? 지금? 화낼 사람이 누군데?!"

"나도 할 만큼 하고 있다는 얘깁니다. 아, 진짜 미치겠네."

말이 오가며 나와 송부장의 목소리가 점점 더 커져갔다.

"잠깐만, 두 분 다 진정하세요. 이러려고 두 분 부장님이 직접 얘기 나누라고 한 거 아닙니다."

옆에서 팔짱 끼고 구경하던 이서가 끼어들었다.

"서부장님, 송부장님도 지금 아주 많이 미안해하고 계세요. 송부장님 성격에 저한테 따로 찾아와서 어쩌면 좋겠냐고 조언 구하고, 대신 서부장님께 얘기해달라고 할 정도로 눈치 많이 보고 계십니다. 송부장님, 서부장님 이해하시죠? 자칫하다 〈그레이스〉도 〈드리머〉처럼 될까 걱정해서 이러는 거, 아시죠? 지금 잡지 시장도 안 좋고 우리 회사 사정도 안 좋은 거, 다들 동의하시죠?"

이서가 공정한 심판처럼 가운데에서 중재했다.

"이런 상황에서 두 부장님이 싸우는 건 아무 도움도 안됩니다. 지금은 이걸 어떻게 처리할 것인지 의논하는 게 먼저예요. 자, 어쩌면 좋겠습니까? 각자 생각나는 대로 의견을 말해보도록 합시다."

이서의 말이 맞긴 하다. 우리는 모두 벽 가득 쌓여 있는 박스들을 노려보며 어쩌면 좋을지 고민했다. 박스들에 둘러싸인 회의실에 침묵이 흘렀다. 회의실 벽에 걸린 시계 초침이 몇 바퀴를 돌았다.

"당근에 올려서 팔까요?"

이서가 침묵 끝에 말했다.

"저걸 다 당근에 올리자고? 상업 판매로 찍혀서 신고당해. 차라리 보따리 지고 지인들 찾아다니며 팔아서 현금화하는 게 낫겠다."

송부장이 이서의 의견에 반대하며 새로운 의견을 냈다.

"그렇게 해서 어느 세월에 저걸 다 팔아요? 그리고 주변에 민폐로 찍혀요. 난 싫어요."

이서의 반대를 듣다 내가 선언하듯 말했다.

"바자회를 하죠. 매해 10월 말에 하던 거, 올해는 당겨서 해요. 9월 초 어때요?"

둘의 대화를 들으며 곰곰이 생각해 봤는데 바자회 말고는 답이 없었다. 하지만 이서가 반대했다.

"이렇게 갑자기? 9월 초면 이제 한 달 남짓 남았는데 준비하기에 너무 빠듯해. 안돼."

"우리 바자회, 늘 반응 좋았잖아. 가뜩이나 단기에 매출 끌어올리라고 난리인데 바자회하면 광고 영업하기도 좋을 거야. 안 그래요?"

내가 송부장에게 동의를 구하자 송부장이 박스들을 보며 말했다.

"바자회하면 좋긴 하죠. 이것들도 빨리 처리할 수 있고……. 근데 가능하겠어요? 박기자 말대로 너무 빠듯한데."

"가능하게 해야죠."

나는 높다랗게 쌓여있는 박스들 앞에서 굳게 의지를 다졌다. 해보자. 〈그레이스〉를 위해 할 수 있는 것은 무엇이든 하자. 심란한 얼굴로 나를 보는 이서를 향해 나는 일부러 자신만만하게 웃어 보였다.

그리하여 나는 9월호와 함께 혼자서 바자회 준비도 같이 진행해야 했다. 바자회는 시간적 여유를 가지고 여러 명의 기자들과 함께 준비해도 벅찬 일인데, 단기에 혼자 하려니 하루가 어떻게 지나가는지 모를 정도로 바빴다. 그래도 덕분에 상준 생각은 덜 하게 돼 차라리 다행이기도 했다.

또 하나 긍정적인 것은 범호와 보라가 드디어 제 몫을 해내기 시작했다는 것이다.

보라는 JK 리조트 화보 촬영날 사라진 후 이틀간 무단결근을 했었다. 나는 무책임하게 현장에서 사라진 보라에게 화가 나기보다 안타까웠다. 보라가 얼마나 열심히 최선을 다해 준비했었는지 알기에, 그녀가 받았을 충격과 상처도 엄청나게 클 것이라 짐작할 수 있었다. 지금 상황에서 가장 속상한 사람은 누구도 아닌 보라일 것이다.

보라는 내 전화를 계속 받지 않다가 죄송하다는 문자만 보냈다. 결국 내가 보라의 자취집 근처까지 찾아가서 겨우 만났는데, 그새 얼마나 마음 고생을 했는지 얼굴이 반쪽이 돼 있었다. 보라는 기어들어가는 소리로 "죄송하다" 한 마디 하고는 고개도 들지 못하고 울먹이기만 했다. 나는 보라에게 휴지를 건네주며 말했다.

"나도 실수 많이 했어. 덤벙거리다가 촬영할 소품들 몽땅 잃어버린 적도 있고, 스태프들에게 엉뚱한 시안을 줘서 엉망이 된 적도 있어. 솔직히 말하면 지금도 가끔 실수해. 어쩔 수 없잖아, 인간인데. 완벽한 인간이 어딨니? 누구나 실수를 해. 너도 실수를 했고, 그건 네가 아무리 후회하고 자책해도 돌이킬 수 없어. 지금 네가 할 일은 이미 저지른 실수 때문에 괴로워하는 게 아니라, 실수를 경험으로 만들어서 네가 성장할 발판으로 만드는 거야. 내가 장담하는데 너한텐 그럴 만한 충분한 재능이 있어. 오늘보다 내일 더 잘할 거고 계속 성장할 거야. 한번 실수로 포기하면 그건 실패가 되겠지만 실수를 경험으로 만들면 네 자산이 되는 거야. 네가 포기하지 않는 한 넌 최고가 될 수 있어. 내가 너보다 사회생활도 훨씬 많이 했고 오래 살았잖아. 그러니까 꼰대 잔소리같이 들리더라도 내 말 믿어."

그날 보라는 펑펑 눈물을 쏟아냈고 다음 날부터 다시 출근했다. 여전히 서툰 점이 많지만 한번 한 실수는 반복하지 않으려 노력했다. 성실하고 장점이 많은 아이라 조금씩 제 몫을 해내는 기자로 성장하고 있다.

 이번에는 연예인 매니저가 된 친구의 도움으로 한창 인기몰이를 하고 있는 신인 여배우 정아라의 섭외도 해왔다. 나는 보라와 범호에게 화보 진행과 인터뷰를 맡겼고, 둘은 신이 나서 공동 진행을 했다. 보라는 지난번 실수를 만회하려 명상으로 멘탈 관리까지 해가며 화보 진행에 임했다. 범호도 웬일인지 경험 많은 기자처럼 능숙하게 인터뷰를 해왔다. 보라와 범호가 해온 화보와 인터뷰 원고를 보고 나와 이서는 칭찬을 아끼지 않았다. 선배들의 칭찬에 자신감을 얻은 보라와 범호는 다른 아이템들도 훌륭하게 진행하고 있다.

 이서도 지난달에 된통 난리를 겪은 탓에 이번 달은 단단히 마음의 준비를 하고 시작해서인지 보라와 범호를 이끌며 제 할 일을 능숙하게 해내고 있다. 다들 각자의 몫을 충실히 해내고 있으니 나는 내 몫만 잘 해내면 된다.

 정신없이 이리저리 뛰어다니는데 상준에게서 문자가 왔다.

 - 8월호 에디터스 노트 잘 읽었습니다.

 이 말뿐이었다. 나는 상준의 문자를 받고 8월호를 펼쳐 내가 쓴 에디터스 노트를 다시 읽어봤다.

'십여 년 전, 잡지 일을 처음 시작할 때를 떠올려 봅니다. 내 이름을 걸고 글을 쓰고 그것이 인쇄돼 한 권의 책으로 완성되던 경험은 죽을 때도 잊지 못할 강렬한 경험이었습니다. 그때 처음으로 삶의 희열을 느꼈다고 말하면, 너무 과한 표현일까요? 하지만 나의 초심은 그랬고, 십여 년 동안 잡지를 만들며 힘들고 버거울 때마다 그때의 마음을 돌이켜보며 고비를 넘겨왔습니다.

 이번 8월호를 만들면서도 초심을 되돌아봤습니다. 누군가의 눈에 잡지는 그저 잡스러운 얘기들을 담은 잡지겠지만 내게는 아닙니다. 잡지는 내 인생입니다. 내 삶은 잡지에 많은 부분, 빚을 지고 있습니다. 잡지가 없는 나는 나 자신으로 온전히 존재할 수 없을 겁니다. 잡지에 대한 제 사랑이 독자 여러분께도 전달돼, 〈그레이스〉가 여러분에게 작은 재미와 위안이 되기를 바랍니다.'

 상준은 이 글을 읽고 무슨 생각을 했기에 내게 그런 문자를 보낸 걸까. 잘 읽었다는 건 무슨 뜻일까. 나는 상준의 문자에 답을 보내려 여러 번 문자를 입력하다 지웠다. 나는 아직도 그와 무엇을 하고 싶은 건지, 내 마음을 모르겠다.

 워크숍에서 돌아와 회사 앞에서 해산한 후, 나는

상준에게 재우에 대해 변명 아닌 변명을 했었다.

"정실장은 친한 동생이자 동료예요. 아끼고 좋아하는 건 맞지만 이성적인 감정은 전혀 없어요. 친남매같은 사이예요. 궁금해 하는 것 같아서 얘기하는 거예요."

상준과 어떤 관계가 되든 재우에 대한 설명은 해야 할 것 같았다. 상준이 재우를 신경 쓰는 것이 불편했고, 괜히 나 때문에 이유 없이 견제 받아야 하는 재우에게도 미안했다.

상준은 그다지 내 해명을 신뢰하는 것 같지는 않았지만 알겠다고 대답은 했었다. 나는 상준이 왜 재우를 신경 쓰는지 도무지 이해하지 못했었다. 그런데 이제는 왜 그렇게 신경을 썼는지 알 것도 같다.

워크숍에서 돌아오고 일주일 뒤 재우를 만났었다. 밥 먹을 시간도 쪼개가며 일해야 할 정도로 정말 바빴지만 만나자는 재우의 청을 거절할 수가 없었다. 워크숍까지 찾아온 재우를 그렇게 혼자 보낸 게 내내 걸렸었다.

재우가 정한 약속 장소는 최근 핫하게 뜨고 있는 이탈리안 레스토랑이었다. 몇 달 전부터 예약이 꽉 차는 인기 레스토랑이지만 잘나가는 셀러브리티 포토그래퍼에게는 그리 어려운 일이 아닌지 그곳으로 정했다.

외부 미팅을 마친 후 택시를 타고 한남대교를 건너는데, 퇴근 시간임을 감안해도 교통 체증이 너무 심했다. 나는 재우에게 좀 늦겠다는 문자를 보내고, 뉴스를 보다가 실시간 검색어에 뜬 재우의 이름을 발견했다. 재우와 톱스타 은수아의 열애를 다룬 기사가 포털 페이지를 도배했다. 은수아라 하면 최근 드라마로 최고의 스타덤에 오른 배우다. 단아한 미모에 연기력까지 갖춰 국내외에서 러브콜이 끊이지 않는다고 들었다. 재우가 잘 나가는 줄은 알았는데 은수아 같은 스타까지 사로잡을 줄은 몰랐다. 지금껏 재우와 열애 스캔들이 났던 배우들 중 가장 톱스타였다. 기사 내용도 상당히 구체적인 것이 그 동안의 카더라식 스캔들과는 달랐다. 이번에는 진짜 같았다.

오늘의 식사 자리는 은수아와의 열애를 고백하는 자리인가 싶었다. 핫한 레스토랑을 예약한 이유가 이거였구나. 나는 기꺼이 축하해 줄 마음으로 레스토랑에 도착했다. 소문대로 레스토랑은 훌륭했다. 미니멀하면서도 세련된 인테리어에 은은한 조명들, 통창으로 내려다보이는 서울 야경이 로맨틱했다. 특별한 날에 어울릴 만한 장소다. 재우는 평소 입지 않는 슈트까지 차려 입고 창가 쪽 테이블에 앉아 있었다.

"미안, 오래 기다렸지? 차가 너무 막혀서 늦었어."

나는 가방을 내려놓으며 사과부터 했다. 약속 시간에서 15분쯤 늦었다.

"괜찮아. 나도 온 지 얼마 안 돼."

그렇게 말하는 재우 앞에는 냅킨으로 만든 꽃이 세 개나 놓여있었다. 예전부터 재우는 심심하거나 시간을 때워야 할 때 종이나 냅킨으로 꽃을 만들고는 했었다. 냅킨 꽃이 세 개나 있다는 건 여기서 기다린지 오래 됐다는 거였다. 약속 시간보다도 더 일찍 왔을 것이다. 미리 와서 기다릴 만큼 오늘 꼭 하고 싶은 얘기가 있다는 것이다.

"여기 요즘 예약하기 힘들다던데, 왜 이렇게 좋은 데서 만나재? 오늘 무슨 날이야?"

나는 테이블 위에 놓인 고급 와인과 주위를 둘러보며 모른 척 말했다. 이 정도로 준비한 걸 보면 결혼 발표라도 하려는 건가 싶었다. 재우가 결혼하면 축의금으로 무엇을 해줘야할까 고민이 됐다. 친동생이나 마찬가지인데 신혼 가전을 채워줘야 하나?

"오늘 무슨 날이긴 하지. 건배하자."

재우가 와인잔을 들어 건배를 청하고 한 모금 마셨다.

"나 누나한테 고백할 게 있어."

나는 눈을 반짝였다. 드디어, 고백 타임이 시작되는구나. 재우가 스스로 말할 때까지 기다려야 하는데, 성질 급한 내가 앞질러 가고 말았다.

"너, 진짜구나?"

"뭐가?"

재우가 허를 찔린 것처럼 얼빵한 얼굴을 했다.

"뉴스말야. 은수아랑 열애설 났던데. 지금 실시간 검색어 1위야. 그거 고백하려고 한 거지?"

"뭐?!"

재우는 많이 놀란 것 같았다. 바로 핸드폰을 열어 뉴스를 검색했다. 주위를 얼쩡거리던 웨이터가 궁금한 얼굴로 재우를 쳐다봤다. 그 웨이터뿐 아니라 레스토랑 안의 웨이터들이 모두 재우를 흘끔거리고 있었다. 다들 은수아와의 열애설 뉴스를 보고 재우가 궁금해 엿보는 것일 테다. 그럴 만했다. 은수아는 지금 만인의 연인이나 마찬가지인데, 그런 은수아를 가진 남자가 아닌가.

나는 심각한 얼굴로 뉴스를 읽는 재우에게 짐짓 서운한 얼굴을 했다.

"태국 화보 촬영 때부터라던데. 그럼 벌써 4, 5개월 된 거 아냐? 어쩜 그동안 한마디도 안하고, 서운하다."

"열애설이라니, 그런 거 아냐."

재우가 당황해하며 아니라고 손을 마구 휘저었다.

"그럼 썸?"

"아니라고. 그냥 화보 촬영한 게 다야. 사진 잘 나왔다고 은수아가 개인 소장하고 싶다고 해서 몇 번 만나기는 했는데……."

"오~ 몇 번이나 만났는데? 나한텐 솔직하게 말해도 돼. 잘 알겠지만, 우리 〈그레이스〉는 연예인 사생활 같은 건 기사로 안 다루니까, 사생활 유출 그런 건 걱정하지 말고."

재우는 그런 게 아니라고 강하게 부인하며 답답해하다 문득 말을 멈추고 나를 쳐다봤다.

"누나는 내 스캔들 기사를 봐도 아무렇지 않나 봐?"

"아무렇지 않지는 않지."

나는 진지한 얼굴로 뜸을 들였다가 장난스레 웃었다.

"엄청 재밌어. 동생 연애 훔쳐보는 것도 재밌는데 상대가 무려 톱스타잖아. 이게 어떻게 안 재밌을 수가 있어?"

신기하고 재밌었다. 내 주위에 톱스타와 연애하는

사람이 생겼는데, 눈앞에서 실시간 드라마가 펼쳐지고 있는데, 어떻게 흥미가 없을 수가 있나.

"그래서 사귈 거야? 참고로 난 이 연애 찬성이야. 은수아면 얼굴 예쁘지 연기 잘하지, 성격도 좋다고 소문이 자자하더라. 스태프들에게 그렇게 잘한대. 여태껏 스캔들 났던 여자들 중에 제일 마음에 들어. 놓치지 말고 꽉 잡아."

내가 은수아 칭찬을 하자 계속 주위를 얼쩡대던 웨이터가 "부럽습니다" 하며 엄지손가락을 치켜세웠다.

재우는 맥없는 얼굴로 한숨을 쉬더니 밥이나 먹자고 했다. 연애 당사자도 아니면서 괜히 들뜬 나는 메뉴를 고르다 다시 은수아를 언급했다.

"그런데 너 은수아랑 공개 연애할 거면 나한테 단독 인터뷰 줘야 해. 우리 〈그레이스〉가 스캔들 기사는 안 다뤄도 연예인 러브스토리 그런 건 전문인 거 알지? 친구 좋다는 게 뭐냐, 이럴 때 어드밴티지 좀 줘라. 내가 아주 예쁘게 다뤄줄게."

내 말에 재우가 불퉁한 얼굴을 했다.

"은수아는 내 스타일 아냐."

"은수아는 만인의 스타일이지."

"어쨌든 내 스타일은 아냐. 난 누나 같은 여자 좋아해."

재우가 나를 똑바로 쳐다봤다. 나는 무슨 뜻인지 모르겠어서 고개를 갸웃거렸다.

"연상이 취향이었어? 난 몰랐네."

그러자 재우가 쐐기를 박듯 말했다.

"연상이든 연하든 내 스타일은 하나뿐이야. 서경주, 너."

정적이 흘렀다. 재우의 고백에 나는 할 말을 잃었다. 무슨 말을 해야 할지 아무 말도 떠오르지 않았다. 맹세코 재우가 나를 이성적으로 좋아할 거라고는 단 한번도 생각해 본 적이 없었다. 재우는 한결이 살아있을 때부터 지금까지 항상 다정하고 유쾌한 동생으로 내 옆에 있어 주었다. 내 기억으로는 내게 이성적인 눈빛 한번 보낸 적이 없었다. 나를 이성으로 생각한다는 그 어떤 전조 증상도 없었다. 나는 멍하니 재우를 쳐다보다 딸꾹질을 했다. 딸꾹, 딸꾹.

"물 좀 마셔."

재우가 권하는 물을 마셨지만 딸꾹질이 멈추지 않았다.

"딸꾹… 미안… 딸꾹… 나 잠깐만… 딸꾹… 화장실 좀… 딸꾹……."

딸꾹질을 핑계로 화장실로 도망쳐왔지만 어떻게 해야 할지 정말 난감했다. 재우의 고백은 너무 갑작스럽고 뜬금없었다. 상준이 재우를 의식할 때도 상준이 너무 과민한 거라 생각했다. 나는 딸꾹질을 하며 생각했다. 나는 재우를 이성적으로 생각해 본 적이 없고 앞으로도 그렇게 생각할 가능성은 없다. 이미 마음이 향하는 사람까지 있다. 마음이 향하는 사람이 없더라도 재우는 동생일 뿐이다.

자리로 돌아가 재우에게 솔직하고 확실하게 내 생각을, 감정을 전해야 한다는 결론을 내렸다. 그런데 딸꾹질이 멈추지 않았다. 이런 얘기를 딸꾹거리며 할 수는 없어서 나는 먼저 가겠다는 문자만 보내고 레스토랑을 나왔다.

그렇게 헤어지고 난 다음날 나는 재우의 스튜디오로 찾아가 말했다.

"난 널 남자로 생각해 본 적 없어. 앞으로도 없을 거야."

"잔인하네. 뭘 그렇게까지 딱 잘라 선을 그어?"

"확실하게 말하고 정리하는 게 좋을 것 같아서. 어제 일은 그냥 넘기자. 난 너랑 불편해지는 거 싫어."

"난 그냥 넘기기 싫은데."

"정실장, 재우야."

"난 누나가 날 불편해했음 좋겠어. 불편하다는 건

날 남자로 의식한다는 거니까."

 재우는 덤덤한 얼굴로 나를 좋아한 것은 한결보다 자신이 먼저였다고 고백했다.

 오래전 가슴 한가득 밤새 찾아온 시안들을 들고 와 "우리 같이 사고 한번 쳐봐요"하며 웃던 내게 첫눈에 반했었다고. 어떻게 다가가야 할지 몰라 하릴없이 가슴앓이를 하는 동안 나는 한결에게 빠졌고, 재우는 고백 한번 못 해보고 실연을 당했다. 그럼에도 좋아하는 선배 한결과 첫사랑인 내가 동화처럼 오래오래 행복하기를 진심으로 바랐었다.

 한결이 교통사고로 세상을 떠난 후 재우는 한결의 후배로서 한결을 대신해 나와 휘의 곁에 있었다. 휘가 자라는 것을 지켜보며 열병 같았던 첫사랑의 자리에 가족애가 자리 잡았다. 휘가 성인이 돼 결혼할 때까지 가족처럼 이대로 지내도 좋을 것 같았다. 지난 십여 년의 세월처럼 앞으로도 그런 세월이 계속될 줄 알았다.

 그런데 어디선가 갑자기 나타난 강상준이라는 남자가 평탄한 세월에 균열을 만들어냈다. 상준이 만들어 낸 균열에 재우의 가슴 맨 아래에 묻어두었던 오래된 감정이 비집고 올라왔다.

 "워크숍에서 돌아오고 며칠 동안 여기 처박혀서 고

민했어. 지금껏 가족처럼 지내왔는데, 내가 고백하면 우리는 어떻게 될까. 이모님과 휘는 나를 어떻게 생각할까. 한결 선배는… 나를 용서할까. 그럼에도 나는……."

재우는 잠시 숨을 고르다 말을 이었다.

"이번에도 고백 한번 해보지 못하고 다른 남자에게 누나를 보내고 싶지는 않았어."

나는 입술을 깨물었다. 내가 생각했던 것보다 재우의 고백은 가볍지 않았다. 재우에게 상처를 주고 싶지 않았지만 재우가 원하는 것은 내가 들어줄 수 없는 것이다. 나는 재우에게 뭐라 말을 해야 할지 몰라 "어… 그… 그러니까… 어…" 말을 더듬으며 허둥댔다. 그런 나를 보던 재우가 어깨를 으쓱했다.

"근데 나 고백하기 전부터 거절당할 줄 알고 있었어. 워크숍에서 보니까 누나 마음은 이미 그 사람한테 가있더라. 누가 들어도 소쩍새인데, 그걸 입 꾹 다물고 모른 척 하고 말이야. 소쩍새 맞았지?"

"어……. 소쩍새였어."

멋쩍게 대답하는 나를 보며 재우가 뒤늦게 의기양양해했다.

"거봐, 그럴 줄 알았어. 이번에도 내가 늦었어. 뭐, 별 수 있나. 다 내 탓이지. 억울해서 그냥 한번 내질러 본 거니까 잊어. 누나 말대로 어제 일은 없었던 걸로 하자. 오케이? 자, 레드썬!"

재우는 평상시의 모습으로 돌아와 내 얼굴 앞에서 장난스레 핑거스냅을 했다.

"오케이. 다 잊었지?"

내가 아는 재우는 설렁설렁한 모습과 달리 속이 깊었다. 내가 힘들어하는 것을 보고 나를 위해 상황을 무마하려 배려하는 것일 테다. 미안한 얼굴을 채 지우지 못한 내게 재우가 말했다.

"이서가 그러던데 바자회 당겨서 하기로 했다며? 시간이 촉박한데 괜찮겠어?"

재우는 정말 기억을 삭제라도 한 것처럼 평상시의 모습으로 나를 대했다.

"촉박해도 해야지. 괜찮아."

나도 어색함을 감추고 장단을 맞췄다. 재우에게 미안했지만 어쩔 수가 없었다. 난 재우를 잃고 싶지 않다. 재우가 원하는 방향은 아니지만 나는 정말로 재우를 아끼고 사랑한다.

"나도 작품 몇 점 기부할게."

"아냐. 괜찮아."

아무리 어제 일을 없었던 걸로 하고 예전처럼 지내기로 했어도 한번 들었던 말이 진짜 없던 일이 될 수는 없다. 몇 분 전에 차버린 남자의 선의를 덥석 받을 만큼 뻔뻔하지도 못했다. 내가 완곡히 거절하자 재우는 심드렁하게 대꾸했다.

"싫음 관두던가. 민부장이 〈라벨라〉 자선 경매할 때 작품 좀 달라고 하던데, 〈라벨라〉 주면 돼."

"싫은 건 아니고… 나야 너무 좋지. 고마워. 잘 쓸게."

〈라벨라〉에 주는 것을 지켜보느니 차라리 뻔뻔하고 염치없는 인간이 되리라. 나는 기꺼운 마음으로 재우의 선의를 받기로 했다.

나이가 들면 많은 것이 달라진다. 몸이 늙고 체력이 떨어지는 것은 당연하고 서있는 위치가 달라지는 만큼 세상을 보는 눈도 변한다. 내가 기자였을 때는 내가 쓴 기사만 신경 쓰면 됐지만 편집장인 지금은 잡지 전체의 밸런스를 신경 써야 하는 것처럼 말이다.

사랑을 대하는 태도도 달라진다. 예전에는 사랑이 인생의 전부여서 사랑이 내 일상을 지배했지만 지금은 사랑이 내 일상을 지배하지 않는다. 지배하게 돼서는 안 된다. 사랑보다 당장 해결해야 할 일들이 먼저다. 나이가 들면 사랑 타령은 사치이고, 사랑보다 더 절실한 게 밥벌이라는 것을 알고 싶지 않아도 알게 된다. 내 어깨에 달린, 내가 책임져야 할 입들을 생각하면 그럴 수 밖에 없다. 나는 상준을 생각하는 대신 밥벌이에 집중했다.

바자회를 개최할 장소를 리스트업해 각각의 장단점과 협찬 여부 등을 심사숙고해 따져 본 후 카페 플로라로 정했다. 카페 뒤쪽으로 야외 정원이 넓게 조성돼 있어 부스를 꾸미기에 적당했다. 대여 조건도 나쁘지 않았다. 인테리어업체를 선정해 가벽을 설치하는 작업을 시작했다. 이번 바자회 컨셉인 '웃는 지구(Smiling Earth)'에 맞춰 친환경 소재들을 활용하고 시각적으로도 친환경적으로 보이게끔 푸릇푸릇한 감성을 넣었다. 인테리어업체 김소장이 우리 컨셉을 정확히 이해하고 좋은 아이디어들을 많이 제안해 준 덕에 공사는 순조롭게, 아주 마음에 들게 진행이 되었다. 사소한 사고들이 있었고, 좀 전에도 가벽이 넘어가는 사고가 있었지만 큰일은 아니었다.

막바지 작업이 끝나가는데 상준이 하얗게 질린 얼굴로 뛰어들어와서는 나를 붙잡고 뜬금없이 물었다.

"괜찮아요?"

"뭐가요?"

"가벽이… 가벽이 무너졌다고… 크게 다쳤다고 하던데……"

상준은 말까지 더듬으며 나를 이리저리 살폈다. 가벽이 무너지기는 했었다. 아주 얇은 합판으로 만들어 부스 사이에 세워둔 가벽이 쓰러지며 나를 덮쳤…다고 하기에도 민망하나 내 쪽으로 쓰려져 내가 한 손으로 다시 세우기는 했다. 나는 상준을 진정시키며 무너졌다고 소문이 난 얇은 합판 가벽을 가리켰다.

"크게 다칠뻔하긴 했죠. 아휴, 정말 큰일 날뻔했어요."

나는 농담을 했는데, 상준은 농담으로 받아들이지 않았다. 나를 끌어다 의자에 앉히고 다친 곳은 없는지 꼼꼼히 살폈다. 항상 단정하게 정돈돼 있던 머리카락이 흐트러져있고 이마에 땀도 송골송골 맺혀있다. 아까 이서와 통화하며 가벽이 쓰러졌던 얘기를 했었는데, 그 얘기가 늘 그렇듯 사람들의 입을 거치며 풍선처럼 부풀려져서 상준에게 전달됐을 것 같다. 상준은 내가 다쳤다는 소식을 듣고 정신없이 달려온 것일 테고. 상준은 내 몸에 작은 흠집 하나 없다는 것을 직접 눈으로 확인하고 나서야 겨우 굳은 얼굴을 폈다.

나를 걱정하는 상준을 보니 마음이 몽실몽실해지는 것 같다.

"이왕 여기까지 오셨으니까 한번 둘러보실래요?"

나는 상준에게 심혈을 기울여 준비한 바자회 공간

을 안내했다. 바자회에 참가하는 브랜드들의 특성에 맞춰 꾸민 부스들과 관객들이 참여하고 체험할 수 있게 꾸민 공간들을 하나하나 설명했고, 상준은 내 설명을 귀 기울여 들어주었다. 그새 오늘 작업을 마친 업체 사람들은 모두 돌아갔고 우리 둘만 남았다.

툭, 빗방울이 얼굴 위에 떨어졌다. 나는 하늘을 올려다보며 상준에게 물었다.

"비 예보가 있었어요?"

"글쎄요, 그런데 심상치가 않을 것 같아요."

상준이 시꺼멓게 밀려오는 먹구름을 가리켰다. 톡톡 떨어지는 빗방울이 얇은 블라우스 위에 빗자국을 만들었다.

"방수천을 치는 게 좋겠어요."

상준이 방수천을 찾았지만 방수천을 치기도 전에 톡톡 내리던 빗방울이 커지더니 곧 거세게 내리기 시작했다. 우리는 급하게 부스에 방수천을 치기 시작했다. 내리는 비에 홀딱 젖는 줄도 모르고 방수천을 쳤건만 바람까지 세차게 불어 기껏 덮어둔 방수천이 자꾸만 벗겨졌다. 고생하며 준비한 부스들이 비바람에 엉망이 되는 것을 막으려 했지만 역부족이었다. 상준이 발을 동동 구르는 나를 말렸다.

"안되겠어요. 일단 비부터 피해요."

우리는 비를 피해 카페 안으로 들어갔다. 실내로 들어오자 비에 젖은 얇은 블라우스가 딱 달라붙어 브래지어가 비쳤다. 내가 당황하자 상준이 얼른 재킷을 벗어 걸쳐주었다. 상준의 재킷도 젖어서 빗물이 떨어졌지만 비치는 속옷을 가릴 수는 있었다. 비에 젖은 생쥐꼴로 재킷을 여미는 나를 상준이 난감한 눈으로 쳐다보더니 잠깐 기다리라 하고는 차에 가서 여벌의 옷을 가지고 돌아왔다. 상준이 차에 가지고 다니는 셔츠와 운동복이었다. 급한 대로 갈아입고 코인 세탁방에서 옷을 말리자고 했다. 나도 젖은 옷을 입고 있는 것보다는 그게 나을 것 같아 찬성했다.

카페 화장실에서 옷을 갈아입고 우산을 빌려 근처 코인 세탁방으로 갔다. 세탁기에 옷을 넣고 세탁이 되기를 기다리는 동안에도 비는 그칠 줄 모르고 계속 내렸다. 창문 앞에 서서 내리는 비를 쳐다보고 있는데 상준이 옆으로 다가왔다.

"너무 걱정 말아요. 고생해서 준비한 게 엉망이 된 건 속상하겠지만, 아직 시간 있으니까 재정비하면 될 거예요. 나도 도울게요."

"고마워요. 그런데 나, 지금 그거 걱정한 거 아니었어요."

나는 살짝 얼굴을 붉히며 말을 이었다.

"그때도 이렇게 비가 많이 내렸었잖아요."

"그랬었죠."

통영의 그날도 비가 많이 내렸었다. 그때 우리는 오로지 감정에만 충실했었다.

창문에 비친 상준이 나를 보고 있다. 나도 그를 봤다. 우리는 잠자코 창문 속 서로를 응시했다.

빗방울이 창문을 두드리는 소리가 음악처럼 들렸다. 잔뜩 몰려온 먹구름에 거리는 밤처럼 어두컴컴했고 오가는 사람도 없었다. 통영에서처럼 세상에 오직 둘만 남겨진 것 같았다. 상준이 내 얼굴에 붙은 젖은 머리카락을 정돈해 귀 뒤로 넘겨주었다. 그의 작은 손짓 하나에 내 얼굴에 뜨끈한 열기가 올라오는 게 느껴졌다. 아마 붉게 상기돼 있을 거다. 상준이 나를 지그시 보며 물었다.

"통영에서 떠날 때 문자를 보냈었다고, 이름을 알려줬었다고 왜 말하지 않았어요?"

그는 내가 통영을 떠나면서 문자를 보냈다는 것을 얼마 전에야 알았다고 했다. 그가 통영에서 가지고 있었던 핸드폰은 상준에게 가이드를 부탁했던 후배의 세컨드폰이었다. 내가 버스를 타고 떠난 직후 부산에서 돌아온 후배를 바로 터미널에서 만나 핸드폰을 돌려주는 바람에 내가 보낸 문자를 확인할 수 없었다고. 후배가 지난 문자를 정리하다 내 문자를 발견하고 아무래도 전해줘야 할 것 같아 알려주었다고 했다.

회사에서 다시 만났을 때, 내가 자신을 속인 줄 알고 서운한 마음에 틱틱댔었는데, 속이 좁았다며 미안해했다. 내가 아무 말도 하지 않자 상준이 다시 말했다.

"우리가 다시 만나게 된다면, 운명일 거라 했죠? 우리, 다시 만났어요."

상준이 나를 바라봤다. 그의 눈빛이 뜨거웠다.

"당신은 통영에 오지 않았을 수도 있었어요. 나는 후배의 부탁 같은 거 무시하고 당신을 만나러 가는 대신 낚시를 하러 갔을 수도 있었어요. 하지만 당신은 통영에 왔고, 나는 당신을 만나러 갔어요. 그리고 여기서 다시 만났어요. 모든 선택의 순간에 우리는 만날 수 밖에 없는 선택을 했어요. 이게 운명이 아니면 뭐겠어요?"

실에 묶인 것처럼 그의 시선에 얽매여 꼼짝하지 못하고 마주하던 나는 힘겹게 입을 열었다.

"난… 잘 모르겠어요."

내 마음은 여전히 갈팡질팡했다. 상준과 만나기에는 걸리는 게 많았고, 그 걸림돌들이 쉽게 해결될 문제도 아니었다. 하지만 상준에게서 벗어나는 것도 불가능했다. 그에게서 벗어나고 싶지 않았다. 그의 곁에 있고 싶었다. 그와 함께 하고 싶었다. 상준이 내 마음을 읽기라도 한 것처럼 거리를 좁히며 다가와 흔들리는 나를 붙잡았다.

"그러면 나를 믿어 봐요. 나한테 맡겨요."

나는 한 뼘 거리도 안될 정도로 가까이 다가온 상준을 올려다봤다. 그의 눈동자 안에 내가 있었다. 그는 오로지 나만을 보고 있다. 나도 그를 바라봤다. 그를 보고 있으니 걸림돌들은 생각나지 않고 그만이 나를 채웠다. 세탁방의 형광등 조명 아래 상준의 그림자가 내게로 천천히 드리워졌다. 나는 점점 얼굴을 덮어 오는 그림자 속에서 눈을 감았다. 입술에 닿는 입술이 뜨거웠다. 조심스레 와닿은 것도 잠시, 우리는 서로를 뜨겁게 원하기 시작했다. 나는 무엇을 망설였고 무엇을 고민했는지 까맣게 잊었다. 오로지 그가 있고 내가 있다는 것만을 느꼈다. 우리의 숨결이 뒤섞인 열정이 세탁방 안의 차가운 에어컨 냉기를 뚫고 몸에 열기를 피워 올렸다.

코인 세탁방에서 나온 후 상준은 나를 집에 데려다주었다. 거세게 내리던 비는 어느새 안개비가 돼 내리고 있었다. 집에 가는 길 내내 나는 창밖만 바라봤다. 도시를 밝히는 불빛들이 뿌연 안개비에 젖어 물감처럼 번지며 스쳐 지나갔다. 불빛을 따라 생각이 흘렀다. 아무것도 정리된 것은 없는데, 나는 또다시 그를 가졌다. 사랑이라는 이름의 들뜬 감정은 컨트롤할 수 있는 나이라 생각했는데, 나는 나를 너무 과대평가했었나 보다. 아니면 사랑을 과소평가했거나. 이 나이가 되어도 사랑은 여전히, 참 어렵다.

묵묵히 운전하던 상준이 말했다.

"생각하지 말아요."

상준을 봤다.

"내가 무슨 생각을 하는데요?"

"다른 사람들 생각. 사람들이 우리 관계를 알면 뭐라 그럴까, 어떻게 생각할까 하는 생각."

"독심술 할 줄 알아요? 어떻게 알았어요?"

내가 감탄하자 상준이 작게 웃었다.

"그렇게 고민되면, 비밀로 해요. 난 비밀 연애도 괜찮아요. 뭐든 경주 씨가 원하는 대로 할 테니 도망치지만 말아요. 나 좀 그만 피해요."

"알고 있었어요?"

"어떻게 몰라요? 한두 번도 아니고, 나만 보면 정색해서 자리를 피하는데. 왜 피하는지 이해는 갔지만,

그래도 경주 씨가 피할 때마다 좀 상처받았어요."

나름 피하는 데는 도가 터서 잘 피하고 있다고 생각했는데, 다 알고 있었다니 민망하다. 나는 겸연쩍어하다 물었다.

"상준 씨는 다른 사람들 시선 같은 거, 신경 안 쓰여요? 가뜩이나 요즘 다들 예민해져 있는데, 우리 사이 알면 이러쿵저러쿵 여러 말이 나올 거예요."

"난 경주 씨 생각으로 꽉 차서 다른 사람 시선 같은 거 신경 쓸 여유가 없어요. 더 많이 사랑하는 사람이 약자라잖아요. 내가 다 맞출게요."

"뭐야⋯⋯. 어쩜 그런 말을 그렇게 아무렇지도 않게 해요?"

내가 얼굴을 붉히자 상준이 웃으며 덧붙였다.

"비밀 연애도 재미있을 것 같아요."

우리는 비밀 연애를 시작했다. 상준과 내가 마주하고 있는 상황은 전혀 달라진 것이 없었다. 〈그레이스〉는 여전히 위태롭고 휘과 서우는 동급생이고, 상준은 내 상사이고, 그리고 나는 그를 좋아한다. 고민에 고민을 거듭하다 마침내 훌륭한 해결 방법을 찾고 연애를 시작한 것은 아니다. 고민해 봤자 어차피 결론도 나지 않는 거, 나는 내 감정으로부터 도망치는 것을 그만하기로 했다. 상준의 말대로 생각은 그만하고 마음이 가는 대로 흘러가게 뒀다. 막상 그렇게 정하고 연애를 시작하니, 그동안 왜 그렇게 고민했나 싶었다. 우리가 연애를 해도 세상은 변함없이 잘 돌아가고 무너지지도 않았다.

회사에서는 늘 그렇듯 항상 부딪쳤다. 매출을 먼저 생각하는 상준과 잡지가 먼저인 나는 매번 의견이 부딪칠 수 밖에 없었고, 그때마다 다시는 안볼 사이처럼 논쟁을 벌였다. 우리는 어쩌면 비밀 연애를 감추기 위해 더 과한 싸움을 했을 수도 있는데, 사람들은 우리의 논쟁을 전혀 이상하게 생각하지 않았고 관심도 없었다. 0에서 10이 됐으면 놀랐겠지만 100에서 110이 되는 것은 그리 놀랄 일이 아니니까. 우리 관계가 조금 더 악화됐나보다 정도로만 생각했다.

일로는 뜨겁게 대립했지만 일을 떠나서는 뜨겁게 사랑했다. 처음에는 사람들의 눈치 - 회사에서는 동료들, 집에서는 서우와 휘 - 를 보느라 회사와 집에서 멀리 떨어진 곳으로 각자 이동해서 만나 데이트를 했다. 매일 새로운 곳을 탐험하는 기분으로 낯선 동네를 같이 헤매며 즐거워했고 행복해했다. 이제 막 연애를 시작한 우리는 사람들의 눈치를 보며 몰래 만나야 한다는 압박 때문인지 만날수록 더욱 만남에 목말라

했다. 시간도 너무 부족했다. 상준도 바빴지만 나는 9월호 준비와 바자회 준비를 동시에 하느라 정말 바빴다.

상준은 너무 짧은 데이트에 투덜대기도 했는데, 그럴 때마다 나는 "그러니까 기자 한 명만 더 쓰게 해달라니까"라고 했고, 상준은 "아, 그건 안돼"라며 딱 잘라 거절했으며 나는 "그렇게 말할 줄 알았어"라며 무심히 넘겼다. 상준이 연애한다고 내 부탁을 들어주는 남자였다면 나는 실망했을 것이다. 다행히도 상준은 연애 시작할 때 합의 본대로 공사 구분을 아주 잘하고 있고 나는 그런 점이 서운하면서도 마음 놓였다.

연애를 시작할 때 정했던 규칙을 안 지킨 것도 있긴 하다. 회사에서는 절대 '연애용 만남' 금지라고 정했지만, 만남에 대한 갈증에 차츰 사람들의 눈을 피해 회사 비상구나 계단, 옥상에서도 만나기 시작했다. 한번은 옥상에서 아무도 없는 줄 알고 키스를 하다 갑작스런 인기척에 식겁한 적이 있었다. 인기척을 낸 존재가 옥상에 날아든 비둘기라 안도하며 가슴을 쓸어내리긴 했지만 사람들에게 들키는 줄 알고 정말 놀랐었다. 그 일 이후로 우리는 스킨십을 자제하지는 않았고, 두 번 세 번 주위를 살펴보며 키스를 했다.

엘리베이터 앞에서 아무 생각 없이 손을 잡고 있다

화들짝 놀라 손을 놓고 떨어진 적도 있었다. 엘리베이터를 기다리던 사람들이 모두 핸드폰을 보고 있었기에 망정이지 하마터면 들킬뻔했었다. 그 사건 이후로 우리는 사람들이 있는 곳에서는 무조건 두 걸음 이상 떨어져 있기로 합의를 봤다.

회사 사람들 앞에서 상준이 나를 '서부장'이 아니라 '경주 씨'라고 부른 적도 있었다. 그때 당황해하던 상준의 표정은 정말이지 잊을 수가 없다. 상준이 그렇게 당황해하는 것은 처음 봤다. 옆에서 김실장이 화제를 돌리지 않았으면 상준은 당황해서 우물쭈물하다 우리의 연애를 실토해버렸을지도 모른다. 나는 이 일로 꽤 여러 번 상준을 놀렸다가 그가 삐져서 토라지는 것을 봤다. 천하의 강상준이 토라지다니. 그 귀여운 모습을 나만 보는 게 아쉬우면서도 좋았다.

사내 비밀 연애는 생각보다 훨씬 흥미로웠다. 연애의 달콤함에 긴장과 스릴이 더해져 우리의 연애는 활활 타올랐다. 사춘기 소년소녀처럼 빠르게 서로에게 빠져들었고 서로에 대해서 많은 것을 알아갔다.

우리는 공통점도 많았지만 다른 점도 많았다. 나는 고양이를 좋아하지만 그는 고양이털 알레르기가 있었고, 나는 인기 있는 맛집에 가는 것을 좋아하지만 그는 먹기위해 1시간을 기다려야 하는 것을 전혀 이해하지 못했다. 난 늦은 밤의 고요함과 낭만을 즐기는 저녁형 인간이지만 그는 눈이 오나 비가 오나 새벽 6시면 일어나 아침 운동을 해야 하루를 시작할 수 있는 부지런한 아침형 인간이다. 그와 내가 다른 것이 싫다기보다는 흥미로웠다. 나와 다른 그를 알아가고 맞춰가는 것이 진짜로 커플이 되어가는 것 같아 좋았다. 너무 오랜만의 연애에 어색하고 서툰 부분도 있었지만 그것마저도 다시 20대로 돌아간 것 같은 기분을 느끼게 해 좋았다.

우리는 서로가 다른 것을 인정하고 서로가 배려했다. 공포 영화를 좋아하는 나를 위해 공포 영화라면 질색하는 그가 같이 영화관에 가주었고, 주말에는 절대 10시 전에는 일어나지 않는 내가 그와의 아침 운동을 위해 6시에 일어나기도 했다. 토요일 아침 6시에 일어나 운동 나가는 나를 보며 동숙 이모는 해가 동쪽에서 뜬 게 맞는지 확인까지 했다.

상준은 내가 원하고 하고 싶은 것은 뭐든지 해주려 했다. 회사에서는 한번도 내 의견을 들어준 적이 없고 앞으로도 들어주기가 힘들 것 같아 미안하다며, 애인으로서는 뭐든지 다 들어주겠다고 했다. 그는 자신이 한 말을 지켜서 내가 요구하는 것은 뭐든 해줬다.

아, 그가 해주지 않은 것도 있긴 했다. 나는 노래방

에 가서 노래하는 것을 좋아하고 그는 노래 부르는 것을 극도로 싫어한다. 같이 노래방에 가주기는 했지만 한 시간 내내 내가 노래 부르는 것만 들을 뿐 아무리 애원하고 협박해도 노래는 절대 부르지 않았다. 절대 음치라나? 내가 직접 듣고 평가하게 해달라고, 소원이니 내게 로맨틱코메디 영화 속 남주인공처럼 사랑의 세레나데를 불러달라고 했지만 그것만은 절대 들어주지 않았다.

그 일로 내가 삐진 듯 굴어도 모른 척하더니 열흘쯤 뒤에 나를 라이브카페로 데려가 사람들 앞에서 직접 피아노를 치며 노래를 불러주었다. 옆 테이블 커플이 태어나서 저렇게 못 부르는 사람은 처음 본다고, 무슨 용기로 노래를 부르고 있냐고 투덜댔다. 객관적으로 보면 못 부르기는 했지만, 내 귀에는 어디에서도 들어본 적 없는 감동적인 세레나데로만 들렸다. 감동한 내게 그는 일주일 넘게 혼자 노래방에 가서 연습했다며, 멋쩍게 말했었다. 그러고 보니 그는 내가 해달라는 것은 모두 다 해주었다.

상사로서는 지독히도 매정하지만 연인으로서는 한여름 난로보다 더 뜨거운 사람이 그였다. 그를 알아갈수록 그에게 빠졌고, 내 시선은 N극에 끌리는 S극처럼 어디서든 그를 찾아내 그만을 향했다. 그를 바라보는 내 눈에 가득한 사랑을 혹여 누가 알아채기라도 할까 봐 나는 회사에서는 그를 보지 않기 위해 부단히 노력해야 했다.

우리는 낮과 밤을 가리지 않고, 만나서는 물론 전화와 문자로도 많은 이야기를 나누었다. 어렸을 때의 장래 희망에서부터 휘와 서우의 학교 생활에 대한 것까지, 많은 이야기를 하면서도 그는 한결에 대해서는 묻지 않았다. 내 첫사랑은 뜨겁고 유명했다. 이 좁은 잡지바닥에 한결과 나의 이야기를 모르는 사람은 거의 없다. 분명 그도 여러 이야기를 들었을 거였다. 한번은 왜 묻지 않냐고 하자 그는 물어봐야 했냐고 되물었다.

"사람들은 처음에 많은 의미를 부여하잖아. 내 첫사랑이 신경 쓰이지 않아?"

내가 물었다.

"모든 것을 내줄 수 있는 사랑은 아무나 할 수 있는 게 아니잖아. 나는 경주 씨가 그런 사랑을 했고, 할 줄 아는 사람이라서 좋아. 당신과 당신이 살아온 삶 전부를 사랑해."

그는 사랑 가득한 눈으로 내게 답했다.

언제였더라, 친하게 작업하던 헤어스타일리스트와

촬영 중 수다를 떤 적이 있었다. 그는 사람들은 첫사랑에 큰 의미를 부여한다며, 나처럼 요란하게 첫사랑을 한 사람은 새로운 사랑을 하기 힘들 거라고 했었다.

"서부장이 만나는 사람은 아무리 서부장을 뜨겁게 사랑해도 첫사랑을 이기지는 못할 거 아냐? 지랄 난리를 쳐도 영원히 서부장의 첫 번째가 될 수 없을 텐데, 그런 거 좋아할 남자는 없어. 그러니까 새로 누굴 만나거든 한결 실장에 대해서는 자세히 말하지 마."

라고 조언했었다.

헤어스타일리스트뿐 아니라 거의 대부분의 사람들이 그렇다. 첫눈, 첫 만남, 첫사랑, 첫 경험. 처음에 많은 의미를 부여한다. 나도 그랬다. 그런데 나의 두 번째 연인은 대부분의 사람들과 달리 첫 번째가 되기를 바라지 않고, 나의 첫사랑까지 너그러이 포용하며 나를 사랑해 준다. 어쩌다 이런 남자가 나를 사랑하게 됐을까? 나라면 상준처럼 하지 못할 것 같다. 상준의 첫사랑이 모두가 알 정도로 뜨겁고 열정적이었다면 나는 아마 아주 많이 신경이 쓰였을 거다. 나는 상준의 대답에 감동받아 동숙 이모에 대한 것도 모두 털어놔 버렸다.

"나랑 같이 살고 있는 이모, 내 이모가 아니라 휘

아빠의 이모야. 어릴 때 혼자가 된 그 사람을 이모가 키웠어. 이모에게는 그 사람밖에 없었고 나 역시 그랬어. 그래서 그 사람 그렇게 가고 난 후 쭉 같이 살고 있어. 누가 뭐래도 이모는 나한테 제일 소중한 가족이야."

"서로 아끼고 보듬을 수 있는 가족이 있는 건 정말 큰 행운이야. 당신 곁에 그렇게 좋은 가족이 있어서 다행이야."

상준은 회사에서는 절대 볼 수 없는 선한 미소를 지었다.

"아니, 뭐 이렇게 다 이해해 줘? 천사예요?"

"경주 씨에게 좋은 일, 행복한 일은 내게도 다 좋고 행복한 일이야. 그거 알아? 난 당신 덕분에 요즘 매일이 기적 같고 선물처럼 느껴져."

상준은 나를 만난 후 처음으로 아침에 설레는 마음으로 눈을 뜨고 새롭게 시작하는 하루를 기대하게 됐다고, 살아있음이 행복하고 감사하다고 고해성사를 하는 것처럼 진지하게 고백했다.

한번은 그에게 가장 행복했던 기억에 대해 물은 적이 있었다. 그는 '지금'이라며 자신의 행복은 나를 만난 이후에 시작되었다고 대답했었다. 그 말을 하는 상준은 웃고 있었지만 어딘지 쓸쓸해 보였다. 그래서 사랑에 빠진 남자의 립서비스같은 간지러운 말이 애처롭게 들렸었다. 뜨겁게 보냈던 나의 지난 시간들과 달리, 그가 보낸 시간들은 그에게 호의적인 시간들은 아니었던 것 같았다.

 나는 그의 지난 시절에 대해 자세히 묻기보다 그가 먼저 내게 말해주기를 기다리며, 그가 처음으로 설레는 마음으로 시작하게 된 하루를 더욱 설레게 해주겠노라 다짐했다. 사랑은 미친 짓이라는데, 나는 더 이상 피하지 않고 이 황홀한 광기에 기꺼이 나를 내던졌다.

9월호의 후폭풍

폭우로 엉망이 된 카페 플로라 대신 지난해 새로 오픈한 6성급 호텔 야외 정원을 빌려 바자회를 열었다. 대관비를 내는 대신 광고를 해주는 조건으로 생각보다는 저렴하게 대관해, 성공리에 바자회를 마쳤다. 빠듯하게 준비했지만 독자들의 반응도 좋았고, 광고주들의 반응은 더 좋았다. 9월호에 대한 반응도 좋았다. 상준과의 연애가 일에 방해가 될까 걱정했었는데, 오히려 일이 술술 풀려나가 마음이 놓였다. 〈그레이스〉를 책임진 편집장으로서 본부장과의 비밀 연애가 책에 나쁜 영향을 줬으면 기자들과 디자인팀, 광고팀에 면목이 없었을 텐데, 다행이었다.

바자회와 9월호를 모두 성공적으로 마치고 모처럼 여유로운 데이트를 해볼까 했는데, 상준이 JK 자동차의 박대표와 약속이 생겼다고 했다. 상준의 설명에 의하면, 박대표는 JK 그룹 시작부터 함께 해온 창립 멤버로 JK 총수 강재국 회장이 신뢰하는 몇 안 되는 임원 중 하나이다. 상준에게 호감을 가지고 있어 JK 자동차로 데려가려 몇 번 러브콜을 보냈었다.

상준이 회사에 사직서를 내고 서우와 캐나다로 이민 가려고 준비하던 중에도 박대표는 상준을 JK 자동차로 데려가려 했지만 회사에 미련이 없었던 상준은 또 거절했었다. 통영에서 내게 말했던 대로 상준은 캐나다로 떠나려 했는데, 강회장의 아들인 강전무가 상준의 사직서를 반려하며 매거진사업부 본부장으로 발령을 내버렸다. 매거진사업부가 정상화되면 상준이 원하는 대로 사표를 수리해 주겠다는 조건이었다.

상준과 데이트를 시작하고 얼마 안됐을 때, 나는 캐나다로 이민을 간다던 상준이 왜 매거진사업부 본부장으로 오게 됐는지 물었었다. 그때 상준이 강전무 얘기를 해줬었다.

"강전무 마음대로 발령낸 거니까 싫다고 하지 그랬어?"

내 말에 상준은 어색하게 웃었다.

"그럴 걸 그랬나?"

"아니다. 캐나다로 이민 갔으면 우린 못 만났을 텐데, 거절하지 않길 잘했어."

"당신을 만났으니까 다른 건 다 괜찮아."

그렇게 말하는 상준의 눈빛이 너무 애틋해서 나는

상준을 꼭 껴안았었다.

요즘은 무슨 생각을 해도 기승전상준으로 끝이 난다. 아무튼 내가 말하려던 것은 상준은 박대표에게 미안한 마음을 가지고 있다는 것이다. 박대표의 스카우트 제의를 여러 번 거절한 데다 회사를 떠날 거라고 해놓고 본의 아니게 다시 일하게 된 점 등에 대해 미안해했다. 그래서 나와의 데이트 선약이 있었음에도 박대표의 만남 제의를 거절하지 못했다.

상준은 박대표와의 약속이 끝나면 전화하겠다고 했다. 나는 상준을 기다릴겸 회사에서 10월호 준비를 하며 느긋하게 여유를 즐겼다. 아니, 즐기려고 했다.

"선배! 이것 좀 봐!"

이서가 다급하게 나를 불렀다. 이서의 자리에 가서 컴퓨터 모니터를 봤다. 실시간 검색어에 '그레이스 정아라', '정아라 화보'가 올라오고 있다.

정아라 화보라 하면, 범호와 보라가 인터뷰와 화보를 공동 진행해 나와 이서에게서 아낌없는 칭찬을 받았던 신인 여배우 정아라의 화보 인터뷰다. 화보는 신선하고 멋지게 잘 나왔고 인터뷰 기사도 모자람 없이 재미있었다. 그런데 이게 왜 검색어에? 설마 너무 좋아서 사람들이 찾아보는 건가 싶었지만, 정아라는 아직 그 정도의 파급력을 지닌 세계적 스타가 아니다. 이렇게 갑자기 검색어를 장악하는 것은 경험상 좋은 일보다는 나쁜 일일 때가 더 많았다.

이서가 여러 커뮤니티를 돌아다니며 정아라 화보가 왜 실시간 검색어를 장악했는지 이유를 파악했다. 알아낸 바에 의하면, 정아라의 화보 중 한 컷에서 정아라가 취한 손가락 모양이 남성을 혐오하는 포즈로 찍혀 오후부터 갑자기 남초 커뮤니티에서 공격을 시작했다는 것이다. 정아라 화보는 빠르게 퍼졌고, 막강 화력을 자랑하는 남초 커뮤니티들이 대거 동참하며 실검을 장악하기에 이르렀다.

나는 문제가 된 정아라 화보를 다시 봤다. 역동적인 포즈가 컨셉이라 움직임이 많았고 전신 컷이라 손은 잘 보이지도 않았다. 아무리 봐도 뭐가 문제인지 못 찾자 이서가 설명해 주었다. 정아라가 아래로 내린 손의 포즈를 집중해서 보라. 이서의 설명대로 손을 집중해서 봤다.

그러고 보니 손의 포즈가 정면이 아니라 비스듬히 찍힌 것이라 보는 사람에 따라 '남성 혐오 포즈'라고 하는 포즈로 보일 수도 있고 아닐 수도 있을 것 같았다. 분명한 것은 의도된 포즈가 아니라 여러 포즈를 잡던 중 순간적으로 포착된 것이라는 거다. 촬영 현장에 있었던 범호와 보라도 맹세코 의도된 포즈는 아니라고 했다. 하지만 팩트가 어쨌든 상황은 손 쓸 틈도 없이 빠르게 악화돼 갔다.

남자들이 정아라의 소속사에 몰려가 공개 사과를 요구하며 공격했다. 항의에 시달리던 소속사 조대표가 어떻게 하면 좋겠냐고 전화로 내게 조언을 구했다. 나도 이런 경우는 처음이라 난감했다. 의도하지는 않았지만 그렇게 보였다니 죄송하다고 사과를 해야 하나? 이런 사과는 오히려 불난 데 기름을 끼얹는 사과일 텐데. 그렇다고 하지도 않은 일을 했다고 인정하며 무조건 잘못했다 사과하는 것도 이상하지 않을까.

내가 고민하는 사이 조대표는 끊임없이 걸려 오는 항의 전화에 견디다 못해 회사 홈페이지 대문에 사과문을 올렸다. 하지만 그럼에도 비난은 사그라지지 않았다. 급기야 정아라 화보가 실린 〈그레이스〉 9월호를 전량 폐기하라는 요구까지 나왔다.

나는 편집팀과 수철 선배를 모두 소집해 대책 회의를 했지만 뾰족한 대책이 없었다. 가뜩이나 적자매출로 찍힌 마당에 전량 폐기까지 하면 〈그레이스〉는 곧 〈드리머〉 신세가 되고 말 텐데, 아무런 대책이 없다.

"본부장님께 보고해야 하지 않아?"

컴퓨터에 머리를 처박고 각종 커뮤니티를 오가며

네티즌들의 반응을 실시간 체크하던 이서가 고개를 들고 침울하게 말했다.

"상황이 쉽게 끝날 거 같지 않아. 보고하고 회사 차원에서 대책을 세우는 게 나을 것 같아."

"정말 방법이 없는 걸까?"

나는 입술을 깨물었다. 무의식 중에 너무 세게 깨물었는지 피가 났다. 마음이 너무 복잡했다. 상준에게는 정말이지 알리고 싶지 않았다. 며칠 전 상준은 잡지 말고 다른 일을 하면 어떻겠냐고 물었다. 상준은 내가 쓴 8월호 에디터스 노트를 읽고 잡지에 대한 나의 애착과 사랑을 충분히 이해하게 됐다고 했었다. 그럼에도 내게 이직을 권할 만큼 매거진사업부 상황이 좋지 않은 것 같았다. 이직을 권하는 상준의 태도는 매우 조심스러웠다.

하지만 받아들이는 입장에서 내게는 상준의 배려가 보이지 않았다. 〈그레이스〉에 관한 한 예민해져 있는 상태이다. 나는 〈그레이스〉를 폐간시킬 생각이냐며 발끈했었다. 연애에 일은 끌어들이지 않기로 약속했지만 얘기를 하다 보면 그게 또 무 자르듯 공과 사가 딱딱 끊어지지는 않았다. 나는 연애 후 처음으로 상준과 다투고, 보란 듯이 〈그레이스〉를 살려놓겠다고 호언장담했었다. 그랬는데, 바로 이런 일이 터져버렸다.

수철 선배가 대역 죄인마냥 쭈그리고 앉아있는 보라와 범호를 노려보자 둘은 더욱 어깨를 옹송그리며 쪼그라들었다. 내가 수철 선배를 말렸다.

　"선배, 그만해요. 쟤들도 몰랐다잖아. 사진 셀렉하고 디자인하면서 선배도 몰랐잖아. 나도 몰랐어. 그래도 책임을 묻고 싶으면 나한테 물어. 마지막에 최종 컨펌한 건 나니까. 내가 본부장님께 보고하고 책임질게."

　나는 사태가 걷잡을 수 없이 빠르게 악화되는 것을 지켜보다가 더 이상 미뤄서는 안될 것 같은 상황에 이르자 결국 상준에게 전화를 걸었다. 받지 않았다. 박대표와의 약속이 아직 끝나지 않은 것 같았다. 나는 차라리 다행이라 생각했다. 영원히 숨길 수 있는 일도 아니고 내일 아침이면 온 회사가 알게 될 일이지만 그래도 잠깐이라도 미뤄진 게 다행스러웠다. 보고하면 상준이 어떻게 나올지 무서웠다. 이참에 〈그레이스〉를 폐간해 버리자고 하면 어쩌지?

　얼마 지나지 않아 상준에게서 전화가 걸려 왔다. 부재중 전화를 보고 콜백을 했을 거다. 내가 머뭇머뭇 상준에게 온 전화를 받으려 하는데 이서가 "이것 봐!" 소리를 지르면서 노트북 화면을 보여줬다. 여자들이 정아라를 응원하며 〈그레이스〉 9월호 구매 인증을 하기 시작했다. 말도 안 되는 반전이 일어났다. 문자 그대로 기사회생. 벼랑 끝에서 급유턴할 수도 있는 상황이 됐다. 나는 상준의 전화를 받고 말했다.

"회의중입니다. 내일 오전에 보고드리겠습니다, 본부장님."

이서의 노트북 앞으로 사람들이 모여들었다. 반응이 시시각각 뜨거워졌다. 남성 혐오 포즈라고 항의가 빗발쳤던 것보다 더 빠르게 남성 혐오가 아닌 멋진 화보라는 응원이 이어졌다. 온라인 서점에서 갑자기 〈그레이스〉 9월호의 판매가 급증하더니 두서너 시간 만에 품절됐다. 나는 실시간으로 품절이 뜨는 것을 보며 롤러코스터를 타고 천당과 지옥을 오갔다.

밤늦게 퇴근하고 거의 뜬눈으로 밤을 세다 아침 일찍 출근했다. 다들 나와 비슷한 마음인지 퀭한 눈으로 출근을 했다. 우리는 다 같이 모여 상황이 어떻게 진전될지 초조하게 기다렸다.

오프라인 서점이 개점하자 빛의 속도로 판매가 이루어졌다. 그 결과 9월호는 최근 몇 년 간을 통틀어 가장 빠른 완판 기록을 세웠다. 완벽한 반전 드라마였다. 왜 미리 문제가 될 수 있는 컷들을 골라내지 못했냐고 대역 죄인을 추문하듯 보라와 범호를 몰아세우던 수철 선배는 법인카드대신 개인카드로 커피까지

사주었다. 함께 일한 6년 동안 한번도 본 적 없던 수철 선배의 개인카드를 처음으로 봤다. 그만큼 모두가 반전 드라마에 열광했다.

나는 한숨 돌리고 상준에게 보고하러 갔다. 어제 그렇게 전화를 끊었으니 무슨 일인지 무척 궁금했을 것이다. 어젯밤 인터넷을 뜨겁게 달궜으니 정아라 사건에 대해서도 어느 정도는 알고 있을 것이다. 많은 것이 궁금했을 테지만 그래도 상준은 재촉하지 않고 AI 같은 냉철한 본부장의 모습으로 내 보고를 기다려주었다.

"이것도 한 방법이 되겠네요."

내 보고를 다 듣고 난 상준이 이런 식의 이슈를 만들어내는 것도 판매에 도움이 되지 않겠냐고 했다. 무플보다는 악플이 낫다고, 사람들이 일단은 관심을 가져야 잡지를 살리든가 할 수 있지 않겠냐고 했다. 좋은 것이든 나쁜 것이든 이슈를 만들면 지금처럼 사람들의 관심을 끌 수 있고, 사람들의 관심을 받게 되면 판매든 프로모션이든 〈그레이스〉가 수익 활동할 수 있는 여지가 생기게 될 것이라 했다.

나는 반대했다.

"아뇨. 〈그레이스〉는 이슈 장사하는 잡지가 아니에요. 이슈를 노리고 기사를 만들다 보면 점점 더 자극적인 기사를 쓸 수 밖에 없어요. 그레이스는 그레이스답게, 그레이스해야 해요."

"지금 〈그레이스〉 상황이 이것저것 따지면서 여유 부릴 때가 아닐 텐데요."

상준이 본부장으로서 지적했고 나는 〈그레이스〉의 책임자로서 반박했다.

"그렇다고 영혼을 팔아버리면 그건 더 이상 〈그레이스〉가 아니죠. 껍데기만 남아있는 게 무슨 소용이에요? 본부장님 말씀은 안 들은 걸로 하겠습니다."

나는 본부장실을 나와 사무실로 돌아가는 대신 옥상으로 올라갔다. 지금 〈그레이스〉 상황이 이것저것 따지며 여유를 부릴 때가 아니라고 하던 상준의 말이 대못처럼 가슴에 박혔다. 상준이 그냥 한 말 같지는 않았다. 〈그레이스〉의 상황이 내가 생각한 것보다 더 나쁜 상황인 걸까? 얼마나 안 좋은 걸까?

나는 답답한 마음에 옥상을 서성거렸다. 햇살은 아직도 한여름처럼 따가웠다. 햇살에 달궈진 옥상 바닥에서도 거센 열기가 올라왔다. 땀이 송글송글 맺혔다 흘렀다. 그래도 더운 줄 모르고 계속 걷다가 이래서는 안되겠다는 생각을 했다. 점잔 빼며 공사 구분이고 뭐고 할 때가 아니다. 상준에게 매달려서 지금의 상황에 대해 자세히 들어봐야겠다 결심하는데 전화가 걸려왔다. 본사의 강전무실 비서다. 지금 당장 전무실로 오라는 호출이다.

 나는 강전무를 만나러 본사에 가며 정아라 사건이 본사 전무의 호출을 받을 정도의 사건인지 고민했다. 설마 정아라 사건을 빌미로 〈그레이스〉 폐간을 통보하는 건 아니겠지? 그건 아닐 거야. 폐간 통보를 하려면 상준이 했겠지. 그러면 정아라 사건으로 본사도 피해를 입었나? 그렇지는 않을 거다. 어젯밤 온라인을 발칵 뒤집어놓긴 했지만 그래도 짧은 시간 안에 해결됐다. 본사는 물론 매거진사업부에도 영향이 없고, 판매 실적은 더 좋아졌다.
 정아라 사건으로 크게 책잡힐 만한 일은 없었다. 그냥 앞으로 이런 일이 없도록 주의를 주려고 하는 거겠지. 나는 나름대로 결론을 내리면서 그래도 강전무가 질책했을 때 해명할 적절한 변명을 궁리하며 전무실로 들어갔다.
 〈그레이스〉 편집팀 사무실만큼이나 크고 삐까뻔쩍하게 화려한 전무실 안에 웬만한 직장인 연봉쯤 하는 명품 슈트를 입은 강전무가 다리를 쩍 벌리고 앉아 있었다. 강전무를 직접 만나는 것은 오늘이 처음이었다. 내가 강전무에 대해 알고 있는 것은 모두 뉴스와 소문으로 들은 것들인데, 그에 의하면 강전무는 매너 있고 젠틀하며 능력있고 유능한 재벌 2세였다. 여자 문제나 마약, 갑질같이 재벌 2세에게 흔히 따라붙는 지저분한 스캔들도 없어서 세간의 평이 좋았다. 나는 강전무에 대해 좋은 인상을 가지고 있었지만 느물거리는 눈으로 나를 아래위로 훑어보는 남자를 보자 순식간에 호감이 사라져갔다.

"나이보다 젊어 보이네. 난 이력서 나이 보고 시들시들한 아줌마일 거라 생각했는데, 아직 탱탱하고 보기 좋네. 마셔요."

강전무가 내 앞에 놓인 찻잔을 가리키며 웃었다. 나는 차를 마실 생각도 하지 못하고 입을 벌린 채 병찐 얼굴로 강전무를 쳐다봤다. 너무 놀라서 표정 관리도 하지 못했다. 아직도 이렇게 무례한 언행을 대놓고 하는 사람이 있다는 게 놀라웠다. 이런 사람을 호감 가는 재벌 2세로 이미지메이킹을 한 그룹 홍보팀의 역량이 놀랍다. 강전무가 내 얼굴에 적나라하게 드러난 혐오스러움을 읽었는지 변명 비슷한 말을 늘어놓았다.

"아, 요즘은 이런 말 하면 안 되지? 성차별? 성인지 감수성? 뭐 그런 거에 걸린다던데. 기분 나쁜 거 아니죠? 칭찬이야. 예쁘다는 칭찬. 아, 맞다. 예쁘다는 말도 걸린다며? 뭐가 죄다 걸려. 말세야, 말세."

강전무는 변명 같지도 않은 말을 하면서 계속 느물거렸다. 나는 왠지 이 남자의 목적이 내 기분을 나쁘게 하는 것은 아닌지 의심이 들었다. 그런 게 아니라면 난생 처음 본 이 남자는 나의 '상종 못할 사람' 리스트 탑 5안에 들 만 하다. 참고로 나는 직업상 한 달에도 십여 명, 때로는 수십 명의 새로운 사람을 만난다. 강전무는 내가 알고 있는 그 많고 많은 사람들 중 탑 5안에 들 정도로 후졌다. 만난 지 채 5분도 되지 않았는데 탑 5안에 들다니 신기록이 아닐 수 없다. 그래도 그룹 회장 아들이고 실세 중 실세라니 삐딱하게 굴지는 말자, 거북스러운 마음을 다독이며 애써 표정 관리를 했다.

"무슨 일로 저를 보자고 하셨습니까?"

나는 최대한 감정을 절제하며 깍듯하게 예의를 차렸다.

"보기보다 성격이 급하네. 식사는 했어요? 여기 건물 지하에 괜찮은 레스토랑이 있는데 밥이나 먹으면서 얘기하지."

강전무가 일어서려 해서 나는 다급하게 말했다.

"아뇨. 싫습니다."

아, 이렇게까지 노골적으로 싫은 기색을 드러낼 생

각은 아니었는데. 나는 아차 싶어 빠르게 변명했다.

"전무님 바쁘실 텐데 제가 시간을 뺏고 싶지는 않아서요."

"서부장 배려가 마음에 드네. 내가 바쁘긴 해."

강전무가 다시 의자에 앉아 등을 기대며 말했다.

"좋아, 그럼 기꺼이 서부장의 배려를 받아들여서 바쁘니까 본론으로 들어가지. 강상준이랑 끝내."

"네?"

나는 또다시 벙찐 얼굴을 하고 되물었다. 강전무가 호출하는 이유에 대해 정아라 사건을 포함해 수십 가지를 생각해 봤지만 이건 전혀 예상하지 못한 이유였다.

"그게 싫으면 〈그레이스〉를 끝내던가."

강전무가 커피를 홀짝이며 밥 먹으러 가자고 말하던 것보다 더 무심히 말했다. 나는 강전무가 하는 이야기를 따라가지 못했다.

"내가 상준 씨와 연애하는 거를 어떻게 아셨어요? 왜 전무님이 제 연애에 간섭하시는 거죠? 아니… 왜 상준 씨와 〈그레이스〉 중에 선택을 해야 하죠? 전 전혀 이해가 안 가는데요."

"그 자식이 아무 말도 안 했어?"

강전무가 의외라는 얼굴을 하다가 낄낄댔다.

"하여간 음흉한 놈이야. 걔가 원래가 그렇게 속을 알 수 없는 놈이에요. 어릴 때부터 그랬어. 아, 강상준은 내 이복동생, 쉽게 말해 첩년의 자식. 어? 놀라는 얼굴이네? 진짜 아무것도 몰랐어?"

나는 정말 놀랐다. 상준이 강회장의 친인척이라는 소문이 있는 것은 알았지만, 그런 소문은 워낙 많았다. 그룹 내 강씨 성을 가진 임원들은 죄다 강회장의 친인척이라는 소문이 한번쯤 돌았다. 그래서 그런 소문에는 신경 쓰지 않았고 상준도 그에 대해 말한 적이 없었다. 일전에 강전무에 대해 언급했던 때만 해도 호감 어린 표정은 아니었지만 그뿐이었다. 이렇게 복잡한 인연으로 얽혀있다는 말은 한 적이 없었다.

"매거진사업부를 매각할 거라는 얘기도 안했나?"

이건 또 무슨 얘기람? 나는 바보가 된 기분으로 멍하니 강전무를 쳐다봤다. 강전무가 기분 좋은 듯 여유로운 미소를 지었다. 자기가 의도한 대로 놀라고 충격받는 내가 재미있기도 하겠지.

"내가 강본에게 매거진사업부 매각할 거라고 했는데. 그리고 〈그레이스〉도 폐지하라고 했고."

강전무의 페이스에 휘말리고 싶지는 않았지만 나는 연이은 충격에 강전무가 원하는 리액션을 다 보여줄 수 밖에 없었다. 나는 쩍 벌어진 입을 다물지 못했다.

"그런데 내가 서부장한테 기회를 한번 주려고. 그놈이랑 헤어지면, 〈그레이스〉 폐간시키지 않고 살려서 매각 대상에 넣어줄게. 어때, 괜찮은 제안이지?"

"이거… 그러니까 드라마에서 보던 것처럼, 재벌집에서 가난한 여자한테 돈봉투 주는 그런 거랑 비슷한 건가요? 제가 상준 씨에게 어울리지 않아서?"

강전무가 왜 나에게 이런 제안을 하는지 생각하다 겨우 떠올린 게 이거였다. 하지만 강전무가 크게 웃는 것을 보니 이것도 정답은 아닌 것 같다.

"서부장, 재미있는 사람이네. 그런 거 아니야. 난 그냥 그 새끼가 행복한 게 꼴 보기 싫어서 그래."

깔깔거리고 웃던 강전무의 눈빛이 무섭게 돌변했다.

"그 새끼는 살인자야. 살인자 새끼가 행복해서는 안 되는 거잖아. 안 그래?"

강전무실에서 나와 무작정 거리를 걸었다. 강전무에게 들은 이야기가 너무 많았다. 상준에게 확인하고 싶은 것도 많았다. 하지만 어디서부터, 무엇을 묻고 확인해야 하는지 머릿속이 엉망으로 뒤엉켰다. 걸으면서 조금씩 생각을 정리했다.

강전무에게 들은 이야기 중 상준에게 무엇을 물을 것인가 생각하니 아무것도 없었다. 강전무에게서 들은 이야기가 충격적이어서가 아니라, 내가 그가 아닌 다른 사람에게서 그에 대한 이야기를 들은 것을 알면 상처받을 것 같아서였다.

상준이 왜 '살인자 새끼'냐고 묻는 내 질문에 강전무는 자신의 어머니가 혼외자인 상준의 존재를 견디지 못해 스스로 목숨을 끊었다며, 상준이 아니었다면 지금까지 건강하게 살아계셨을 것이라고 분노했다.

강전무는 내가 모르는 상준의 어린 시절에 대해서도 함부로 쏟아냈다.

상준은 중학교 입학을 앞둔 겨울 어느 날, 책가방 하나만 달랑 메고 강회장 집 앞에 나타났다. 강전무는 상준의 어머니가 멋대로 상준을 버리고 간 거라며, 그 때문에 자신의 집은 박살이 났다고 상준의 어머니를 욕했다. 그러고 보니 상준은 통영에서 어머니와 둘이 살다 어머니가 암으로 돌아가신 후 서울에 올라와 친척 집에서 자랐다는 얘기를 한 적이 있었다. 상준이 친척 집이라고 했던 게 친부의 집이었나 보다.

강전무는 갑자기 나타난 배다른 동생이 마음에 안들어 자신이 할 수 있는 모든 수단을 동원해 괴롭혔다. 상준의 존재가 마음에 들지 않았던 것은 강전무의 어머니도 마찬가지라 상준 때문에 속앓이를 하다 심각한 우울증을 앓고 상준이 보는 앞에서 상준을 탓하며 뛰어내렸다.

"그 새끼가 우리 집에 오고 겨우 2년도 안 돼 우리 어머니가 죽었어."

강전무는 어머니의 죽음을 상준의 탓으로 돌리며 상준을 괴롭히는 일이 삶의 유일한 목적인 양 온 정성을 다해 평생을 괴롭혀왔다. 상준은 강전무에게 함부로 대해도 괜찮고 망가뜨려 버려도 상관없는 싸구려 장난감 그 이상도 이하도 아니었다.

어머니의 죽음은 안타깝지만, 나는 강전무의 말과 태도에서 상준이 어떤 학대와 괴롭힘 속에서 자신의 죄가 아닌 것을 자신의 죄로 받아들이며 힘겹게 살아왔을지 짐작이 됐다. 상준은 중학교 입학을 앞두고 강전무 집에 왔다고 했으니, 강전무의 어머니가 사망했을 때는 겨우 중학교 2학년이었을 것이다. 휘보다 겨우 두서너 살 많았을 어린 상준이 감내해야 했던 삶은 '삶'보다 '죽음'에 가까웠으리라.

그는 나를 만난 이후 매일이 기적 같고 선물처럼 느껴진다고 했다. 처음으로 아침에 설레는 마음으로 눈을 뜨고 새롭게 시작하는 하루를 기대하게 됐다고 했다. 살아있음이 행복하고 감사하다고 했다. 그때는 감동적인 사랑의 고백으로 받아들였는데 지금 와 돌이켜보니 자신의 삶에 대한 고해성사였다. 나를 만나기 전 한번도 행복한 적이 없고, 살아있는 게 좋았던 적이 없다는 고백. 심장이 시큰거리며 아파왔다. 가슴 시림이 버거워 가슴께를 꾹 눌렀지만 심장은 점점 더 아프게 시큰거렸다.

나는 한참을 더 걷다 결심하고 그에게 전화를 걸었다. 강전무라는 사람의 캐릭터상, 나와 만난 것, 만나서 한 얘기, 모두 상준에게 할 것 같았다. 난 상준이 무방비한 상태로 그런 얘기를 듣게 하고 싶지 않았다. 강전무 앞에서 강전무가 원하는 당황한 모습을 보이게 할 수는 없다. 강전무에게 듣게 하느니 내가 먼저 말하는 게 낫다.

늦은 시간이었지만 그의 집 근처 공원으로 가 연락을 했다. 상준은 갑작스런 연락에도 내 전화만 기다렸던 사람처럼 금세 밝은 표정으로 나왔다. 나를 향해 손을 흔드는 그를 보고 달려가 안았다. 그를 안아주고 싶었다. 할 수만 있다면 그 시절의 어린 그를 안고 위로해 주고 싶지만 그럴 수가 없으니 암담했을 시간을 버티며 살아낸 그를 안아주었다. 내가 아무 말 없이 힘을 줘 그의 등을 토닥이자 상준도 가만히 내 등을 토닥였다. 우리는 아무 말도 하지 않고 서로를 안고 가만히 있었다. 그러다 내가 좀 진정이 된 것처럼 보였는지 그가 물었다.

"무슨 일 있어?"

내 걱정을 하며 조심스레 묻는 그에게 나도 조심스레 말했다.

"강전무를… 만나고 오는 길이야."

따스하게 나를 바라보던 상준의 얼굴에 당혹감이 번지다 곧 무표정한 얼굴이 됐다. 상준은 강전무를 언급하는 것만으로도 회사에서처럼 차가운 가면 뒤로 숨어버리려 했다. 상준이 무겁게 입을 열었다.

"강전무가 뭐래?"

"여러 이야기를 했어. 당신에 대한 얘기, 회사에 대한 얘기, 우리에 대한 얘기."

"나에 대한 얘기는 됐고, 우리에 대해서 무슨 얘기를 했어?"

"난 당신에 대한 얘기를 듣고 싶은데."

내 말에 상준이 미간을 살짝 찌푸렸다. 자신의 이야기를 하는 것이 껄끄러운 것 같았다. 그런 상준을 재촉하고 싶지 않아 나는 그가 듣고 싶어 하는 얘기를 했다.

"강전무가 당신과 헤어지라고 했어. 당신과 헤어지면 매거진사업부가 매각되더라도 〈그레이스〉는 계속 발행하게 해주겠다고 하더라."

내 말에 상준의 표정이 미묘하게 변했다. 상준에 대해 모든 것을 안다고 할 수는 없지만 많은 것을 알고 있기도 했다. 임원 회의에서 무표정한 얼굴을 해도 미간에 미세하게 주름을 잡을 때는 마음에 들지 않는다는 뜻이고, 턱을 들어 올릴 때는 더 이상의 개소리는 참아주지 않겠다는 뜻이었다. 나를 바라볼 때 달라지는 다정한 눈빛과 당황했을 때 입꼬리에 힘을 주는 습관도 알고 있다. 그리고 지금 상준은 애써 무표정을 유지하려 하지만 당황하고 있었다.

"미안해. 매거진사업부 매각에 대해 미리 말해주지 못해서."

"이해해. 당신 성격에 나한테만 매각에 대해 말해줄 수는 없었겠지."

나는 움찔하는 상준을 보며 말을 덧붙였다.

"비꼬는 거 아냐. 본부장인 당신의 입장을 존중한다는 거야. 물론, 그래도 귀띔이라도 해줬으면 좋았을 거 같기는 해. 내가 강전무 앞에서 좀 많이 당황하는 모습을 보였거든. 자존심 상하게……."

내가 분한 얼굴을 하자 상준이 작게 웃었다. 그리고 잠시 생각하더니 말했다.

"〈그레이스〉를 지킬 방법이 없지는 않네."

"그게 무슨 말이야?"

나는 날카롭게 반문했다. 상준이 어떤 마음으로 그런 말을 하는지 짐작이 가면서도 마음이 상했다. 솔직히 말하면, 강전무의 말을 듣고 나 역시 흔들렸었다. 매거진사업부의 매각이 확정된 상황에서 〈그레이스〉가 살아남을 방법이 상준과 헤어지는 거라면, 상준과 〈그레이스〉 중 나는 무엇을 선택해야 하나 고민이 안 됐던 것은 아니다. 그럼에도 '내로남불'이라 욕할지 몰라도 상준은 나를 쉽게 포기하지 않았으면 했다.

"진심이야? 아니면 날 떠보는 거야?"

내가 서운함을 그대로 드러내자 상준이 변명하듯 말했다.

"강전무가 나에 대해 말했다니까, 왜 나를 싫어하는지도 말했지? 강전무는 나를 아주 많이 미워하기 때문에 날 괴롭히는 일에는 물불을 가리지 않아. 강전무가 우리 관계에 대해 알았으니 당신도 강전무의 괴롭힘 대상이 될 거야. 남을 괴롭히는 데는 탁월한 실력을 가진 사람이라 자신이 가진 권력을 적극 이용해 당신을 가만두지 않을 거야. 하지만 당신이 나와 헤어지겠다고 하면, 〈그레이스〉에서 광고가 몽땅 빠져도 폐간시키지 않을 거야."

나는 이제 화를 냈다.

"그래서, 헤어지자고? 누구 맘대로? 내가 강전무

말을 당신에게 전한 건, 같이 해결할 방법을 찾자고 한 거지, 헤어지자고 하려던 게 아냐."

"당신이 얼마나 〈그레이스〉에 진심인지 알아."

"난 당신에게도 진심이야."

상준이 나를 말없이 응시했다. 나는 눈물이 고이려는 것은 꾹 참았다. 아주 잠깐이었지만 〈그레이스〉를 놓고 상준에 대해 고민했던 것이 미안했고, 상준에 대한 내 마음을 몰라주는 것이 서운했다. 상준이 붉어진 내 눈가를 가만히 어루만졌다.

"좋아, 해결책을 찾자. 나한테 시간을 줘."

상준이 결심한 듯 말했다.

"설마 당분간 서로 시간을 갖자, 헤어지자, 헤어진 척하자, 이런 말 하려는 건 아니지?"

난 만약 정말 그런 말이라면 한 대 칠 것 같은 얼굴로 상준을 응시했다. 내 결연한 태도에 상준이 피식 웃었다.

"그런 거 아냐. 사실은 박대표님이 강전무에 대해 얘기한 게 있어. 지금은 정황뿐이지만 상당히 신빙성이 있는 얘기야. 강전무를 처리할 방법이 될 수도 있을 것 같아."

자신의 얘기를 하기 꺼려하던 상준은 잠시 나를 쳐다보다 결심한 듯 강전무와 얽힌 이야기를 털어놓았다.

 강전무가 스스로 밝혔듯 강전무는 자라는 내내 상준을 괴롭혔고, 상준은 마땅히 치러야 할 죗값이라 여기며 묵묵히 견뎠다. 대학 졸업 후 JK에 입사한 후에는 회사에서도 강전무의 뒤치다꺼리를 하며 궂은일을 도맡아 했다. 열세 살 소년이 서른여덟 남자가 될 때까지, 상준은 25년간 강전무를 견뎠다. 상준이 회사를 관두고 캐나다로 이민을 가려 했던 것은 이제 그만 강전무와 JK 그룹에서 벗어나고픈 마음이 컸기 때문이었다.
 그런 상준을 강전무가 붙잡아 매거진사업부로 발령 냈다. 매거진사업부가 정상화되면 상준의 사표를 수리해 주고, 상준이 원하는 대로 살게 해주겠다고 약속했다. 이번이 진짜 마지막이라는 말에 상준은 매거진사업부로 와 최선을 다해 노력했다.
 〈드리머〉 폐간이라는 초강수를 두며 매거진사업부의 흑자 전환을 위해 전력투구했다. 덕분에 적자도 줄어들었고, 매거진 브랜드를 활용한 부가 사업도 준비하고 있다. 〈라벨라〉는 인테리어 쇼핑몰과 협업하기로 돼 있고, 우리 〈그레이스〉도 연예인 기획사에서 준비 중인 기획사 사보를 외주 제작하기로 했다. 지금

보다는 상황이 나아질 것이다.

그런데 얼마 전 강전무가 갑자기 상준을 불러 매거진사업부 매각을 통보하며 매각 준비를 하라고 지시했다. 상준은 상황이 차츰 나아지고 있으니 매각에 대해 재고해 달라 요청했지만 강전무의 뜻은 확고했다.

"괜찮은 오퍼가 와서 그러기로 했어. 우리 노친네가 맨날 입에 달고 사는 말 알지? 사업은 타이밍이다. 지금이 매거진사업부를 매각할 타이밍이야. 잘됐지? 너도 하기 싫어했잖아. 이제 매거진 사업에서 손 떼고 네 볼일 봐. 아, 맞다. 그 전에 〈그레이스〉인가, 그건 폐간시켜. 그것까지만 마무리하면 넌 네가 원하던 대로 자유야. 프리덤!"

매거진사업부에서 어떤 잡지가 나오는지 관심도 없는 강전무 입에서 정확히 '그레이스'라는 단어가 나왔다. 〈그레이스〉를 안다는 것은 상준의 연애에 대해서도 알고 있다는 것일지 몰랐다. 당혹스러워하는 상준을 보며 낄낄거리는 강전무를 보니 의심은 확신이 되었다.

"표정이 왜 그래? 〈그레이스〉를 폐간하면 안 될 이유라도 있어?"

"보고 드렸듯 〈그레이스〉의 전망은 나쁘지 않습니다. 곧 매출도 늘어날 거고 〈그레이스〉가 그동안 쌓아온 이름으로 다양한 사업을 연계할 수도 있습니다."

"그래봤자 그거 몇 푼이나 된다고. 너저분하게 뭉개지 말고 깔끔하게 정리해. 오케이?"

전무실을 나서는 상준은 머리가 지끈거렸다. 일년만 더 지켜본 후 그래도 매출이 늘지 않으면 그때 매각을 진행해 달라 설득했지만 강전무는 듣지 않았다. 〈그레이스〉의 폐간에 대해서도 확고했다.

상준은 나를 걱정했다. 매거진사업부 매각 소식만으로도 놀랄 일인데 거기에 〈그레이스〉는 폐간이 될 거라는 얘기까지 하면 내가 얼마나 충격을 받을지 짐작도 되지 않았다고 했다.

상준은 나와 매거진사업부에 매각 소식을 알리기 전에 상황에 대해 보다 정확히 파악해야겠다고 생각했다. 회사 법무팀의 지인을 통해 매거진사업부를 인수하려는 회사가 제일문화사임을 알아냈다.

매거진사업부 본부장으로 발령 받은 후 잡지계에 대해 공부를 해온 덕에 업계에 대해서는 나름 파악하고 있었는데 제일문화사는 처음 듣는 회사였다. 구글링을 해보니 경기도 지역에 무료 정보지를 만들어 배포하는 회사였다. 잡지를 발행해 온 회사도 아니고 매거진사업부를 인수할 만한 규모의 회사는 더더욱 아닌 것 같았다. 법무팀 지인도 제일문화사란 이름만 알 뿐 그 외에는 아는 것이 전혀 없었다.

상준은 직접 만나서 알아보자는 생각에 담당자인 제일문화사의 이전무에게 연락했다. 만나자고 하자 뜨악한 반응을 보이던 이전무는 회사로 찾아가겠다는 말에 외근이 많다며 어느 카페로 상준을 불렀다.

"강전무님으로부터 저희 매거진사업부를 인수한다는 얘기를 들었습니다."

"매거진사업부 인수요? 그쵸. 우리가 인수하려고 하죠. 네."

이전무는 처음 듣는 얘기인 것처럼 눈을 끔벅거리다 뒤늦게 생각난 듯 호응했다. 상준은 이전무의 설렁거리는 태도가 거슬렸다. 당근거래를 해도 이것보다는 진지한 태도를 취할 텐데 하물며 사업부 전체를 거래하는 일이었다.

"인수 조건에 대해 여쭙고 싶은 게 있습니다."

"인수 조건에 대해서는 강전무님과 이미 얘기가 다 끝난 걸로 아는데요."

"아직 계약 전이니 좀 더 조정해 봤으면 합니다. 〈그레이스〉 문제도 그렇고요."

"〈그레이스〉?"

이전무는 또 처음 듣는 얘기인 것처럼 눈을 끔벅거

렸다. 상준은 매거진사업부를 인수하겠다고 나선 회사의 담당자가 인수하려는 회사에서 발행하는 잡지명도 모른다는 게 어이없었지만 친절하게 설명했다.

"저희 매거진사업부에서 발행하는 잡지 중 하나입니다."

"아, 그쵸, 그쵸."

이전무는 그제야 잘 알고 있다는 양 고개를 끄덕이다 덧붙였다.

"우리가 인수해서 처리할 테니 걱정하지 마세요. 이래봬도 우리 제일문화사가 꽤 규모가 있는 회사예요. JK 그룹만큼이야 아니지만 인쇄소도 아주 크게 운영하고 있고, 우리가 발행하고 있는 무가지도 아주 잘 되고 있어요. 자, 골치 아픈 얘기는 이쯤하고, 이렇게 만난 것도 인연인데 술 한잔 어떠세요? 근처에 괜찮은 술집이 하나 있는데 가시죠."

이전무는 매거진사업부의 매수에 대해서는 전혀 관심이 없어 보였다. 상준은 제일문화사가 잡지를 발행해 온 회사도 아니고, 잡지에 대한 열의도 없고, 앞으로의 비전에 대한 계획도 없으면서 왜 매거진사업부를 인수하려 하는 건지 이해가 되지 않았다. 인수를 하겠다고 나선 것에는 다른 의도가 있을 것 같았다. 강전무와의 관계가 의심스러워 살펴봤지만 강전무와 제일문화사 사이에는 어떤 연관성도 없었다. 제일문화사의 규모가 작다는 것 외에 객관적으로 의심할 만한 사항은 없었다.

그리고 며칠 전 박대표로부터 만나자는 연락을 받았다. 또 JK 자동차로 오라는 스카우트 제안일 거라 생각하며 좋게 거절할 요량으로 만났는데 - '정아라 화보 이슈'가 터진 그날 밤이다 - 박대표는 뜻밖에도 강전무 얘기를 꺼냈다.

"우리 자동차에 부품 납품하는 회사 중에 고려산업이라고 있어. 생긴지는 오래된 회사인데 근래 일이년 사이에 갑자기 급성장해서 꽤 규모가 있는 중견기업으로 인정받고 있지. 그런데 아무래도 이 회사가 강전무와 연관이 있는 것 같아."

박대표가 술 대신 물로 입을 축이고 말을 이었다.

"강전무가 고려산업에 지분이 있거나 뒤로 리베이트를 받고 있는 것 같아. 제보가 들어왔는데 지난해 고려산업이 납품회사로 선정되는데 강전무의 입김이 작용했다는 거야. 같이 경쟁에 참여했던 회사들은 모두 들러리였고, 고려산업이 내정돼 있었다고 하더군."

"대표님께서는 모르셨습니까?"

"부끄럽지만 몰랐어. 담당자가 보고한 서류들은 완

벽했거든."

"담당자는 뭐라고 합니까?"

"올 초에 퇴사했어. 연락해 봤더니 유학을 갔다고 하더군."

"강전무가 연루됐다는 증거는 있으십니까?"

박대표는 고개를 저었다.

"찾고 있는 중이야. 그런데 제보 내용이 꽤 구체적이라서……. 강전무 비리는 확실한 것 같아."

"제보자는 만나보셨습니까?"

"아직. 직접 만나는 걸 피하더라고. 어떻게든 회유해서 만나야지. 이게 사실이라면, 어쩌면 좋겠나?"

이번에는 상준이 물을 마셨다. 입안이 깔깔했다. 이게 사실이라면 강전무는 회장직에 오를 게 아니라 감옥에 가야 한다. 그런데 강회장은 강전무가 뒤에서 이런 짓을 벌이고 있는 것을 몰랐을까? 강회장이 알면서도 모른 척 묵인하고 있는 거라면 강회장도 같이 처벌받아야 한다.

"강전무만 연관이 돼 있는 것 같습니까?"

"그걸 자네가 확인해줬으면 해."

상준은 박대표도 강회장이 연루됐을지 모른다고 의심하고 있는 것을 알았다. 상준에게 굳이 강전무 일을 알리려고 한 것도 강회장의 연루 여부를 상준에게 부탁하고 싶어서였다. 박대표는 강전무의 배임 증거를 확보하면 이사회 안건으로 올릴 거라고 했다.

만약 강회장까지 연루돼 있다면 이사회는 어떤 결정을 내릴까. 이사회 임원 대부분은 강회장에게 절대복종한다. 강회장을 보호하기 위해 강전무가 아니라 박대표를 쳐내려 할 것이다. 강회장이 연루돼 있지 않더라도 강전무를 쳐내려면 강회장의 동의가 필요하다. 강회장의 허락 없이 강전무를 쳐내는 것은 불가능하다. 강회장이 직접 강전무를 쳐내거나 적어도 강회장의 암묵적 동의가 필요하다.

매거진사업부에 오기 전이라면 이런 일에는 아주 작은 관심조차 주지 않았을 것이다. JK 그룹과 연관된 일은 지긋지긋했고, 강전무가 배임을 하든 말든 상관하고 싶지 않았을 것이다. 하지만 지금은 다르다. 강전무의 비리가 매거진사업부 매각과도 연결이 된다면 이것은 상준의 일이기도 하기에 모른 척하고 있을 수는 없다.

상준은 잔뜩 심각한 이야기를 해주고서는 심각한 얼굴을 한 내게 걱정하지 말라며 웃었다.

"당신은 당신 일을 해. 〈그레이스〉를 만들어. 나머지는 내가 할게."

"어떻게 하려고?"

"강전무 뜻대로 흘러가게 두지는 않을 거야. 날 믿어."

상준이 자신만만하게 말했다. 역시 멋진 내 남자. 나는 고개를 끄덕였다.

"난 언제나 당신을 믿어."

그러다 문득 한 가지가 더 생각났다.

"그런데, 강전무가 대체 우리가 사귀는 걸 어떻게 알았지? 회사에 스파이라도 심었나? 근데 회사에서도 우리 관계 아는 사람은 없잖아."

"그것도 내가 알아서 할게. 짐작 가는 데가 있어."

상준이 믿음직스럽게 말했다. 연은 역풍에 높이 날고, 사랑은 장애물 앞에서 더욱 뜨겁게 불타오른다. 강전무라는 장애물을 만난 나는 상준에 대한 사랑을 다시 한번 더 뜨겁게 확인했다. 나는 내 사랑을 키스에 담아 그에게 전했다.

달콤살벌 10월호

 상준과 약속한 대로 나는 내가 해야 할 일을 했다. 〈그레이스〉 10월호를 만드는 일. JK 제국의 유일한 적자 강전무로부터 연인과 헤어지지 않으면 〈그레이스〉를 폐간시킬 거라는 이상한 협박을 받아도, 매거진사업부가 곧 매각이 될지라도, 진짜로 폐간되지 않는 한 잡지는 계속 발행되어야 한다.
 내가 신입일 때 선배들에게 제일 많이 들었던 얘기는 "아플 거면 마감 끝난 후에 아프라"였다. 한 선배는 만삭의 몸으로 원고 마감을 하다 컴퓨터 앞에서 양수가 터져 바로 병원으로 실려가 아이를 낳기도 했다. 오래 전 한창 잡지가 잘 나가던 시절의 이야기이다. 요즘은 그렇게까지 무지막지하게 일하지는 않지만, 그래도 여전히 마감보다 먼저인 것은 없다. 세상이 무너지지 않는 한 10월호는 나와야 한다.

 나는 복잡한 고민은 일단 뒤로 하고 꿋꿋하게 일에

매진했다. 나의 결기를 느꼈는지 이서와 범호, 보라도 열심히 따라와 줬는데, 특히 보라가 열심히 했다. 내게 충성을 맹세하더니 그것을 증명이라도 하려는 것 같았다.

내가 10월호 아이템을 배당하자 보라는 전쟁에 나가는 병사처럼 비장한 얼굴로 아이템들을 하나하나 신중하게 눈에 담더니 회사 도서관으로 갔다. 도서관에 있는 모든 해외 잡지를 다 참고할 생각인지 점심도 거르고 도서관에 콕 박혀 시안을 찾았다. 그런데 하루 종일 도서관에서 시안을 찾던 보라가 눈가가 벌개져서 돌아왔다. 이서가 무슨 일이냐고 묻자 보라는 기다렸다는 듯 바로 도서관에서 있었던 일을 하소연했다.

보라 말에 의하면, 도서관에서 〈라벨라〉 패션 담당 장기자와 싸움이 붙었다. 보라와 장기자가 같은 잡지를 골랐고, 서로 먼저 보겠다고 하다가 말다툼이 일어났다. 사소한 시비였고 흔하게 일어나는 일이었다. 중요한 일도 아니었다. 그것 말고도 참고할 잡지가 많아서 하루 이틀 늦게 봐도 큰 문제는 아니었다. 그런데 지나가던 민부장이 그걸 보고 달려와 보라를 야단쳤다.

"넌 위아래도 없니? 요즘 애들은 선배 무서운 줄을

몰라."

 울먹이며 민부장에게 호되게 야단맞은 이야기를 하는 보라를 보고 있자니 내가 다 억울하고 울컥했다. 나는 보라의 얘기가 끝나기도 전에 의자를 박차고 일어나 민부장을 찾아갔다. 장기자가 보라보다 4개월 선배이기는 하지만 보라의 어시스트 경력까지 합치면 잡지 경력 자체는 보라가 선배다. 그래도 기자로서의 경력만으로 치면 장기자가 선배인 것은 맞고 평소라면 보라에게 다음부터는 양보하라고 한마디 하고 끝냈을 것이다. 하지만 지금은 아니다.

 "민부장, 내가 자기보다 5개월 먼저 잡지 시작한 거 알지? 위아래 지키는 거 좋아하니까 내가 선배로서 충고할게. 우리 애들 건드리지 마."

 벼랑 끝에 선 〈그레이스〉로 인해 아주 예민해져 있던 나는 공격적으로 나갔다. 지기 싫어하는 민부장은 나의 공격을 참지 않았다. 보라와 장기자의 시비는 나와 민부장의 싸움이 돼버렸다.

 민부장이 이죽거렸다.

 "아이고, 우리 서선배님이 뭘 모르시네. 그 잡지 참고해서 시안 잡아도 선배님네 그 초짜 기자는 소화 못해요. 현장에서 또 달아나면 어쩌려고 그래?"

 "우리 초짜 기자가 만든 화보가 후배님네 화보보다

평이 더 좋았던 건 알지?"

"누가 더 좋대?"

민부장이 발끈한다. 이런 싸움에서는 먼저 발끈하는 사람이 지게 돼 있다.

"기억 안 나시나? 우리 후배님이 제일 먼저 칭찬해 줬는데. 우리 보라, 〈라벨라〉로 데려가고 싶다며."

내가 맞받아치자 할 말이 없어진 민부장이 삐죽거리며 심통을 부렸다.

"자기네 광고부도 도망가고 곧 폐간될 거 같던데. 어차피 쓸 데도 없을 거야. 그냥 양보해."

나는 민부장을 노려봤다. 치사하게 광고부를 언급하다니. 요 근래 광고부 때문에 내가 얼마나 스트레스를 받았는지 제일 잘 알면서. 민부장의 말대로 빼질대던 송부장은 광고부원들을 데리고 하루 아침에, 수사적 표현이 아니라 문자 그대로 하루 아침에 다른 곳으로 이직했다.

송부장은 평소와 다름없이 출근 시간 맞춰 출근해서는 팀원들과 같이 회사를 나가겠다고, 외근 나갔다 오겠다고 하던 말투와 똑같은 말투로 말했다. 한 명도 아니고 팀 전체가 통째로 퇴사하는 일을, 그것도 당일에 통보하다니. 어이없고 황당해서 아무 말도 못하고 있는데 수철 선배가 "배신자"라고 외치며 달려와 송부장에게 덤벼들었다.

수철 선배가 송부장의 멱살을 잡자 송부장이 비싼 슈트 구겨진다며 짜증을 냈고, 수철 선배는 송부장이 자랑해 마지않는 에르메스 넥타이를 쥐고 흔들어댔다. 그러자 송부장도 참지 않고 수철 선배의 깡마른 몸을 부여잡고 흔들어대며 몸싸움이 시작됐다.

둘은 온 회사 사람들이 몰려와 구경할 정도로 요란하게 싸웠다. 몸싸움이 치열했다는 건 아니다. 두 명의 중년 남자는 격하게 싸울 체력이 되지 않아 주먹을 주고받는 대신 서로 부둥켜안고 뒹굴었고 그 바람에 책상과 의자들이 넘어지는 소리가 요란했다.

그때의 내 심정은 솔직히 짜증이 전부였다. 광고팀이 전부 퇴사하는 것에 대한 막막함도 없었고 수철 선배처럼 배신감에 치를 떨지도 않았다. 그저 광고팀이 집단 퇴사하는 것을 두고 싸움이 나 온 회사 사람들 앞에서 〈그레이스〉의 속사정이 까발려지는 것이 짜증났다. 내부 사정을 이렇게까지 광고할 필요는 없지 않나. 나는 둘 사이에 끼어들어 부둥켜안고 있는 둘을 떼어내고, 씩씩거리는 송부장에게 거만하게 ― 최대한 거만해 보이려 노력했다 ― 말했다.

"그쪽 새끼들 다 데리고 꺼지세요. 우리 우연히 마

주치더라도 아는 척하지 맙시다."

 광고팀의 집단 퇴사는 문제이기는 했지만 최근 내게 닥친 일들에 비하면 비교적 해결하기 쉬운 문제였다. 맨날 뺀질거리기나 하지, 송부장이 광고를 잘 따오던 사람도 아니고 그가 하던 일은 내가 하면 된다. 광고부가 도망간다고 내가 콧방귀나 뀔까 봐. 홍이다.

 난 민부장의 조롱을 받아쳤다.
 "우리가 니네보다 매출 더 좋거든? 〈라벨라〉 9월호 광고 몇 페이지나 되나 따져 봐?"
 "웃겨. 9월호 말고 8월호는 우리가 더 많거든? 7월호도 우리가 더 많을걸?"
 나와 민부장 사이에 멱살만 잡지 않았다 뿐이지 유치살벌한 말들이 오갔다. 〈그레이스〉와 〈라벨라〉 팀원들이 몽땅 나오더니 나와 민부장 뒤에 서서 서로의 부장들을 응원했다. 다른 팀들도 몰려와 구경했다.
 나는 사람들의 구경거리가 되는 게 진짜 싫었지만, 민부장에게 밀리는 건 더 싫었다. 〈그레이스〉가 왜 밀려나야 해? 나도 좀 살아야겠다. 나는 적당히 물러서던 평소와 달리 전투력을 만렙으로 올리며 끝까지 버텼다.
 "서부장, 아주 기세등등하다. 누구 믿는 구석이라도

있나 봐?"

 조금씩 내 기세에 눌리던 민부장이 비꼬며 말했다. 나는 순간 움찔했다. 설마, 민부장이 상준과의 연애를 알고서 저런 말을 하는 건가 싶었다. 강전무가 나와 상준과의 연애를 알고 있다는 것은 회사 내부 누군가도 알고 있다는 거였다. 워낙 눈치 빠르고 정보에 민감한 민부장이니 눈치챘을 수 있다. 민부장이 강전무의 스파이인 걸까?

 "당연히 있지. 〈그레이스〉가 내 믿는 구석이야."

 나는 일부러 더 강하게 말했다. 그러자 민부장이 아주 오묘하고 의미심장하게 웃었다.

 "아… 그러셔? 〈그레이스〉라 이거지?"

 민부장과 오래 한솥밥을 먹었던 사이로, 민부장이 저렇게 말꼬리를 끌며 미소를 지을 때는 '니들은 모르는 것을 나는 알고 있으며 그걸 언제 터뜨리면 가장 효과적일지 고민중'이라는 것을 뜻했다. 민부장이 강전무의 스파이인지는 장담할 수 없지만, 나와 상준에 대해 뭔가 알고 있는 것만은 확실했다. 이 자리에서 나와 상준에 대해 말하면 어쩌지?

 나는 우리의 싸움을 구경하고 있는 사람들을 쳐다봤다. 구경꾼이 참 많다. 이 많은 사람들 앞에서 공개적으로 말하면 나는 뭐라고 하지? 부인해야 하나, 인정해야 하나. 긴장이 되자 입안이 말랐다. 아마 동공도 흔들렸을 것이다. 나는 내 얼굴을 볼 수 없지만 나를 정면에서 보고 있는 민부장은 흔들리는 내 동공을 아주 잘 보고 있을 것이다. 민부장이 나를 빤히 쳐다보다 말했다.

"언제까지 믿을 수 있나 두고 볼게. 가자, 얘들아."

민부장은 〈라벨라〉 기자들을 거느리고 자리를 떴다.

나는 힘이 쭉 빠졌다. 요 며칠 연이어 터지는 일들에 스트레스만 차곡차곡 쌓여갔다.

"우리 부장님, 고생했어."

이서가 힘내라는 듯 내 어깨를 톡톡 다독였다. 그래, 힘을 내자. 나는 고개를 똑바로 들고 어깨를 폈다. 의기소침해서는 이 난국을 헤쳐 나갈 수 없다. 억지로라도 용기를 끌어올려야 한다.

하지만 나의 다짐은 그리 오래가지 못했고 나는 다시 움츠러들었다. 민부장보다 더 강력한 라이벌이 등장했기 때문이다.

우연미. 그러니까 상준의 엑스와이프 우연미가 한국에 돌아왔다. 한국에 오자마자 회사로 온 건지 커다란 여행용 트렁크까지 끌고 본부장실로 와서는 놀라서 토끼눈이 된 김실장에게 노룩(No look)으로 트렁크를 패스해 맡기고 상준에게는 유럽식으로 양 볼에 키스하며 아주 다정하게 인사했다고, 본부장실 여비서가 휴게실에 들러서 수다를 떨어댔다. 여비서는 상준의 아내가 젊고 예쁘고 세련됐다 칭찬하며 이렇게 말했다.

"본부장님이랑 사모님이랑 얼굴합도 완벽하고 키 차이도 완벽하고, 완전 비주얼 커플이야. 사모님 유학 때문에 잠시 별거했었는데 이제 합칠 거래."

언제나 소문이 빠른 회사인지라 비서의 말은 한 시간이 채 지나지 않아 온 회사 사람들이 알게 됐고 내 귀에도 들어왔다.

나는 상준의 전처가 돌아온 것도 신경 쓰이는데 상준이 혼인상태라는 얘기까지 돌자 일이 손에 잡히질 않았다. 처음 만났을 때 상준은 이혼했다고 했었고, 상준의 말을 믿지 못하는 것은 절대 아니다. 하지만 그럼에도 사람들이 온종일 본부장과 그 와이프에 대해 떠들어대니 불륜녀가 된 것 같은 기분이 들었다. 상준과 잠깐이라도 만나 얘기해 보고 싶었지만 회사에는 보는 눈이 많았다. 특히나 오늘같이 상준이 화제의 중심이 된 날에는 모두가 상준의 일거수일투족을 주시할 테니 더욱 조심해야 했다.

할 일은 많은데 정신은 산만해서 한숨만 쉬다 오전을 보냈고 그나마 오후에는 정신 좀 차리고 일 좀 해 볼까 했는데, 퇴근 시간을 앞두고 또 다른 대형 사고가 터졌다. 사내 게시판에 나와 상준의 비밀 데이트 사진이 올라왔다. 비교적 최근에 찍힌 것으로, 레스토랑에서 다정하게 식사하고 있는 사진이었다. 고화질에 상반신 컷이라 눈빛까지도 아주 잘 보였는데, 마주 보며 다정히 웃는 모습이 영락없이 데이트 중인 연인이었다. 올라온 지 몇 분 안 돼 삭제가 되긴 했지만 이미 본 사람이 있었고, 재빠른 누군가가 캡쳐해서 메신저로 돌리기까지 했다.

 이서가 보낸 캡쳐를 보고 내가 처음에 한 생각은 '망했다'였다. 비밀 연애가 탄로 나는 타이밍 한번 기가 막혔다. 상준의 전처가 돌아왔고, 사람들은 둘이 이혼한 줄 모르고 오랜만에 재회한 부부라 생각하는 마당에 상준과 나의 아주 친밀해 보이는 데이트 사진이 노출됐다. 앞으로 보고 뒤로 보고 옆구르기를 하면서 봐도 빼박 불륜이다.

 대체 누가 이런 사진을 언제 몰래 찍어서 하필이면 오늘 올린 걸까? 나는 기가 막힌 타이밍에 어떤 의도를 느끼며, 강전무를 의심했다. 상준은 강전무가 우리를 헤어지게 만들기 위해 무엇이든 할 사람이며 상준을 괴롭혔듯 나도 괴롭힐 거라고 경고했었다. 무례했던 강전무를 떠올리자 저절로 인상이 찌푸려졌다.

상준과의 관계를 궁금해 하며 왜 둘이서 저런 로맨틱한 레스토랑에서 식사했냐고 폭풍 질문을 쏟아내는 이서에게 대충 일 때문이었다 둘러대고 퇴근 시간보다 이르게 일어섰다. 호기심 어린 눈으로 연신 흘끔거리는 사람들의 시선 속에서 일에 집중하기가 너무 힘들었다.

엘리베이터와 복도 등에서 만난 몇몇 사람들이 나를 보고 수군댔지만 나는 태연한 얼굴로 웃으며 퇴근길 인사를 했다. 잘못한 게 없으니 주눅 들 필요도 없다고 스스로를 다독였다. 하지만 할 수만 있다면 사람들의 관심이 수그러질 때까지 어딘가에 숨어있고 싶었다. 하루가 정말이지 너무 길고 길었다. 몸과 마음 모두 너덜너덜해진 것 같았다.

그날 밤, 상준이 집 근처로 찾아와 우연미에 대해 해명하려 했다.

"서우 엄마가 원래 성격이 급해. 한국에 도착하자마자 서우 문제를 의논하고 싶어서 바로 회사로 왔대."

상준을 보자마자 하루 종일 나를 괴롭혔던 불안과 고민이 가라앉았지만 나는 괜히 심통을 부리고 싶어

뾰로통한 얼굴을 했다

"기분 별루야."

상준이 고개를 끄덕였다.

"이해해. 당연히 그렇겠지. 그렇게 회사로 오기 전에 미리 연락했어야 했는데."

"회사로 올 수야 있지. 내가 기분이 별로인 건, 상준 씨가 엑스와이프를 대변하는 것 같아서야."

내가 삐진 아이처럼 자꾸 툴툴거리자 상준의 입꼬리가 슬며시 올라갔다.

"설마 질투?"

나는 상준을 좀 째려보다 솔직히 인정했다.

"그래, 설마 질투."

"나도 그 기분 잘 알아. 당신이 정재우 실장과 같이 있을 때 그런 기분이 들거든."

"갑자기 정실장 얘기가 왜 나와? 정실장이랑 나는 정말 아무 사이도 아니야."

"알아. 그래도 그런 기분이 드는 걸 어떡해?"

나는 나처럼 뾰로통하게 기분 상한 표정을 짓는 상준을 보다가 웃어버리고 말았다.

"알았어. 비긴 걸로 하자. 그래서 급히 의논해야 할 서우 문제가 뭐야?"

"내가 연애하는 것을 들었대. 재혼하면 서우가 난처

해질 거라며 서우를 다시 미국으로 데려가겠대."

"아니 그걸 누구한테 듣고……"

하다가 나는 작게 탄식하듯 중얼거렸다.

"강전무구나."

강전무가 그새 우연미에게 알린 게 분명했다. 상준이 고개를 끄덕였다.

"맞아. 강전무가 서우 엄마에게 연락해서 그런 말을 했대. 사내 인트라넷에 올라온 사진도 강전무 짓이야. 내가 삭제하기는 했지만 캡쳐본까지는 처리하지 못해서 일이 커졌어."

상준이 아쉬운 한숨을 쉬다가 다시 말을 이었다.

"차라리 잘됐어. 이렇게 된 거 회사 사람들에게 우리 사이 공개……"

상준이 말을 끝내기도 전에 내가 잘라 말했다.

"안돼."

내가 일 초의 망설임도 없이 즉각적이고 단호하게 반대하자 상준의 얼굴이 굳어졌다. 한순간에 굳는 상준을 보며 아차 싶었다. 나는 상준이 오해하지 않도록 설명하려 했다.

"타이밍이 그렇잖아. 상준 씨 와이프……"

나는 더욱 딱딱하게 굳어지는 상준의 얼굴을 보며 단어를 수정했다.

"엑스와이프가 등장한 타이밍에, 게다가 사람들은 당신이 이혼한 줄도 모르는 상황에서 비밀 연애를 공개하면 우리 둘 다 엄청난 비난을 받게 될 거야. 회사에서 불륜 막장 드라마를 쓰고 싶진 않아."

"내가 이혼한 것과 상황을 제대로 설명할게."

"그래도 제멋대로 떠들어댈 거야. 전후 사정, 진실 같은 건 상관없이 사람들 뇌리에 남는 건 당신과 당신 와이프, 나의 삼각관계일 테고, 불륜일지 모른다고 의심하면서, 우리가 불륜인지 아닌지를 놓고도 한참을 떠들어댈 거야. 그런 식으로 사람들 입방아에 오르내리기 싫어."

"다른 사람들이 어떻게 생각하는지가 중요해?"

상준이 목소리를 높이자 나도 강하게 말했다.

"당신은 겪어보지 않아서 몰라. 또 다시 스캔들의 대상이 되고 싶지 않아. 사람들의 술자리 안줏거리가 되는 거, 지긋지긋해."

한결과 연애를 시작했을 때 사람들은 내가 잘 나가는 포토그래퍼를 잡아 기자로서 커리어를 쌓으려 한다며 떠들어댔었다. 한결이 사고로 죽은 후에는 나를 동정하면서도 한결이 우울증을 앓아 일부러 사고를 낸 거라거나, 한결이 남긴 재산과 보험금으로 내가 한몫 잡게 될 거라는 등의 말도 안되는 소리들을 해댔었다. 그런 게 아니라고 구구절절 설명했었고, 12년 동안 내가 사는 것을 지켜봤음에도 아직도 몇몇은 내가 한결의 죽음으로 부자가 됐을 거라고 생각했다. 오래 전 한결과 나를 두고 함부로 떠들어댔던 얘기들이 여전히 내 주변을 떠돌며 괴롭혔다.

그런데 내가 직장 상사이자 잡지의 폐간 여부를 좌지우지할 힘을 지닌 상준과 연애하는 것을 알게 되면 또 무슨 소리들을 할까? 죽은 한결까지 소환해 가며 한결과 상준을 모욕하는 루머들을 떠들어대지 않을까. 어떤 다양하고 창의적인 루머들이 얼마나 풍성하게 만들어질지 가늠도 되지 않았다.

사람들은 팩트를 말해도 그것을 그대로 받아들이지 않는다. 확증편향으로 치우친 생각은 더욱 치우쳐지고, 있지도 않은 숨은 의미를 찾으려 하고, 자신의 경험을 덧붙여 왜곡하고 부풀리고 때로는 생략한다. 상준이 사실을 말한다 해도 이미 퍼져버린 소문과 그에 대해 판단을 내린 사람들은 사실을 사실대로 받아들이지 않을 것이다. 이미 넘치도록 충분히 겪어본 것을 또 다시 겪고 싶지는 않았다.

하지만 상준은 생각이 다른 것 같았다. 상당히 기분이 안 좋아보였다.

"계속 비밀로 할 생각이었어? 언제까지? 나와 함께

하는 미래를 생각해 본 적은 있어?"

"난 지금도 충분히 좋아."

난 잠시 주저하다 말했다.

"연애의 끝이 꼭 결혼일 필요는 없잖아."

"그게 당신 대답이야? 계속 아무도 모르게 만나다가 아무도 모르게 끝내고 싶다는 거야?"

"그런 뜻이 아닌 거 알잖아. 지금은 우리가 연애를 시작할 때보다 더 상황이 복잡해졌어. 이런 상황에서 굳이 공개할 필요가 없다는 거야."

"이상한 변명을 하면서 회피하느니 인정하는 게 더 나. 지금은 말들이 많겠지만 가라앉을 거야."

"난 싫어."

"서경주!"

"당신이 먼저 비밀 연애 하자고 했잖아. 이럴 줄 알았으면 시작하지 않았어."

"뭐?"

나는 비겁하게 상준에게 책임을 미뤘다. 상준은 내 말에 상처받는 얼굴을 했고 나는 내가 실수했음을 바로 깨달았다. 뭔가 그럴 듯한 변명을 하고 싶었지만 생각나는 말이 없었다. 내가 어떤 말을 해도 상준이 원하는 말은 아닐 것이다. 그렇다고 지금 당장의 상황을 무마하기 위해 그에게 거짓말을 하고 싶지도 않다.

거짓말 같은 걸로 그의 진심을 가볍게 취급하고 싶지 않았다.

나는 상준을 사랑하기는 하지만 그와 함께하는 어떤 구체적인 미래를 그려본 적이 없었다. 생각해 본 적이 없으니 당연히 그와 얘기를 나눈 적도 없었다. 연애하는 것과 가족이 되는 것은 다른 문제였다. 내게는 휘와 이모가 있고 그에게는 서우가 있다. 우리 모두가 서로를 가족으로 받아들이는 것에 동의하고 준비가 돼야 같은 미래를 꿈꿀 수 있다. 그와 나는 가족에게도 비밀로 한 연애를 하고 있다. 가족에게 연애를 알리고 그들의 동의를 받은 후에야 우리 모두의 미래를 그려볼 수 있을 텐데 그게 언제가 될지는 알 수 없다.

우리가 목하 연애 중이고 미래까지 공유하고 싶어한다고 하면, 서우와 휘는 어떤 반응을 보일까? 나는 상준만을 생각하지 않는 나라서 그에게 미안했고, 휘와 이모를 내 사랑의 장애물로 여기고 있는 건 아닌지 스스로를 검열했다. 진즉에 그와 이런 얘기를 나눌 것을 그랬다. 이렇게 코너에 몰려 서로 감정이 예민해진 상태가 아닐 때, 좀 더 차분하고 이성적으로 우리에 대해 이야기를 나눴으면 나는 내 감정을 더 잘 전달했을 테고 상준은 덜 상처받은 얼굴을 했을 텐데.

나를 바라보고 있는 상준을 봤다. 그의 눈동자에는 내가 가득했지만 슬퍼 보였다.

"내가 말이 심했어. 당신과의 연애를 후회한다는 게 아냐. 미안해."

그가 내게서 듣고 싶었던 말은 이게 아닐 테지만, 나는 그에게 사과했다. 그 말 외에는 해줄 수 있는 말이 없어서, 그 말이라도 해야 했다. 상준은 한동안 말이 없었다. 얼굴에서 들끓던 감정이 점점 가라앉더니 어느새 회사에서 많이 보던 무표정한 얼굴이 됐다.

"알겠어. 사진에 대해서는 적절한 해명을 찾아보도록 할게. 늦었어. 들어가."

상준은 평상시처럼 내가 집에 들어가는 것을 보고 돌아갔다. 상준은 내 말에 상처를 받았고, 내 사과에도 그 상처는 그대로일 것이다. 상준에게 무슨 말을 해줬으면 그를 덜 아프게, 덜 상처받게 했을까. 그를 얼마나 생각하고 사랑하는지만이라도 전달했으면 좋았을까. 그에게 좀 더 내 마음을 보여주고 보듬었어야 했는데, 나도 여유가 없었다. 연이어 터지는 사건들에 제 정신을 유지하는 것만으로도 벅찼다. 내일 회사에 가면 오늘의 사건이 더 커져 있지 않기만을 바랄 뿐이었다.

다음날 출근한 나는 여전히 사람들이 나와 상준에 대해 수군대는 것을 알고 좌절했다. 하룻밤새 잠잠해지기는커녕 더 커진 것 같았다. 상준이 데이트 사진과 우연미에 대해 해명하고 나와의 관계를 완강하게 부인하는 게시글을 올렸지만, 사람들은 해명을 믿지 않고 자꾸자꾸 새로운 소문들을 만들어냈다. 디테일한 부분에서 차이가 있었지만 대부분은 내가 유부남인 직장 상사 상준을 작정하고 유혹했다라는 소문이었다.

나는 귀를 닫았다. 사람들이 뭐라 떠들어대건 대꾸도 하지 않고 반응도 하지 않고 내가 해야 할 일에만 집중했다. 광고부를 대신해 광고를 영업하고 10월호도 진행해야 했다. 강전무가 나를 예의주시하고 있는 상황에서 아주 작은 허점이라도 보이고 싶지 않았다. 강전무의 계략에 흔들리는 모습을 보이고 싶지 않았다. 강전무 마음대로 폐간할 수 없도록 〈그레이스〉를 지키고 싶었다.

나는 편집부가 가장 잘할 수 있는 방법으로 광고를 땄다. 광고주들을 위한 애드버토리얼(광고성 기사)이다. 트렌디하면서도 광고주들을 끌어들일 수 있는 주제를 만들어 광고주들이 광고가 아닌 양 광고를 할 수 있게 판을 깔았다. 시즌 맞춤 피부&성형 시술을 소개하는 '가을을 위한 준비'는 병원 광고를 위해 마련한 애드버토리얼이다. 열 군데 정도의 병원을 섭외, 각 병원이 대표 상품으로 광고하고자 하는 시술을 기사로 만들어서 묶어내면 된다. K 트렌드를 이끄는 '젊은 리더' 특집은 화장품 브랜드, 패션 브랜드 등 광고주들을 인터뷰하는 애드버토리얼이다.

광고와 달리 애드버토리얼은 하나하나 다 기사로 풀어내야 하기에 기자들이 할 일이 많이 늘어나지만 어쩔 수 없었다. 누구도 불평하지 않았다. 평소 광고주 인터뷰는 재미없다고 불평하던 이서도 이번에는 자발적으로 '젊은 리더' 인터뷰를 도맡아 진행했다. 얼빵하다는 이유로 송부장에게 팽 당하고 홀로 남겨진 광고부 막내 김대리가 나를 도와 기존의 광고들과 새로 들어오는 광고, 애드버토리얼을 관리했다.

모두가 절실하게 노력했다.

그 사이 사람들의 수군거림은 조금씩 잦아들었다. 상준의 해명이나 내 무반응이 효과를 발휘해서 그런 것은 아니다. 〈패션〉 광고팀 과장의 양다리 사건이 터지며 두 명의 여자가 회사로 찾아와 과장과 삼자대면을 하며 난리를 치는 바람에 사람들의 관심이 그쪽으로 확 쏠렸기 때문이다. 그 과장에게는 안된 일이지만 나는 덕분에 숨 쉴 여유가 생겼다.

나를 볼 때마다 입가에 비웃음 같은 미소를 달고

살피듯 쳐다보는 민부장이 신경 쓰이기는 했지만 왜 그렇게 쳐다보냐고 묻지 않았다. 괜히 물었다가 어떤 독설이 돌아올지 몰라, 봐도 못 본 척 무시했다. 광고팀 과장의 양다리 사건으로 홍역을 치른 차부장은 연애든 불륜이든 다 지긋지긋하다며 나를 피했다.

집 근처에서 만난 이후 상준과는 거의 연락을 하지 못했다. 어쩌다 문자를 하더라도 서로 짧게 용건만 나눴다. 나는 상준에게서 온 문자를 볼 때는 상준과의 관계가 괜찮은 건지 걱정이 됐지만, 오래 고민하지는 않았다. 바쁜 게 지나가고 사람들의 관심이 사라지면 상준과도 다시 좋아질 거라 믿었다. 그러기를 바랐다.

나는 일에 몰두했다. 빨리 감기를 한 것처럼 빠르게 흐르는 시간 속에 10월호는 큰 사고 없이 무사히 마감했다.

모처럼 일찍 집에 오니 휘와 서우가 같이 공부하고 있고, 동숙 이모는 우연미와 차를 마시고 있었다. 이 기묘한 조합에 당황해하는데 이모가 해맑은 얼굴로 내게 우연미를 소개했다.

"서우 엄마셔. 인사해."

우연미가 우아하게 미소 지으며 내게 손을 내밀었다.

"안녕하세요. 만나 뵙게 돼 반가워요."

내가 우연미가 내민 손을 잡고 겨우 안녕하세요, 라고 인사말을 중얼거리는데 이모는 학원 시간에 늦었다며 나갔다. 문화센터 에어로빅 강사 재계약에 결국 실패한 이모는 요즘 디지털 동영상 편집을 배우러 다닌다. 젊은 애들 따라가기 힘들다고 투덜대면서도 돋보기를 쓰고 예복습을 하는 것을 보면 꽤 재미있어 하는 것 같다. 이모의 원대한 계획은 동영상 편집을 배워 에어로빅 유튜버로 재탄생하는 것이다. 열심인 것을 보면 조만간 계획을 이루어낼 것 같다.

이모가 제2의 인생을 준비하러 나가면서 나는 우연미와 단둘이 남게 됐다. 휘의 방에서 휘와 서우가 인터넷 강의를 듣는 소리가 낮게 흘러나왔다. 나는 우연미와 둘이 남게 된 이 상황이 몹시도 어색했다. 빨리 이 상황이 끝나기를 바랐지만, 휘와 서우의 공부는 아직 끝날 때가 먼 것 같았다.

불편한 침묵이 흘렀다. 우연미는 흐트러짐 없는 단정한 태도로 앞에 놓인 찻잔을 들어 차를 마셨다. 비서가 호들갑을 떨며 말했던 것처럼 우아하고 아름다웠다. 상준의 엑스와이프가 어떤 사람인지 궁금하기는 했었지만 이렇게 마주하고 싶을 만큼 궁금하지는 않았다. 연인의 전 애인은 차라리 모르는 게 나을 것 같다. 내 앞에 앉아 있는 완벽한 여인을 보고 있자니 나도 모르게 위축이 됐다.

한편으로 나는 내가 상준의 연인인 것을 우연미가 알고 있을지 궁금했다. 강전무로부터 상준에게 여자가 있다는 것을 듣고 한국에 오긴 했어도, 그 여자가 나라는 것까지는 모를 수도 있지 않을까. 그러면 내가 먼저 내가 당신 전남편의 현 애인이라고 밝혀야 하나? 우연미가 나에 대해 아는 것이 좋을까, 모르는 것이 좋을까. 알고 나면 휘와 서우가 어울리는 것을 싫어할까. 나는 갈팡질팡하면서도 이 불편한 침묵을 깰 화제를 찾았다. 아이들 얘기라던가 하다못해 날씨 얘기라도 해서……. 내가 고민하는 사이 우연미가 나긋한 목소리로 말했다.

"어떤 분일지 궁금했어요."

내가 당황해하자 우연미가 살짝 미소를 지었다.

"그 사람이 연애하는 건 상상도 못했었거든요. 누구에게 곁을 주는 사람이 아닌데 대체 어떤 분이길래 그 사람이 푹 빠졌다고 하는 건지, 만나보고 싶었어요."

나는 어색하게 웃었다. 우연미가 나에 대해 알고 있다는 것을 확인하니 아까보다 더 불편해졌다. 괜히 찻잔을 만지작거리다 들고 한 모금 마시는데 시선이 느껴졌다. 내가 쳐다보자 우연미가 조심스럽게 물었다.

"어머님에 대한 얘기, 들으셨어요?"

나는 작게 고개를 끄덕였다.

"강전무로부터 들었어요."

"그럴 거 같았어요. 강전무는 그 사람을 괴롭히고 미워하는 것을 정당화하기 위해 어머님 얘기를 해요. 그 사람도 자신 때문에 그런 일이 벌어졌다는 죄책감에 그 긴 시간 강전무의 폭력을 참아왔고요. 그 사람도, 강전무도, 어머님이 그 사람 때문에 우울증이 심해져 안 좋은 선택을 한 걸로 말하는데 사실은 좀 달라요.

어머님은 자살로 돌아가신 게 아니라 지병으로 돌아가셨어요. 원래 심혈관쪽에 문제가 있었거든요. 저희 아버지께서 해주신 말씀이에요. 저희 아버지가 어머님의 주치의였거든요. 그래서 어머님의 병에 대해서는 정확하게 알아요. 어머님이 그 사람 앞에서 자살하겠다 뛰어내렸던 적이 있었던 것은 사실이에요. 하지만 2층이었고, 나무에 걸리는 바람에 아무런 상처도 입지 않았다고 들었어요. 강전무는 그걸 알면서도 어머님 죽음의 책임을 상준 씨에게 덮어씌웠고, 그 사람은 묵묵히 자신의 책임으로 받아들였어요. 자기만 아니었으면 행복했을 거라 생각하는 것 같아요. 자신의 존재가 한 가정을 깨뜨렸다고 생각해요."

우연미가 미간에 살짝 주름을 잡다가 시니컬하게 말했다.

"그 집안에서 잘못한 것이 없는 사람은 그 사람이 유일한데, 그 사람 혼자 모든 죗값을 치르고 있다는 게 참 웃기지 않아요?"

우연미는 상준에 대한 애틋하고 안쓰러운 감정을 숨기려 하지 않았다.

"그래도 그 사람도 이제는 좀 달라지는 것 같기는 해요. 서우에게 들었는데, 지난달에 강전무 어머님 제사가 있었어요. 그 사람과 서우도 제사에 참석했대요. 아버님 지시였을 거예요. 반쪽 아들이라 부르면서도 제사에는 무조건 참석하게 했었어요. 거기서 경민이랑 용민이가 서우를 놀렸나 봐요. 아, 경민이랑 용민이는 강전무 아들들이에요. 이혼하기 전에는 나도 걔네들한테 꽤나 괴롭힘을 당했었죠. 서우가 괴롭힘을 당하자 그 사람이 한 손으로 걔네들을 제압했대요. 그것 때문에 강전무가 난리 치고, 그 사람은 다시는 여기 오는 일 없을 거라고 단호하게 못 박고 서우 손을 잡고 나왔대요. 그 사람이 그런 말을 할 줄은 상상도 못해 봤어요."

상준이 서우의 손을 잡고 나오는 그 통쾌한 장면을 상상하는지 우연미의 입가에 옅게 미소가 걸렸다 사라졌다. 우연미는 눈을 내리깔고 잠시 생각하다 말했다.

"난 그 사람이 행복했으면 좋겠어요. 좋은 가정을 꾸려서 가족과 함께 하는 행복을 누렸으면 좋겠어요. 내가 그렇게 해주고 싶었는데… 난 실패했어요."

나는 뭐라 대답해야 할지 난감했다. 여전히 상준을 좋아하고 걱정한다는 것을 숨기지 않고 드러내는 전처에게 그래요, 내가 상준 씨에게 행복한 가정을 만들어줄게요, 라고 답할 수도 없고, 상준에게 미련 가지지 말라고 화를 낼 수도 없었다. 차라리 우연미의 태도가 공격적이었다면 그것을 빌미로 한마디 할 수도 있었겠지만 내 앞의 여자는 예의범절 학교라도 다닌 것처럼 정중하고 예의 발랐다.

내가 할 말을 찾는데 휘와 서우가 방에서 나왔다. 서우가 밝은 얼굴로 내게 인사를 했다. 지난번에 봤을 때는 나이에 비해 조숙하고 차가워 보였는데, 지금은 딱 그 나이대의 아이처럼 밝고 명랑했다.

우연미가 서우를 데리고 돌아간 후 휘는 간식을 먹으며 서우에 대한 이야기를 조잘조잘 늘어놓았다.

"서우는 엄마랑 아빠가 다시 같이 살게 될 거라고 좋아해. 아빠랑 살겠다고 한국에 온 것도 사실은 엄마랑 아빠가 다시 만나길 바라서였대. 서우, 좋겠지?"

"서우가 많이 좋아해?"

나는 괜히 찔리는 마음을 감추고 물었다.

"당연하지. 엄마랑 아빠랑 같이 살 수 있는 거잖아."

휘가 아주 당연하다는 얼굴로 답했다. 나는 휘에게도 미안하고 서우에게도 미안해졌다. 서우의 행복에 훼방꾼이 된 것 같았다. 된 것 같은 게 아니라 훼방꾼이 맞겠다. 내가 없었다면 상준은 서우를 위해서라도 우연미와 재결합했을 수도 있다. 내 얼굴이 어두워지는 것을 휘가 눈치채고 얼른 덧붙였다.

"난 아빠 없어도 돼. 엄마랑 할머니만 있으면 돼."

나는 어느새 엄마 마음도 헤아릴 줄 알게 된 아들이 고마워 손가락으로 휘의 머리카락을 흩트리고 볼에 뽀뽀를 해주었다. 휘가 질색하며 자기 방으로 달아나서 나는 휘가 남긴 간식을 치우고 설거지를 했다.

복잡한 마음이 더 복잡해졌다. 상준에게 향하는 마음을 어찌할 수 없어 연애를 시작했고 연애가 달콤해 다른 것은 생각하지 않고 미뤄두었다. 하지만 계속 미뤄둘 수가 없게 됐다. 상준은 미래를 원하고, 우연미와 서우는 상준을 원하고 있다.

 나는 처음으로 상준과의 미래를 구체적으로 그려봤다. 상준과 결혼해서 가족이 되면, 휘는 서우의 아빠인 상준을 받아들일까? 이모는 상준을 어떻게 생각할까? 내가 계속 이모와 함께 살기를 원한다고 하면 상준은 뭐라 할까? 엄마 아빠와 살기를 원하는 서우는 나를 원망할까? 상준은 부모의 재결합을 원하는 서우의 바람을 외면할 수 있을까? 풀지 못할 숙제들만 첩첩이 쌓여가는 것 같다.

 상준에게서 연락이 왔다. 오랜만에 같이 식사를 하자고 했다. 상준이 보고 싶지만 보고 싶지 않기도 했다. 10월호를 만드는 틈틈이 상준이 생각날 때마다 상처를 준 것이 못내 걸렸었다. 바쁜 일이 끝나면 그를 찾아가 한번 더 사과하고 내가 얼마나 그를 사랑하고 아끼는지 보여주려 했었다. 하지만 지금 이런 마음으로는 그를 어떻게 대해야 할지 모르겠다. 상준의 마음을 풀어주기는커녕 그를 더 상처 주게 될 것 같아 걱정됐다.

 오늘 그가 만나자고 하는 데에는 우연미에 대한 이야기가 있을 것이다. 서우든 우연미든 내가 그녀와 만난 것을 상준에게 전했을 테고, 그는 그에 대한 이야기를 하고 싶어 할 것이다. 약속을 미루고 싶었지만 피한다고 피할 수 있는 문제가 아니었다.

상준이 알려준 약속 장소로 갔다. 아는 사람을 만날 확률이 거의 없는 서울 외곽의 작은 카페였다. 가는 내내 그에게 무슨 말을 해야 할지 고민했다. 아무리 고민하고 고민해도 그에게 해야 할 말은 하나밖에 떠오르지 않았다.

카페에 들어가자 바로 그가 보였다. 테이블이 몇 개 되지 않는 카페에는 상준 외에는 손님이 없었다. 내가 다가가자 상준이 일어나 내가 앉을 의자를 빼주었다. 언제 왔는지 그의 앞에 놓여있는 커피잔은 김이 하나도 나지 않는 게 차갑게 식어있는 것 같았다. 상준은 날 위해 따뜻한 차를 주문해 주고 자신은 차가워진 커피를 마셨다. 직원이 내 앞에 차를 가져다 놓고 사라지자 그가 입을 열었다.

"서우 엄마가 당신을 만났다고 말해줬어."

"응."

"당신에게 들었으면 더 좋았을 거야."

"생각을 정리할 시간이 필요했어."

"무슨 생각?"

그는 묻다가 말을 바꿨다.

"아니. 답할 것 없어. 달라진 것은 없어. 달라진 것이 없으니 정리할 것도 없어."

 그는 내가 흔들리는 것을 알고 나를 붙잡으려 했지만, 나는 상준이 원하는 대답을 할 수가 없었다. 연애는 우리 둘이 할 수 있지만 결혼은 휘와 서우, 우연미와 동숙 이모까지 여러 사람들의 미래를 고려해야 한다. 지극히 이기적으로 생각해서 우연미와 이모는 고려하지 않아도 된다 해도, 아이들까지 배제할 수는 없다.

 "우린 우리만 생각할 수 없어."

 내 말에 상준도 동의했다. 그러면서도 나를 설득하려 했다.

 "방법이 있을 거야. 모두가 행복해질 수 있는 방법을 찾으면 돼."

 "나는… 시간이 필요해."

 나는 우리가 처해있는 상황에서 한 걸음 떨어져 객관적으로 바라보고 싶었다. 문제에 매몰되어 있으면 쉬운 것도 풀지 못할 때가 많다. 한 걸음만 떨어져도 상황을 다르게 보고 해답을 찾을 수 있다. 하지만 이 문제에도 해답을 찾을 수 있을까. 나는 회의적으로 생각하면서도 말을 꺼냈고 상준도 그것을 알았을 것이다. 상준이 굳은 얼굴로 물었다.

 "시간이 필요하다는 게 무슨 뜻이야?"

"서로 생각할 시간을 가지자는 거야."

그렇게 말하며 나는 나도 모르게 상준의 시선을 피했지만 상준은 시선을 피하는 나를 집요하게 쳐다봤다.

"…… 나와 헤어질 생각이구나."

천천히 입을 연 상준은 곧 화를 냈다.

"어떻게 헤어질 생각을 할 수 있어? 아무런 노력도 안 해보고, 시도도 안 해봤으면서… 아직 아무것도 안 해봤으면서… 당신한테는 내가 그렇게 쉬워?"

"쉽지 않아. 어떻게 당신이 쉬울 수가 있어?"

나는 고개를 저었다. 상준과 헤어지는 게 어떻게 쉬울 수가 있겠는가. 헤어질 생각을 하는 것만으로도 이렇게나 가슴이 무너지는데. 하지만……

"당신은 서우가 우리 때문에 불행해도 괜찮아? 난 휘가 우리 때문에 불행해하는 건 견딜 수 없어. 차라리 내가 모든 불행을 떠안는 게 나아."

"그럼 나는? 난… 나는… 나도 한번쯤은 행복하면 안 돼?"

상준의 얼굴이 울듯이 일그러졌다. 항상 바위처럼 강하고 굳건하던 그가 누구에게도 드러내 본 적이 없을 연약한 민낯을 드러내며 애원했다. 그런 상준을 보는 나도 심장이 뜯기는 것처럼 고통스러웠다. 그를 안

아주고 그의 뜻대로 하겠다고 하고 싶었지만, 그래서는 안될 것 같았다. 나는 눈물이 나올 것 같아 힘을 줘 참았고, 그러다 보니 손과 몸이 떨렸다. 상준은 자신 때문에 괴로워하는 나를 보며 괴로워했다.

"서경주, 정말 밉다."

상준이 손이 하얗게 되도록 주먹을 쥔 내 손을 잡았다.

"좋아. 당신 뜻대로 당분간 시간을 가지도록 해. 하지만 내 생각은 같을 거야. 난 당신과 헤어질 수 없어."

언제나 내 뒤를 지켜봐 주던 상준이 처음으로 내게 등을 보이고 일어나 떠났다. 나는 카페 창문을 통해 상준의 뒷모습이 점점 멀어져 보이지 않을 때까지 바라보며 그 자리에 앉아 있었다.

살아남을 것, 포기하지 않을 것

 10월호 광고 정산을 하던 나는 절망했다. 그렇게 애를 쓰며 애드버토리얼을 끌어왔는데도 광고 수익이 좋아지지 않았다. 이런 성적표로는 강전무가 당장에 폐간시키겠다고 나서도 할 말이 없다. 내가 충분히 광고팀의 빈자리를 커버할 수 있을 거라고 자신했는데. 맨날 뺀질거리는 것 같던 송부장도 제 할 일을 하고 있기는 했었나 보다.

 하지만 광고부가 굳건한 〈라벨라〉의 상황도 그리 좋지는 않았다. 광고팀이 문제가 아니라 잡지 광고 시장 자체가 문제였다. 파이가 반토막이 난 잡지 광고 시장에서 그나마 있는 광고는 몇몇 글로벌 라이센스 잡지들이 독식했고, 〈그레이스〉나 〈라벨라〉 같은 잡지가 가져갈 파이는 없었다. 한숨이 절로 나왔.

 이 난관을 어떻게 극복할 것인지 고민하는데, 갑자기 사무실 문이 벌컥 열리더니 얼굴이 벌겋게 달아오른 중년 남자가 들이닥쳤다. 기획안을 준비하던 이서가 중년 남자를 보고 놀라 용수철처럼 벌떡 일어섰다.

"대표님?!"

중년 남자는 10월호 기획 기사 '젊은 리더' 중 한 명으로, 이서가 인터뷰를 진행한 코스메틱 회사 플라워&플라워의 대표 차양형이었다. 차양형은 들어오자마자 성난 고라니처럼 꽥꽥 소리를 질러댔다.

"이거 어떡할 거야? 어떻게 책임질 거야? 〈그레이스〉인지 뭐시기인지 문 닫게 해줘?"

흥분해서 앞뒤 자르고 소리만 질러대는 차양형의 이야기를 모아서 종합해 보면, 이서가 쓴 차양형의 인터뷰 기사에 이름이 오타가 났다는 것이다. 국회의원 출마를 앞두고 이름을 알리기 위해 거액의 광고비를 내가며 인터뷰를 진행한 건데, 이름이 잘못 기재돼서 유권자들이 자신의 이름을 잘못 알게 됐으니, 이 사태를 어떻게 책임질 것인지 따져 묻겠다는 거였다.

차양형의 말에 이서가 그럴 리가 없다며 10월호를 펼쳐 들었다. 일에 관해서는 타협이 없는 완벽주의자 이서는 강박증에 가까울 정도로 오타를 체크하기 때문에 그런 실수는 해본 적이 없었다. 신입 기자일 때도 오타 실수는 없었다. 조사도 틀린 적이 없는데 하물며 이름을 잘못 썼다니, 절대 그럴 리가 없다 자신하며 페이지를 펼쳤는데, 차양형의 말대로 헤드라인에 이름이 잘못 기재돼 있다. '차양형'이 아니라 '차양영'으로.

이서가 손을 떨며 명함첩을 펼쳐 차양형의 명함을 찾았다. 명함에는 한자로 '車洋瑩'이라 적혀있었다. '瑩'은 '형'으로도 독음되고 '영'으로도 독음되지만 이 경우에는 '형'이다. 차양형이 '형'이라 말했기 때문이다. 이서의 명백한 잘못이다.

나는 최대한 차양형의 분노를 가라앉히려 노력했다. 정중히 사과하며 대처 방안도 제시했다. 이름을 수정해서 다시 인쇄해 배포하겠다고 제안했지만 그걸로는 차양형의 분노를 가라앉힐 수가 없었다. 그는 거세게 타오르는 분노 속에 소리를 질러대다 〈그레이스〉에 법적 책임을 묻겠다는 말을 마지막으로 사무실을 나갔다.

차양형을 따라 엘리베이터 앞까지 나가 허리 숙여 사과했다. 엘리베이터 문이 닫힌 것을 보고서야 허리를 펴는데 사람들이 비웃는 소리가 들렸다. 〈그레이스〉의 실수를 고소해하며 대놓고 들으라는 듯 "믿는 구석이 있나, 설렁설렁 대충 만드네", "그런 실수를 하고 쭉 팔리지도 않나" 같은 말들을 했다.

그동안은 사람들이 뭐라고 그러건 무반응으로 대응

해 왔다. 지금 나를 욕하는 사람들 모두 회사가 평화로웠던 시기에는 오가다 마주치면 인사를 나눴던 동료들이다. 살갑지는 않아도 악의도 없었다. 하지만 회사의 존폐가 위태로운 상황이 되자 달라졌다.

생계가 달려있다 보니 예민해져 있을 테고 불안한 마음을 타인에 대한 공격으로 풀려고 하는 것일 테다. 그렇게 이해를 했다. 나라도 그럴 것 같다. 그래서 그냥 모른 척 해왔다. 하지만 지금은 참기가 힘들었다. 당장 내 발등이 불이 떨어지자 나도 저들처럼, 저들보다 더 예민해지고 불안해졌다. 불안한 마음이 공격적으로 나왔다.

"뒤에서 수군거리지 말고 앞에서 말하세요."

나는 사람들을 정면으로 응시했다. 내가 공세적으로 나올지 몰랐는지 움찔해서 입을 다무는가 싶더니 몇몇이 나서서 대놓고 이죽거렸다.

"다들 잡지가 폐간될까 노심초사하는데, 서부장은 그런 걱정 안하는 거 맞잖아. 설마 본부장이 자기 애인 잡지를 폐간시키겠어?"

일단 말문이 열리자 기다렸다는 듯 말들이 쏟아졌다. '소파승진'이니 '몸로비'니 하는 막말이 나왔고, 내가 한결에 이어 상준을 이용해 커리어를 이어가려 한다는 말까지 해댔다. 상준이 우리 관계에 대해 부인했지만 사람들은 상준과 내가 사귀고 있다는 것을 기정 사실로 여겼다. 상준과 사귀는 것이 사실이니 억울해 할 일은 아니지만, 그래도 그것으로 공격당하니 아팠다. 예상했던 일이고 한결 때 한번 당해보긴 했지만 두 번째라고 덜 아프지는 않았다. 이런 일은 익숙해지지가 않는다. 한결 때처럼 아팠다. 나를 둘러싸고 무차별 쏟아지는 말들이 집단 린치 같았다.

뭐라 반박하고 싶었지만 할 수 없었다. 사람들의 공격이 너무 거셌고 낯선 공격에 쓰러지지 않고 두 다리로 버티고 서있는 것만으로도 벅찼다. 휘청이거나 쓰러지는 약한 모습을 보이고 싶지 않았다. 제발 버티자, 속으로 되뇌며 묵묵히 그들의 공격을 모두 참아냈다.

나를 공격하던 사람들은 상준에 대해서도 함부로 말을 쏟아냈다. 본부장이 혼자 잘난 척, 혼자 냉철한 척하면서 뒤로는 공사 구분 못하고 애인만 감싸고 돈다는 등 있지도 않은 얘기들을 함부로 했다. 상준에 대해 욕을 하자 나도 더 이상은 참을 수가 없었다. 두 다리로 버티고 있는 것만도 버거웠지만 쓰러질 때 쓰러지더라도 할 말은 하고 싶었다.

"말씀들이 지나치네요. 본부장님이 어떤 사람인지 다들 아시잖아요. 우리 모두 본부장이 독하다고 욕해도, 매거진사업부를 살리는 데에 진심인 것은 다 인정하고 있잖아요. 공사 구분 못하고 애인이라고 봐주고 그러는 사람 아니에요."

내 말에 사람들이 "애인이라고 편드는 것 봐"라며 수군댔다. 상준과의 연애가 드러나면 사람들이 나와 상준에 대해 함부로 떠들까 봐 비밀로 하고 싶었다. 한결과의 연애는 멋모르고 당했지만 상준과는 당하고 싶지 않았다. 사람들로부터 우리 관계를 지킬 수 있을 거라 생각했다. 하지만 내가 인정하든 안하든 사람들은 상관하지 않고 자기들이 하고 싶은 말을 해댔다. 이런 상황에서는 굳이 비밀로 할 이유가 없다. 이미 사람들은 함부로 말하고 있지 않나.

"네, 맞아요. 저랑 강상준 본부장 사귀는 거. 하지만 우리 관계가 일에 영향을 준 적은 맹세코 없어요."

내 입으로 상준과의 관계를 인정했다. 상준과 사귄다며 수군대던 사람들은 내가 인정하자 놀란 얼굴들을 하더니 그것 보라며, 그럴 줄 알았다고 떠들어댔다. 심증이 확증이 되자 이제는 마음대로 말해도 된다는 것처럼 마구 손가락질을 했다. 나는 쏟아지는 비난 속에서 이를 악물고 고개를 들었다. 고개 숙이고 싶지 않았다. 상준을 위해서라도 당당해야 했다. 우리는 비난 받을 연애를 하지 않았다.

"그만해요, 다들. 서부장이 어떤 사람인지 몰라요?"

사람들의 소란스러운 비난을 뚫고 들려온 목소리는 민부장이었다. 민부장이 사람들을 뚫고 내 앞으로 걸어왔다.

"소파승진이라니, 서부장이 그런 머리나 굴릴 줄 알 거 같아요? 얘처럼 고지식한 워커홀릭이? 나라면 모를까, 서부장은 그런 걸 할 주변머리가 못 돼요. 비난하는 건 좋은데, 그래도 어느 정도는 타당한 걸 가지고 해야죠. 이건 너무 말이 안되잖아. 비난을 하려거든 좀 그럴싸한 걸로 해요."

"본부장이랑 연애하는 게 유리한 건 맞잖아."

"유리하긴 뭐가 유리해요? 지금 〈그레이스〉가 제일 위태위태하고만. 그리고 여기 사내 연애 한번 안 해본 사람 있어요? 내가 댁들 얽히고 설킨 파란만장한 연애사 한번 쫙 읊어봐? 이 건물에서 내가 모르는 건 아직 일어나지 않은 일뿐이라는 거, 모르시나? 댁들 연애 족보, 다 내 손 안에 있어요."

민부장이 사람들을 둘러보자 한창 성을 내던 사람들이 헛기침하며 한발짝 물러서더니 슬그머니 자리를 떴다.

나는 그제야 비틀거리며 벽을 짚었다. 긴장이 풀리며 버티던 다리도 풀렸다.

"고마워."

내가 인사하자 민부장이 열받은 얼굴로 말했다.

"14년이야. 14년 인생을 잡지에 바쳤는데 그걸 무시하는 얘기를 듣고 어떻게 참아? 서부장, 네가 다른 건 몰라도 잡지에 진심인 건 알아. 네가 아무리 마음에 안 들어도 그 노력을 폄하하는 건 못 참지."

동지애가 솟아오르는 얼굴로 분해하던 민부장은 금세 얼굴을 바꿨다.

"근데 그런 네가 인터뷰이 이름 오타 낸 건 너무한 거 아냐? 헤드라인에 난 오타라며? 어떻게 하면 그런 실수를 할 수가 있지? 나로서는 도무지 이해가 안되네. 암튼 어떡하니? 걱정이다."

민부장이 하나도 걱정되지 않는 얼굴로 얄밉게 웃었다. 역시, 민부장이다. 아픈 구석을 잘도 짚어 조롱한다. 민부장의 미소에 고마웠던 마음이 30% 정도는 줄어들었다.

내가 내 입으로 상준과의 관계를 인정했다는 말은 빠르게 퍼졌다. 회사 내에 상준과의 연애가 알려질까 그렇게 걱정했었는데 막상 인정하고 나자 속이 다 후련했다. 하지만 상준이 신경 쓰였다. 상준과 의논도 하지 않고 일방적으로 나 혼자 터뜨려 버렸다. 상준이 비밀 연애를 끝내고 공개하고 싶어 했다고는 해도 그건 우리가 서울 외곽의 카페에서 만나기 전의 일이다. 그 작은 카페에서 우리는 다른 방향을 보고 있었다. 내가 먼저 시간을 가지자고 해놓고 내 멋대로 연애를 인정해 버렸다. 상준도 내가 터뜨린 폭탄에 대해 들었을 텐데, 아무 연락도 없었다.

〈그레이스〉팀에게는 나와 상준의 연애보다 이서의 일이 더 중요했다. 사무실로 돌아온 나는 여전히 넋이 나가 있는 이서의 등을 토닥였다. 이서가 넋두리하듯 중얼거렸다.

"그때 인터뷰할 때, 차대표가 그랬어. 명함 한자를 짚으면서, 이게 보통은 '영'으로 읽어요. 황금 보기를 돌같이 하라고 했던 최영 장군의 '영'이 이 한자예요. 그런데 우리 아버지는 바다처럼 크고 밝게 비추라고 '형'이라고 붙여주셨어요. 그래서 내 이름은 차양영이 아니라 차양형이에요. 헷갈리면 안됩니다. 그때 차대표가 한 말을 지금도 이렇게 정확히 기억하는데……. 내가 왜 그랬을까. 왜 그랬지? 뭐에 홀렸었나?"

"너무 자책하지마."

이서의 실수는 치명적이었지만 이미 스스로를 벌주고 있는 사람에게 책임을 물을 수는 없었다. 이서의

10년 잡지 경력에서 단 한번도 오타를 낸 적 없다는 자부심이 가장 최악의 방식으로 깨진 것이 이서에게는 가장 가혹한 벌일 것이다.

"선배, 차대표가 정말 소송 걸면 어쩌지? 가뜩이나 우리 위태위태한데 소송까지 걸리면 그냥 망하는 거잖아."

언제나 자신만만한 이서가 답지 않게 의기소침한 얼굴에 물기 어린 목소리로 말했다.

"설마 진짜 소송하진 않을 거야. 다시 찾아가서 제대로 사과하고 용서를 구하자. 괜찮을 거야."

지금까지의 경험상 모두가 그 정도의 실수는 기사를 한번 더 다뤄주거나 광고를 해주는 식의 적절한 거래 속에서 용서해 주었다. 우리가 진심으로 용서를 구하면 차양형도 그 정도의 선에서 받아주리라 기대했다. 그러나 차양형은 내가 제안하는 모든 방안을 거절했다. 그냥 오타가 아니라 헤드라인의 이름에서 난 오타이니 실수의 정도가 더 중하다고 볼 수도 있지만, 그것을 감안해도 차양형의 거절은 정도가 심했다.

처음에는 오타를 수정해 다시 인쇄해 주겠다는 제안을 했고, 다음에는 11월호에 4페이지 인터뷰 기사를 실어주겠다 제안했다. 하지만 돌아온 대답은 모두 노! 그래서 차양형의 플라워&플라워에서 나오는 뷰티 제품들을 특집으로 다뤄주겠다고도 했다. 매체에서 브랜드에게 해줄 수 있는 모든 방법을 다 제시했지만 차양형은 계속해서 더 새로운 보상 방안을 가져오라고 요구하며 괴롭혔다. 사과를 받지 않기로 작정한 사람처럼 굴더니 급기야는 〈그레이스〉가 자신을 모욕하고 막대한 피해를 입혔다며 진짜로 소송을 제기했다.

나는 차양형이 보낸 고소장을 받았다. 설마했는데 정말 이렇게까지 할 줄은 몰랐다. 짧지 않은 14년 잡지 인생 중 오타 때문에 고소장을 받은 것은 이번이 처음이었다. 나뿐만이 아니라 주위에서도 이런 일이 있었다는 얘기는 들어본 적이 없었다. 오타를 낸 것은 미안하지만, 그게 소송까지 할 일인가? 황당하고 난감하고 막막했다. 차양형에게 전화를 걸었지만 받지 않았다. 플라워&플라워의 홍보 담당에게 전화를 걸자 담당자는 자기도 대표님이 무슨 생각이신지 모르겠다며 난감해했다.

"우리 대표님이 그렇게까지 꽉 막힌 분은 아니시거든요. 되게 상식적이고 직원들에게도 잘해주시는데……. 이게 대체 무슨 일이래. 저희도 다 당황해하고 있어요."

부들부들 떨리는 손으로 고소장을 펼쳐 들고 읽던 이서는 책상에 엎드려 오열했다. 이서가 그렇게 우는 것은 처음 봤다. 나는 이서의 등을 토닥이며 이 사태를 대체 어떻게 수습해야 할지 고민했지만 이미 해볼 수 있는 것은 모두 해봤다. 더 이상, 뭘 어떻게 해볼 방법이 없었다. 막막하기만 했다. 이서의 울음소리에 내 한숨 소리가 엇박자로 섞여 들었다.

내가 오타 때문에 고소장을 받았다는 소식은 빠르게 잡지계에 퍼졌다. 평소 사람들 입방아에 오르내리는 것을 극도로 꺼리는 나이지만 이번에는 소문이 퍼진 게 다행이었다. 소문을 듣고 헤어스타일리스트 정실장에게서 연락이 왔다. 차양형의 와이프 김수지가 정실장 샵의 단골이라며, 김수지가 곧 샵에 올 테니 와서 부탁해 보라고 조언해 주었다. 차대표가 보기와 달리 엄청난 애처가라는 말이 있어 와이프 말은 들을지 모른다고 귀띔해 주었다.

나는 열 일 제치고 정실장의 샵으로 달려가 김수지를 만났다. 김수지 앞에 무릎이라도 꿇고 제발 남편분 좀 설득해달라고 매달릴 생각이었는데, 나를 본 김수지가 오히려 미안한 얼굴을 했다.

"사실, 그이는 이름 오타 난 것에 그리 신경도 쓰지 않았어요. 내가 재인쇄를 요구하라고 할 때도 됐다고, 필요 없다고 했었거든요. 회사 이름만 제대로 나가면 됐지, 본인 이름 같은 건 상관없다고요. 그런데 골프 클럽에서 우연히 JK 강전무와 만났대요. 스몰토크용으로 가볍게 〈그레이스〉의 오타 이야기를 꺼냈는데, 강전무가 적극적으로 관심을 보이며 제대로 된 사과를 받으라고 부추겼대요. 자기가 도와주겠다고도 했대요. 그이는 대기업 JK의 차기 회장으로 손꼽히는 강전무와 친목을 쌓을 기회라고 생각해서, 강전무 말을 따르다가 그렇게 고소까지 한 거예요. 내가 그렇게까지 할 필요가 있냐고 말렸는데도 내 말은 귓등으로도 안 듣더라고요."

그러면 그렇지. 이름 한 글자 틀린 것 때문에 이렇게나 난리 치는 게 이상했는데, 그 뒤에 강전무가 있었다니 고소장까지 날아온 게 이해가 됐다. 강전무가 상준을 괴롭혔듯 나를 괴롭히는데 수단 방법을 가리지 않을 거라고 하더니, 그 말이 맞았다.

"그런데 사모님은 제게 이런 얘기를 다 해주셔도 괜찮으세요?"

"열받잖아요. 20년을 같이 산 와이프 말은 어디서 개가 짓나 무시하면서 강전무 말이라면 납작 엎드리는 게 얼마나 눈꼴 시린지 알아요?"

"초면에 염치없지만 저 좀 도와주세요."

나는 김수지의 손을 덥석 잡고 매달렸다.

"그러면 나도 조건이 있어요."

김수지가 내 손을 마주 잡으며 의미심장하게 미소 지었다.

나는 차양형과 김수지를 모델로 한 플라워&플라워 화보를 진행했다. 청송 사과 아가씨 출신인 김수지는 모델이 오랜 꿈이었다며, 나를 도와 차양형을 설득하는 대신 화보 모델이 되고 싶다고 요청했다. 나는 최선을 다해 차양형과 김수지, 플라워&플라워의 제품이 모두 돋보일 수 있는 화보 시안을 마련하고 실력 좋은 스태프들로 팀을 꾸려 김수지가 평생 자랑할 만한 화보를 진행했다.

강전무와 좀 더 인연을 끌어가고 싶었던 차양형은 촬영 내내 못마땅한 기색이었지만 소문대로 정말 애처가인지 김수지의 행복해하는 얼굴에 못이기는 척 화보를 찍고 고소를 취하해 주었다. 나는 김수지의 화보컷을 대형 액자에 넣어 선물했다. 뛸 듯이 좋아하는 아내를 보며 차양형도 종국에는 흐뭇해했다는 얘기를 김수지로부터 전해 들었다.

차양형이 고소를 취하했다는 소식을 듣고 회사 앞 호프집에 모여 모처럼 회식을 했다. 미안하고 고맙다며 훌쩍이는 이서를 달래고 그동안 마음 졸인 범호와 보라를 위로하며 오랜만에 취기가 돌만큼 술을 마셨다.

마음 끓였던 차양형의 일이 해결되고 술이 들어가자 상준이 보고 싶었다. 차양형의 일이 터지고 난 후 나는 본부장인 상준에게 차양형 일에 대해 보고했었다. 상준은 본부장으로서 자신이 도울 일이 있으면 돕겠다고 했지만, 나는 내 선에서 해결해 보겠다고 했다. 상준은 덧붙이는 말없이 알겠다고 했다. 그게 다였다. 따로 연락해 걱정해 주거나 하지 않았다. 그게 서운하지 않았냐고 하면, 서운했다. 내가 먼저 시간을 가지자고 했고 이별을 암시하며 상처를 줬으면서 상준이 내게서 멀어진 것 같아 야속하기도 했다. 나는 이기적인 내 마음을 탓하며 상준에 대한 마음을 꽁꽁 싸매 마음 한구석에 묻어두고 생각하지 않으려 노력했다. 하지만 술에 취하니 꽁꽁 싸매 둔 밧줄이 느슨해졌다.

더 마셨다가는 나도 모르게 상준에게 전화를 걸 것 같아 일어서는데, 민부장과 김실장이 들어왔다. 목례만 하고 지나쳐가려는데 김실장이 나를 잡았다.

"서부장님, 괜찮으면 저희랑 한잔 하시죠?"
"미안해요. 다음에 해요."

거절에도 김실장은 굽히지 않고 거듭 권했고 뭔가 절실해 보이는 김실장 태도에 나는 마지못해 알겠다고 했다. 이서에게 술 취한 보라와 범호를 부탁하고, 민부장과 김실장 자리에 합석했다.

김실장이 내게 맥주를 따르고, 옆에 앉은 민부장 잔에도 따르려 했다.

"난 맥주 싫어. 와인 시켜줘."

"여기 와인 없어. 그냥 맥주 마셔."

"와인 안 파는 술집이 어딨니?"

"여기 호프집이야, 호프. 와인 없다고."

나는 서로 말을 놓고 연인처럼 아주 친숙하게 대화를 나누는 민부장과 김실장을 봤다. 의아해하는 나를 민부장도 의아한 얼굴로 봤다.

"왜?"

"모르는 사람이 보면 둘이 사귀는 줄 알겠다."

농담처럼 한 말에 민부장이 덤덤하게 대답했다.

"우리 사귀어."

"뭐?!"

나는 놀라서 마시던 술을 뿜을 뻔했다.

"우린 누구처럼 필사적으로 비밀 연애한 것도 아닌데, 아무도 우리가 사귀는 줄 모르더라. 우리한테 관심이 없어서 그런 건가?"

민부장이 은근슬쩍 내 연애를 비꼬았지만 나는 그것보다 민부장의 연애가 더 궁금했다.
"대체 언제부터?"
 내 질문에 민부장이 김실장을 쳐다봤다. 김실장이 헛기침을 한번 하더니,
"워크숍 때부터입니다."
"그때 우리 둘 다 좀 취했었거든. 취해서 어쩌다 보니 같이 잤는데, 나쁘지 않아서 그냥 사귀어보기로 했어."
"그냥 그렇게 쉽게?"
 내가 상준과 폐가 근처를 헤매고 있을 때 민부장은 김실장과의 역사를 시작했다. 나는 끙끙대며 고민하다 어렵게 시작한 연애가 민부장에게는 이렇게나 쉽다니.
"그럼 그냥 그렇게 사귀지, 뭘 해야 하는데?"
 민부장이 안주로 시킨 과일을 집어 먹으며 아주 쉬운 수학문제 답을 말하는 것처럼 쉽게 말했다.
"나 싱글, 김실장도 싱글. 합의 하에 잤고, 합의 하에 더 만나보자 결정했으면 됐지, 뭐가 더 필요한데? 만나보고 괜찮으면 고, 아니면 그때 스탑하면 되잖아. 어려울 게 뭐가 있어?"
 들어보니 민부장의 말에 틀린 것이 없다. 처음으로 민부장이 대단해 보이고 부러웠다.

"우리 연애 얘기나 하자고 부장님을 붙잡은 건 아니고, 제가 사과드리고 싶어서 붙잡은 겁니다. 정식으로 자리를 마련했어야 했는데……. 이건 미리 사과드릴게요."

늘 어딘지 거만한 태도로 거리를 두던 김실장이 오늘은 무척이나 깍듯하게 굴었다.

"실장님이 제게 사과할 일이 있다고요? 그게 뭔데요?"

"그게… 하……."

김실장이 쉽게 대답하지 못하고 한숨을 쉬었다. 김실장이 주저하자 궁금증과 함께 걱정도 커졌다. 매사 거침없는 김실장이 대체 무슨 일이길래 이리 뜸을 들이는지 전혀 짐작도 가지 않았다.

"내게 얼마나 큰 잘못을 하셨길래 이러세요? 저 좀 무서워지려고 해요."

"강전무의 스파이가 김실장이야."

주저하는 김실장을 대신해 민부장이 특유의 재밌어하는, 내가 보기에는 아주 얄미운 표정으로 툭 내뱉고는 웃음을 참듯 입술을 씰룩였다. 김실장이 그런 민부장을 잠깐 째려보고는 어쩔 수 없다는 얼굴로 상준과 자신에 대한 이야기를 시작했다.

상준의 대학 후배인 김실장은 상준을 따라 JK 그룹에 공채로 입사해 상준을 따라다녔다. 대학 때부터 상준을 존경하기도 했고, 상준이 혼외자이기는 하나 강회장의 혈육이고 능력도 출중하니 계열사 하나 정도는 받을 수 있을 거라는 계산도 있었다. 똑똑하고 야망도 큰 김실장은 상준의 곁에 있으면 자신의 미래도 보장받을 거라 믿었다. 상준을 따라다니며 강회장이 시키는 어려운 일들을 옆에서 도왔다. 고생스러웠지만 고생을 보상받을 날이 곧 올 거라 생각하며 달게 참아냈다.

　그런데 상준이 갑자기 사직서를 내고 이민을 가겠다고 했다. 회사 사람 전부 김실장이 상준의 사람인 것을 알고 있고, 강전무가 상준을 싫어하는 것을 모르는 사람도 없다. 이런 상황에서 김실장 혼자 회사에 남게 되면 어떻게 될지 눈으로 보듯 훤했다. 상준이 없는 JK 그룹에서 강전무의 핍박을 견디며 회사 생활을 할 자신이 없었다. 강전무 때문에 당연히 승진도 어려울 것이다. 고생한 보람도 없이 모든 게 허사가 됐다. 차라리 이직하는 게 낫겠다 생각하고 이력서를 쓰던 중 뜻밖에도 강전무의 호출을 받았다.

　강전무는 상준을 매거진사업부로 발령 낼 것이니 김실장도 매거진사업부로 갈 준비를 하라 지시했다.

김실장이 이건 또 무슨 개수작이냐는 얼굴을 하자 강전무는 이렇게 말했다.

"너도 그 자식이 회사 관두는 거 싫지? 나도 그래. 우린 목표가 같아."

"저한테 이런 말씀을 하는 이유가 뭡니까?"

"넌 하던 대로 거기 가서도 그 자식 졸졸 쫓아다니며 보필해. 그러다 가끔 여기 와서 그 자식이 하는 일에 대해 보고만 하면 돼."

"저보고 스파이짓을 하라는 말씀입니까?"

"아, 그게 또 그렇게 되나?"

강전무가 재미있는 얘기를 들은 양 낄낄거렸다.

"스파이, 재밌기는 한데 너한테 그 정도를 원하는 건 아냐. 네놈이 하란다고 할 놈도 아니잖아? 그냥 동생을 걱정하는 형한테 하는 소소한 근황 보고? 그 정도로 생각해. 야, 이거 너한테 기회야. 내가 손 내밀 때 잡아."

김실장은 별다른 고민 없이 강전무의 손을 잡았다. 근황 보고는 적당히 걸러서 하면 될 일이고 어려운 일도 아니었다. 중요한 건 상준이 회사를 관두지 않았고, 매거진사업부에서 실적을 내면 다음 스텝으로 갈 수 있다는 거였다. 만에 하나 상준이 매거진사업부를 끝으로 회사를 관두게 되더라도 강전무와의 인연을 디딤돌 삼아 앞날을 대비할 수 있을 거라는 계산도 했다. 자신을 버리고 퇴사를 하려 하던 상준에 대한 배신감도 조금은 있었다.

매거진사업부로 발령을 받은 후 김실장은 강전무의 지시대로 가끔씩 강전무를 찾아가 매거진사업부의 진행 사항에 대해 보고했다. 강전무는 상준으로부터 보고를 받고 있었기에 김실장이 하는 보고는 대부분 상준의 것과 비슷했다.

처음에는 별 말 하지 않던 강전무는 점점 더 세세한 보고를 원했고, 김실장은 상준에게 크게 해가 되지 않을 내용들, 예를 들어 서우와의 관계가 여전히 서먹하다거나 회사 내에 상준을 싫어하는 사람들이 많다는 정도의 보고를 했다. 강전무의 성격을 고려해, 상준에게 좋은 일보다는 나쁜 일 위주로 보고했다. 그래야 강전무가 낄낄거리고 웃으며 좋아했기 때문이다.

김실장은 상준과 나의 연애도 제일 먼저 눈치채고 강전무에게 보고했다고 털어놓았다. 오랫동안 상준을 상사로 모셔 온 김실장은 상준의 눈빛만으로도 감정 변화를 읽는 재주가 있는데, 본부장으로 발령 받아온 첫날부터 뭔가 수상한 낌새를 눈치챘다고.

상준이 본부장으로 온 첫날, 나는 상준이 나를 모

른 척 외면했다고 느꼈는데 김실장은 아니었다. 김실장은 나를 스치듯 지나쳐가던 그 찰나의 순간에 흔들리던 상준의 눈빛을 캐치했고 나와 상준 사이에 흐르는 미묘한 감정선을 알아챘다. 본부장실 앞에서 상준에 대해 묻는 내게 차갑게 대하던 때부터 김실장은 나와 상준 사이를 의심하고 있었다. 김실장이 눈치 빠르고 머리 회전이 빠른 사람이라는 건 알고 있었지만, 진짜 놀랍도록 눈치가 빠른 인간이 아닐 수 없다.

김실장은 숨기지 않고 있는 그대로 솔직하게 말하겠으니 너무 미워하지 말아달라고 엄살을 피우더니 내 눈치를 보며 상준의 상대로 내가 탐탁지 않았다고 고백했다. 내가 김실장의 커트라인에 걸린 이유는 나이가 많고 아이가 있는 데다 집안도 좋지 않기 때문이었다. 김실장이 생각하기에 상준에게는 강전무에 맞서 든든한 뒷배가 되어줄 재벌 집안 출신의 여자가 어울렸다. 그때 마침 상준의 약혼 상대로 강회장이 정해준 조은식품의 조서연이 등장했고 김실장은 일부러 나에게 조서연에 대한 정보를 흘리며 내가 알아서 떨어져 나가게 하려 했다.

그리고 보니 상준의 약혼녀에 대해 처음 말한 사람이 김실장이었다. 당시 회사 사람 누구도 상준의 약혼녀에 대해 몰랐고 모르니 물을 수도 없던 본부장의 사생활을 김실장이 먼저 나서서 털어놓았더랬다. 나 들으라고 일부러 한 말이었구나. 이런 약아빠진 사람 같으니라고! 그럼에도 불구하고 결론적으로는 실패했고, 상준과 나는 결국 김실장이 그렇게 바라지 않던 연애를 하게 됐지만.

상준과 내가 비밀연애를 하며 사람들을 깜쪽같이 속이고 있다고 안도할 때 김실장과 민부장은 우리를 보며 저렇게 티를 내고 다니냐고 비웃었다고 한다. 워크숍 이후 긴밀한 관계가 되며 김실장은 민부장에게는 자신이 알고 있는 것들을 모두 공유했기에 나와 상준의 연애도 진즉에 털어놓았다.

김실장은 나와 상준의 연애를 강전무에게 보고했고, 강전무는 크게 웃으며 아주 재미있어했다고 한다. 그리고 남의 연애 구경하는 것도 재미있지만 그것보다 더 재미진 것은 분탕질이라며 성심성의껏 온힘을 다해 방해하라 명령했다. 김실장은 강전무의 지시에 따라 상준과 나의 데이트 사진을 사내 인트라넷에 올리고 미국에 있는 우연미에게도 연락했다. 어떡하든 나와 상준이 헤어지게 만들려 최선을 다했다.

나는 김실장의 말을 들으며 한숨을 쉬었다. 김실장이 나를 좋아하지 않는 것은 진즉에 눈치채고 있었지만, 비하인드에 이런 스토리가 있을 줄은 몰랐다. 김실장은 내 한숨 소리를 들으며 미안한 얼굴을 했다.

"말씀드릴 게 아직 더 남아있습니다."

"아직도 남은 게 있어요?"

내가 삐딱하게 묻자 민부장이 노가리를 씹으며 끼어들었다.

"서부장이 제일 열받아 할 일."

김실장이 민부장을 쓱 노려보고는 대답했다.

"〈그레이스〉 광고팀이 갑자기 사퇴한 것도 제가 주도한 일입니다. 제가 송부장에게 적당한 자리를 알아봐주고 광고팀이 전부 이직하게 했습니다."

"왜요?"

나는 왜냐고 묻다가 바로 그 이유를 깨닫고 말했다.

"〈그레이스〉를 폐간시키려고요? 실장님은 상준 씨가 비전도 없는 매거진사업부를 떠나 더 좋은 곳으로 갔으면 좋겠는데, 나 때문에 상준 씨가 매거진사업부에 매달리는 것 같아서요?"

"맞습니다. 강전무는 매거진사업부를 매각할 거예요. 그런데 본부장님이 서부장님 때문에 망설이고 강전무에게 맞서는 게 싫었습니다."

그러니까 김실장이 나를 괴롭히고 내 일을 방해한

것은 모두 상준 때문이었다. 상준을 위하는 마음으로 나를 떨구어내려고 했다. 나는 어이가 없어 할 말을 잃었다.

"못된 시누이처럼 그렇게 못살게 굴더니 왜 이제 와서 자백하는 거냐고, 이유를 물어봐야지."

민부장이 또 끼어들었는데, 이번에는 도움이 됐다. 쏟아지는 자백에 중요한 걸 묻지 못할 뻔했다.

"그러게요. 왜 갑자기 이런 걸 다 내게 털어놓는 거예요?"

"본부장님 때문입니다."

김실장은 시누이보다는 버림받은 연인의 처연한 얼굴로 대답했다. 김실장의 우주에 태양은 상준이고 김실장의 세계는 상준을 중심으로 돌아가는가 보다. 지금하는 자백조차 상준 때문이라니. 어째 나보다 김실장이 더 상준을 사랑하는 것 같다. 김실장이 여자였거나 성적 취향이 남자였으면 나는 김실장을 무지하게 질투했을 것이다.

"상준 씨도 김실장님이 이런 일을 하고 있는 것, 알고 있나요?"

"네. 제가 무슨 일들을 해왔는지, 본부장님께서도 다 알고 계십니다."

"본부장님은 뭐라세요?"

"본부장님은······"

 김실장이 잠깐 말을 끊고 숨을 들이쉬었다. 올라오는 감정을 자제하려 노력하는 것 같았다. 그 모습이 너무 애절해 보여서 기가 막힌 나는 민부장을 쳐다봤다. 민부장이 어깨를 으쓱하며 말했다.

 "우리 김실장이 보기보다 여리고 감성적인 남자거든. 서부장이 이해해."

 상준은 김실장이 자신을 위해 한 일이라는 것을 이해했지만 이제는 각자의 길을 가자고 했다. 상준은 매거진사업부가 매각이 되든 아니든, 이것을 끝으로 JK를 떠날 생각에는 변함이 없었다. JK 그룹에서 성공하고 싶은 김실장과는 가고자 하는 길이 달랐다. 김실장은 이별을 선언한 연인에게 매달리는 것처럼 상준에게 매달리며 억지를 부렸다.

 "서부장 때문에 나를 내치는 거예요? 내가 서부장 괴롭혀서요? 형이 이래봤자 서부장한테 형은 아무것도 아니에요. 형이 아무리 서부장을 사랑해도 형은 서부장에게 영원히 첫 번째가 될 수 없어요."

 김실장이 나를 쳐다봤다.

 "그랬더니 본부장님이 뭐라고 한 줄 아세요?"

 김실장이 상준의 말투를 흉내내며 말했다.

"상관없어. 내게는 그 사람이 전부이고 그거면 돼. 그녀의 인생에서 내가 사랑하지 않는 부분은 없어. 이렇게 말했어요. 그 말을 하는 형의 표정을 부장님이 보셨어야 했는데……. 난 형은 평생 사랑 같은 거 못 할 줄 알았는데, 형이 진짜로 사랑을 하더라고요. 그때 깨달았어요. 영원히 형과 척질 게 아니라면 부장님께 용서를 구하고 형의 편에 서야 한다고요. 제가 여태껏 했던 일들, 행동들 다 죄송했습니다. 용서해주세요."

김실장은 상준과의 관계가 회복 불가능하게 될 것이 두려워 내게 용서를 구하는 것이다. 참나, 사과도 김실장답게 한다.

"기분 더럽겠지만, 웬만하면 봐줘. 이 인간, 본부장이랑 완전히 틀어질까봐 엄청 걱정하고 있어. 그리고 이런 사람은 적으로 두는 것보다는 친구로 두는 게 훨씬 나아. 박쥐같은 면이 있기는 해도 늘 그러는 건 아니고 머리는 좋으니까 도움이 될 거야."

민부장이 말했다.

"그런 말을 당사자 앞에서 막 해도 되는 거야?"

나는 이 와중에도 민부장의 말이 과한 것 같아 신경이 쓰였는데, 민부장은 그게 뭐가 문제냐고 했다.

"사실을 사실대로 말한 건데, 왜? 우리 둘 다 서로

도움이 돼서 연애하기로 결정한 거야. 물론 섹스도 잘 맞지만. 속궁합이 정말 끝내주게 잘……"

"아, 알았어. 당신들 속궁합까지 나한테 말할 건 없어."

나는 민부장의 말을 자르며 김실장을 봤다.

"실장님 얘기는 잘 알겠어요. 기분 나쁘고 어이도 없지만 제게 용서를 구했으니 용서해 드릴게요. 대신 상준 씨가 하는 일을 도와주셔야 해요. 이제 강전무 스파이짓은 하시면 안돼요."

"그건 걱정하지 마세요. 본부장님을 돕는 것이 제일입니다. 부장님들께만 말씀드리는 건데, 조만간 본사에 큰 변화가 생길 겁니다."

"뭔데? 무슨 변화? 자세히 말해봐."

민부장도 모르는 이야기인지 눈을 반짝이며 김실장을 졸랐다. 김실장은 쉽게 말을 하지 않고 뜸을 들였다.

"음… 아직 말하면 안 되는데……. 본사에서 정식으로 공지가 나기 전까지 절대 어디 가서 아는 척하면 안 돼. 아시겠죠?"

김실장이 민부장과 나를 번갈아 쳐다보더니 엄숙하게 말했다.

"본부장님이 강전무 비리 증거를 잡아서 회장님을

만나러 가셨어요."

"그게 무슨 얘기예요? 자세히 좀 해봐요."

내가 재촉하자 김실장이 조심스럽게 되물었다.

"혹시, 강전무 건에 대해 모르세요?"

"박대표와 같이 강전무에 대해 알아볼 거라는 얘기는 들었어요."

"거기까지는 알고 계시는구나. 그럼 그 다음에 벌어진 일들을 말씀드려야 하는 거네요. 자, 그럼 지금부터 우리 본부장님이 얼마나 애를 쓰고 있는지 보고 드리겠습니다."

김실장은 곧 상준에 빙의라도 한 듯, 현장에서 직접 보고 들은 것처럼 실감나게 그동안 상준이 했던 일들을 풀어놓았다.

상준은 강회장이 강전무와 연루돼 있는지 알아봐 달라던 박대표의 요청대로 JK 리조트에서 요양 중인 강회장을 만나러 갔다. 강회장은 국내에서 가장 아름다운 골프장으로 꼽히는 JK 리조트 골프장에서 골프를 치고 있었다.

"강전무가 매거진사업부 매각을 지시했습니다."

상준은 기운차게 골프채를 휘두르는 강회장에게 보고했다. 70대 후반의 고령에 지난해 심장 수술도 받은 몸이지만 강회장이 친 공은 크게 포물선을 그리며 거의 200야드 가까이 날아갔다. 전국 팔도에서 몸에 좋다는 진귀한 것들만 구해다 먹는 덕인지 젊은이 못지않게 체력이 좋았다. 충분히 현역에서 일할 수 있는 건강 상태 같았다. 시시때때로 문안 인사를 오는 임원들도 같은 생각을 한 것 같다. 임원들은 강회장이 건강을 회복한 만큼 어서 회사로 복귀하기를 바랐다.

하지만 강회장은 일년이 넘도록 건강을 핑계로 회사 일을 멀리하고 왕좌를 물려줄 세자에게 대리청정을 맡기듯 강전무에게 모든 일을 맡기고 있었다. 강전무의 능력을 믿어서라기보다는 아들이라는 핏줄을 믿어서였다. 하나밖에 없는 '온전한 아들'- 강회장은 상준 앞에서 이렇게 강전무를 칭했다 - 이 자신의 뜻을 잘 헤아려 자신이 지켜온 철학대로 그룹을 이끌어갈 것이라는 혈육에 대한 믿음. 강전무가 믿음을 저버리고 강회장 뒤에서 제 잇속을 차리고 있었던 것을 알게 되면 강회장은 어떤 반응을 보일까.

"팔기로 결정했다더냐? 그냥 접어버리는 것보다는 푼돈이라도 받고 파는 게 나을 수도 있지. 알아서들 해라."

상준은 강회장의 표정을 살폈다. 강회장은 무심해 보였는데, 무심한 척하는 게 아니라 정말 매거진사업부에는 관심이 없는 것 같았다.

"인수하겠다는 회사가 제일문화사라고, 지역 무가지를 발행하는 곳인데……."

강회장이 듣기 싫다는 듯 손을 저었다.

"됐다, 제일 뭐시긴지 뭔지 규모가 작든 말든 받을 돈만 제대로 받아와라."

확실히 강회장은 매거진사업부 매각에 대해서는 관심이 없었다. 상준을 반쪽 아들이라 부르는 강회장은 반쪽 아들도 아들이라고 상준 앞에서는 비밀스런 얘기도 스스럼없이 했다. 강회장이 매각에 대해 뭔가를 알고 있었다면 이런 식으로 모른 척하지는 않을 것이다.

"얼마 전 본사에서 박대표를 마주쳤는데, 박대표가 안부 인사 전해달라 했습니다."

상준은 슬쩍 주제를 바꿨다.

"그렇게 걱정되면 지가 와서 직접 할 것이지, 하여간 정 없는 놈. 한번을 안 와."

강회장은 고지식한 원칙주의자 박대표를 융통성 없다 타박하면서도 은근 좋아했다. 지금도 정 없는 놈이라고 타박하기는 하지만 표정은 그리 나빠 보이지 않았다.

"그러지 않아도 찾아뵙고 싶은데, 부품을 제공하는

협력업체에서 일이 터져 시간 내기가 곤란하다고 합니다."

"협력업체 어디?"

"고려산업이라고 들었습니다."

"그런 곳이 있었나? 처음 듣는데?"

"지난해 입찰을 통해 선정된 곳입니다."

"아, 그래. 그래서 내가 몰랐군. 고려 어디라고?"

강회장은 반문하다 귀찮다는 듯 말했다.

"됐다. 협력업체에서 터진 일로 박대표가 시간을 못 낼 정도면 사고가 크다는 건데, 일년도 안 된 회사가 무슨 간땡이로 사고를 쳤대냐. 치우라 해라. 어디든, 문제 있는 곳은 빨리 솎아내는 게 낫다. 썩은 양파 하나가 다른 놈들까지 몽땅 썩게 만드는 법이다. 어물어물하다 타이밍을 놓치면 다 못쓰게 돼."

"그래도 한번은 만회할 기회를 주는 게 좋지 않겠습니까?"

상준의 말에 강회장이 혀를 차며 미간을 찌푸렸다.

"박대표가 그렇게 말하더냐?"

"아닙니다. 제 생각입니다."

"쯧쯧. 물러터진 놈. 반쪽이라 그런가 아주 물러터졌어. 그 하세월 동안 옆에서 뭘 보고 배운 거냐? 만회할 기회 같은 거 주고 상생 어쩌구 하면서 사람 좋은 척 했으면 오늘날 JK가 이만큼 클 수 있었을 것 같으냐? JK에 손해를 입히는 놈들은 그놈이 누구든 간에, 설령 자식이라 해도 다 처벌 각오를 해야 해. 그 정도 각오도 없이 무슨 큰일을 해!"

 강회장을 만나고 돌아온 상준은 지난번 만났던 한정식 레스토랑에서 다시 박대표를 만났다.
 강전무의 비리에 대한 증거를 확보하겠다고 했던 박대표는 JK 자동차를 담당했던 고려산업 직원의 증언을 얻는데 성공했다. 직원은 정리해고를 당한 억울함에 덜컥 제보를 했고 박대표의 끈질긴 회유에 증언을 결심했다.
 박대표가 핸드폰에 녹음해 온 직원의 증언을 들려주었다. 직원의 증언에 의하면, 강전무는 차명으로 고려산업의 지분을 소유하고 있었다. 강전무가 고려산업의 실질적 오너라고 해도 과언이 아닐 만큼 지분이 많았다. 강전무는 불공정 계약을 맺어가며 고려산업을 키우고 그것을 통해 비자금을 조성하고 있었다.
 박대표가 녹음 파일이 든 핸드폰을 두드리며 말했다.
 "강전무는 배임 및 사기, 횡령죄로 처벌을 받아야 해."

"직원의 증언은 그쪽에서 아니라고 부인하면 그만이에요. 더구나 정리해고 당한 직원이니 더 모함이라 몰아붙일 거예요. 강전무가 절대 부인할 수 없는 확실한 증거가 있어야 해요."

허점이 있으면 강전무는 그 틈으로 빠져나갈 것이다. 완벽한 증거로 빠져나갈 구멍을 원천 차단해야 한다.

"찾을 거야. 여기까지 왔으니 찾아내야지."

박대표가 격려하듯 상준의 어깨를 두드렸다. 상준이 고개를 끄덕였다.

"회장님을 뵙고 왔습니다."

상준이 강회장을 언급하자 박대표가 막 집어들던 술잔을 내려놓으며 쳐다봤다.

"어떠신 거 같나?"

"회장님은 연관되지 않은 것 같습니다. JK를 위해서는 아들도 내칠 수 있어야 한다 하셨는데, 그 말씀을 하실 때 표정이 진심이셨어요. JK에 손해나는 일은 절대 용납 못하시는 분이니, 강전무의 일을 알고 계셨다면 일이 커지기 전에 회장님께서 먼저 손을 쓰셨을 겁니다."

상준의 말에 박대표가 안도의 한숨을 내쉬며 한결 홀가분한 얼굴을 했다.

"그래, 회장님이 얼마나 JK를 아끼시는데, 회사에 해가 될 짓을 하실 분이 아니지. 증언을 확보했으니 증거도 찾을 수 있을 거네."

상준은 박대표가 꽤 실력있는 사람이라며 소개해준 심부름센터 소팀장에게 의뢰해 고려산업 이대표에게 사람을 붙였다. 며칠 뒤 소팀장은 여러 장의 사진을 보내왔다. 상준은 소팀장이 보낸 사진을 보며 고려산업 이대표에 대해 많은 것을 알게 됐다. 이대표는 골프 치는 것을 좋아하고 점심은 회사 앞 백반집에서 하며 반주를 즐겨서 낮에도 술에 취해 있을 때가 많았다. 그러나 이대표와 강전무가 만나는 사진은 없었다. 이대표와 강전무를 연관시킬 수 있는 어떤 사진도 없었다.

사진을 보던 상준은 문득 이대표의 얼굴이 제일문화사 이전무와 많이 닮았다는 것을 깨달았다. 하회탈처럼 휘어지는 눈매가 쌍둥이처럼 닮았다. 상준은 소팀장에게 연락해 이대표와 이전무의 관계를 알아봐달라 했고, 소팀장은 얼마 지나지 않아 둘이 형제라는 것을 알아내 전해주었다. 강전무가 제일문화사에 매거진사업부를 매각하려는 데에는 어떤 꿍꿍이가 있는 게 맞는 것 같았다.

상준은 다시 이전무를 찾아갔다. 술 좋아하는 이전무가 청하는 대로 술자리를 가지고 적당히 맞춰주며 매거진사업부를 인수해 어떻게 운영할 것인지를 떠봤다. 술에 취한 이전무는 상준이 떠보는 질문에 술술 대답했는데 매거진사업부 운영에 대한 어떤 비전도 가지고 있지 않았다. 막연하게 무가지처럼 운영하면 될 거라고 하다가 매거진 사업 같은 건 어찌 돼도 상관없다는 식으로 말했다. 매거진사업부만 인수하면 자신이 할 일은 끝난다는 말까지 했다.

 상준은 이전무에게서 인수 계약서를 받아 확인했다. 이전무가 매거진사업부에 대해 가지고 있는 형편없는 비전에 비해 인수 대금은 지나치게 많았다. 매거진 사업 같은 거, 어찌 돼도 상관없다는 사람이 이런 거액을 주고 매거진사업부를 인수한다? 아무리 생각해도 수상쩍었다.

 의도가 무엇일까 고민하다 문득 이런 생각이 떠올랐다. 강전무가 매거진사업부를 매각해 고려산업을 통해 벌어들인 돈과 자신이 투자한 돈을 회수해 비자금으로 조성하려는 것이 아닐까.

 상준은 자신의 추론을 확인하기 위해 박대표를 통해 제보자를 만나 강전무가 고려산업에 가지고 있는 지분과 수익이 대략 어느 정도인지 확인했다. 인수 대금과 얼추 비슷했다. 상준의 추론이 맞았다.

그런데 여기서 한 가지 의문이 생겼다. 어차피 매각할 계획이었으면서 왜 자신을 매거진사업부로 발령 낸 것일까. 이에 대한 의문은 김실장이 풀어주었다.

"회장님과 이사회 눈을 속이기 위해서였겠죠. 형까지 발령을 내서 매거진사업부를 살려보려 했는데, 안 됐다. 그러니 매각하는 게 낫다, 이렇게요. 아무리 적자투성이 사업부라 해도 매각하려면 그럴싸한 명분이 있어야 하잖아요. 그리고 설사 형이 매각의 진짜 이유를 알게 되더라도 아무 말도 안할 거라 생각했을 거예요. 형은 강전무가 무슨 짓을 해도 다 참아줬잖아요. 이번에도 그럴 거라 생각했을 거예요."

강전무에게 상준은 다루기 쉬운 도구였다. 상준은 어차피 JK에는 관심이 없고 캐나다로 이민 가고 싶어 하니 뒤탈도 없을 거라 생각했을 것이다. 상준이 매거진사업부에 애정을 가지게 된 것은 강전무의 계획에는 없던 일이었다.

상준은 자신이 확보한 증거에 박대표가 확보한 제보자의 증언과 강전무와 고려산업 사이의 이년 계약서까지 챙겨서 강회장을 찾아갔다.

말을 마친 김실장이 뿌듯한 얼굴로 나와 민부장을

쳐다봤다.

"여기까지가 제가 아는 얘기입니다."

"실장님은 어떻게 그렇게 디테일한 것들까지 다 잘 아세요? 옆에서 보고 듣지는 않았을 텐데."

내가 감탄하자 김실장이 더욱 뿌듯한 얼굴을 했다.

"제 정보원이 여기저기 좀 많습니다. 리조트에도 있고요."

"자세하게 말하지마. 노하우는 숨겨야지."

정보에 민감한 민부장이 나를 견제하며 김실장을 주의시켰다. 어쨌든 필요한 이야기는 다 들었으니 상관없다. 나는 김실장에게 감사 인사를 했다.

"얘기해줘서 고마워요."

"아닙니다. 제가 당연히 해야 하는 일입니다."

"맞아요. 실장님이 제게 한 일을 생각하면 당연히 해주셔야죠. 앞으로도 상준 씨에게 일어나는 일은 다 얘기해주세요. 아셨죠?"

"네."

김실장이 멋쩍게 대답하며 머리를 긁적였다. 나한테 미안하기는 한 것 같다.

"좋아, 강전무는 본부장이 해결한다 치고, 그래서 매거진사업부는 대체 어떻게 된다는 거야? 매각되는 거야, 마는 거야?"

민부장이 불쑥 끼어들었다.
"그거까지는 잘……."
김실장이 고개를 갸웃거리자 민부장이 투덜댔다.
"정작 알아야 할 건 모르고… 답답하네, 진짜."
그러게. 답답하다. 나를 둘러싼 모든 것이 안갯속처럼 뿌옇고 답답하다. 한 치 앞도 모르겠고 어디를 향해 가야 할지 방향도 잡을 수가 없다. 한숨 쉬는 민부장을 따라 나도 한숨을 쉬었다.

11월호, 그리고

 서우가 병원에 입원했다. 퇴근해 집에 돌아온 나를 붙잡고 이모는 어린애가 무슨 스트레스를 받았길래 복통으로 입원을 다 하냐고 혀를 찼다. 나는 스트레스라는 말에 찔려서 복통이 스트레스 때문인지 어떻게 아냐고 물었다.
 "검사해 보니 별 이상 없었대. 애는 며칠 전부터 계속 배가 아프다고 했었고. 휘도 네가 잔소리하면 머리 아프다고 하잖아. 너는 꾀병이라고 하지만, 그거 스트레스 때문에 아픈 거 맞거든. 서우가 계속 아프다고 해서 며칠 입원 시키고 지켜보기로 했대. 에휴, 어린애가 무슨 스트레스를 받았길래 입원을 다 한다니……."
 나는 서우의 스트레스 원인을 알 것 같았다. 나다. 엄마 아빠의 재결합을 위해 아빠와 살겠다고 태평양을 날아온 애인데, 뜬금없이 튀어나온 아빠의 여자친구가 얼마나 신경 쓰였겠는가. 그 여자 때문에 엄마 아빠가 재결합을 할 수 없게 됐으니 말할 수 없이 속상했을 테고, 서우처럼 예민하고 섬세한 아이에게는 극심한 스트레스가 됐을 것이다.

나는 상준에게 연락을 해볼까 망설이며 핸드폰을 만지작거리다 말았다. 서우가 걱정이 됐지만 내가 상준과 연락하는 것을 알면 서우의 병만 더 악화시킬 것 같았다.

상준은 회사에 며칠 동안 휴가를 냈다. 내가 걱정하는 것을 안 김실장이 서우의 퇴원이 늦어져서 그런 것 같다고 알려주었다. 서우가 소아우울증 증세를 보여 심리 상담도 진행해야 한다고 했다.

나는 어떡해야 할까. 상준과 나의 미래에 대해 생각했다. 상준에게 시간을 가지자고 했을 때만 해도 어쩌면 상준의 말대로 희망적인 방법을 찾을 수도 있을 거라는 일말의 기대를 가졌었다. 그런데 서우가 우리 일로 입원하고 우울증 증세를 보일 정도로 스트레스를 받는다고 하니, 일말의 기대를 했었던 것조차 죄스럽게 느껴졌다. 하지만 상준과 헤어질 수 있을까. 정말로 그와 헤어지는 방법밖에는 없는 걸까.

나는 내 옆에서 게임을 하고 있는 휘를 봤다. 휘가 내 일로 스트레스를 받아 아파한다면 나는 얼마나 자책할까. 상준도 그렇겠지.

나는 회사 옥상에서 휴가를 끝내고 돌아온 상준을 만났다. 우리가 처음 만난 날에는 꽃잎이 휘날렸었는데 지금은 단풍이 물들려 하고 있다. 눈앞에 닥친 일들에 허덕이느라 계절이 지나가고 오는지도 몰랐는데, 어느새 가을이 한창이었다. 얼마 전까지만 해도 늦더위에 손부채를 했었는데 이제는 따뜻한 커피의 온도가 반가운 날이 됐다. 막 연애를 시작하던 무렵 가을이 되면 일박이일, 정 바쁘면 하루라도 시간을 내서 통영에 다녀오자 했었다. 상준이 연화도의 가을을 보여주겠다 약속했었다. 그런 약속을 하던 때가 까마득하게 오래 전 일인 것만 같다. 우리는 한동안 아무 말도 없이 손에 쥔 커피만 만지작거렸다. 상준이 입을 열었다.

"강전무의 비리 증거를 찾았어."

"응. 김실장한테 들었어."

"그래. 지환이가 당신한테 용서 구하고 강전무 건에 대해서도 말했다고 하더라."

김실장은 상준에 대해서 모두 얘기해주기로 약속했던 대로 상준이 강전무 비리에 대한 증거를 가지고 강회장을 만나러 갔던 일에 대해서도 말해주었다.

강회장은 처음에는 상준의 보고를 믿지 않았지만 상준이 가져간 증거가 너무 명확했기 때문에 결국 믿을 수 밖에 없었다. 강전무에게 그룹을 넘겨주려 했음에도, 아들보다는 그룹을 더 사랑하기에 회사에 해를 입힌 강전무를 용서하지 못하고 내치기로 결정했다.

 상준이 자신의 비리 증거를 가지고 강회장을 만나러 간 것을 뒤늦게 안 강전무가 달려와 강회장 앞에서 무릎 꿇고 애원했지만 결정은 바뀌지 않았다. 강전무는 상준에게 마구잡이로 주먹을 날리며 화풀이를 했는데, 상준이 이번에는 참지 않고 맞받아쳐 강전무는 쌍코피를 흘려야 했다.

 김실장이 자신의 정보원인 리조트 직원에게 들은 바에 의하면 상준의 한 방에 강전무는 바로 넉다운이 돼 버렸다고. 강회장은 바닥에 쓰러진 강전무를 보고 혀를 차다가 꼴도 보기 싫으니 한국을 떠나라고 했다. 강회장의 뜻에 따라 강전무는 아마 머나먼 오지로 해외 발령이 날 것이고 그곳에서 아주 오래 머물게 될 것이다.

 김실장은 여기까지 말했었다. 그리고 상준에게 다시는 아무것도 숨기지 않기로 맹세한 대로, 나와 민부장에게 말한 것을 상준에게도 그대로 보고했다.

"매거진사업부 매각은 하지 않을 거야."

상준이 말했다.

"하지만 디지털콘텐츠 사업부로 전면 개편될 거고, 〈그레이스〉를 비롯해 기존에 나오던 매체들은 모두 폐간이 될 거야."

나는 상준을 쳐다봤다.

"미안해. 매거진사업부의 비전을 조금만 더 지켜봐 달라고 했지만 회장님이 강전무 건과 같이 해서 이 기회에 전면 쇄신을 하겠다고 결정하셨어. 매거진사업부를 지켜주겠다고 했는데 약속을 지키지 못하게 됐어."

상준은 덤덤하게 말했지만 매우 힘들어한다는 것을 알 수 있었다. 나도 이제는 무표정한 가면 뒤 상준의 감정을 읽을 수 있다. 나는 침착하려 애쓰며 물었다.

"11월호는 만들 수 있는 거야?"

"응."

"다행이다. 그래도 독자들에게 마지막 작별 인사는 할 수 있겠어."

나는 들고 있던 커피를 마셨다. 물어봐야 할 게 많은 것 같은데 무엇을 물어봐야 할지 생각이 나지 않았다. 폐간을 막기 위해 온갖 애를 썼는데도 역부족이었구나, 우리 기자들이랑 수철 선배, 디자인팀은 어떡하지? 매거진사업부 전체가 패닉에 빠지겠구나 이런 생각들이 두서없이 떠올랐다.

"사람들한테는 언제 말할 거야?"

"곧. 본사에서 강전무 일에 대한 공지가 나면."

나는 고개를 끄덕였다. 그러다 상준에게 내내 물어보고 싶었던 것을 물었다.

"서우는, 괜찮아?"

"응. 다행히."

"그래, 다행이다."

나는 다시 고개를 끄덕이다 물었다.

"…… 당신은?"

상준은 한동안 말이 없다 말했다.

"난… 괜찮아질 거야."

이번에는 고개를 끄덕일 수 없었다. 입을 열면 눈물이 날까 봐 말도 하지 못했다. 상준에게 하고 싶은 말이 많았는데, 이제 내가 해야 할 말은 하나밖에 없었다. 작별 인사. 나는 최대한 미루고 싶었다. 작별 인사를 하기 전까지는 아직 헤어진 게 아니니까. 입밖으로 말하고 나면 다시는 그를 못 보게 될까 봐 두려웠다.

본사에서 강전무에 대한 공지가 뜨자 상준은 매거

진사업부 전체를 모아놓고 디지털콘텐츠 사업부로의 전면 개편을 알렸다. 사람들의 반응은 내 예상보다 훨씬 덤덤했다. 폐간이 될 것이다 아니다로 설왕설래하다 불식간에 폐간을 자연스레 받아들이게 돼 충격이 덜하게 된 것 같았다. 상준이 매거진사업부를 살리기 위해 막판까지 강회장을 설득했었다는 비하인드 스토리가 밝혀지며 끝까지 포기하지 않으려 한 상준에게 고마워하기도 했다.

폐간을 대비해 일찌감치 이직이나 전직할 준비를 하고 있는 사람들도 있었다. 수철 선배는 이럴 거 같아서 몇 주 전부터 일주일에 2만 원씩 로또를 사고 있었다고 우울하게 말했다. 그러면서도 마지막이 될 11월호만큼은 심혈을 기울여, 후회 없도록 만들어보자 의기투합했다.

워크숍으로도 만들어지지 않던 단합이 폐간을 앞두고 이루어졌다. 〈그레이스〉뿐 아니라 매거진사업부의 모든 매체들이 최선을 다해 11월호를 만들었다.

그리고 나는 내 인생의 마지막 에디터스 노트를 썼다.

'사람들은 처음에 많은 의미를 부여합니다. 저 역시 처음을 잊지 못합니다. 첫사랑, 첫 직장, 첫 출근, 첫 인상. 제게 첫 직장은 잡지였고, 저는 모든 열정을 쏟아 뜨겁게 사랑했습니다. 제가 원하는 한 영원히 제가 사랑하고 원하는 일을 할 줄 알았는데, 세상일이 그렇듯 제 뜻대로만 되는 건 아니더군요.

저는 이제 제가 사랑한 잡지에 작별 인사를 건네며 오랜 첫사랑을 끝내려 합니다. 마음이 시리지만, 후회는 없습니다. 첫사랑을 떠나보내고 이제는 두 번째 제 삶을 준비하려 합니다. 두 번째라고 처음처럼 뜨겁지 않을 리 없습니다. 처음처럼 두 번째도 두려움 없이 매 순간 치열하게 최선을 다해 사랑할 겁니다. 두 번째도 뜨겁게, 두 번째는 더 뜨겁게, 내 모든 것을 불태울 것입니다. 그동안 감사했습니다. 독자 여러분의 첫 번째 삶에도, 두 번째, 세 번째, 모든 삶에 언제나 처음보다 더 뜨거운 사랑이 가득하기를 바랍니다.'

11월호 마감을 마치고, 매거진사업부는 전체 회식을 했다. 우리는 눈물을 흘리는 대신 웃으며 마지막을 즐겼다. 최선을 다했으니 후회도 없다.

매거진사업부의 일을 끝으로 JK 그룹을 떠나려던 상준은 또 한번 강회장에게 붙잡혔다. 강회장은 '온전한 아들' 강전무를 멀고 먼 오지로 귀양 보내며 '반쪽 아들' 상준에게 그룹을 맡아보겠냐고 제안했지만 상준은 단칼에 거절하고 전문 CEO를 추천했다. JK도 글로벌 트렌드에 맞춰 재벌 세습을 없애고 전문 경영인 체제로 바뀌어야 한다고 설득했다.

강회장은 상준의 제안을 받아들여 전문 CEO를 구해 경영을 맡기겠다고 하면서도 그때까지는 늙은 아버지를 도와줘야 한다고 요구했다. 상준이 강회장의 요구를 외면하면 강전무의 귀양을 다시 생각할 수도 있다는 유치한 협박도 곁들였다. 강회장이 반쪽 아들 상준에게 자신을 '아버지'라 칭한 것은 처음이었다.

상준은 강회장의 요구를 받아들였다. '아버지'라는 호칭 때문에 마음이 움직인 것은 아니다. 상준에게 강회장은 그저 회장일 뿐이다. 하지만 상준은 서우의 아버지이다. 상준은 서우를 위해 강회장의 요구를 받아들여 뉴욕 지사로 가는 것에 동의했고, 서우, 서우엄마와 함께 뉴욕으로 떠났다.

상준이 떠나기 전, 잠깐 만났다. 별다른 이야기는 하지 않았다. 휘와 서우의 안부를 묻다 날이 많이 추워졌으니 건강 조심하라는 얘기 같은 것을 했다. 헤어질 때 상준이 에디터스 노트를 잘 읽었다며 내 두 번째 인생을 응원하겠다고 말했다. 나는 고맙다고 했고 이번에도 작별 인사는 하지 않았다. 나는 아직도 그를 떠나보낼 준비가 되지 않았는데, 그는 떠났다.

상준과 〈그레이스〉를 떠나보내고 나는 일주일을 꼬박 침대에서 일어나지 못할 정도로 심한 몸살을 앓았다. 이모는 누구에게 들었는지 뒤늦게 나와 상준에 대해 알고는 미안하고 안쓰러워했다. 이모 때문에 헤어진 게 아닌데도 본인 탓을 하며 혼자 마음 끓이게 해 미안하다고 여러 번 사과했다. 휘는 이모와 나의 대화를 엿듣고 자기는 엄마가 하는 일은 무조건 찬성이라는 어른스러운 위로를 해줬다. 나는 이모와 휘의 위로와 간병 속에서 마음 놓고 아파하며 앓았다. 그를 그리워하고 미안해하며 울고 또 울었다. 울다가 잠들고 일어나 약을 먹고 또 울다가 잠들었다.

 호되게 앓고 나니 몸도 마음도 조금은 홀가분해진 것 같았다. 문득문득 시도 때도 없이 상준이 생각나서 가슴이 아프고, 미용실이나 은행에서 잡지가 보이면 씁쓸해지는 마음에 애써 피하기는 하지만, 대체적으로는 잘 지냈다.

 일상은 계속 됐고 시간은 계속 흘렀다. 일 년이 금세 지나갔다.

 잡지를 떠나서는 당장 죽을 것처럼 목멨던 사람들도 그럭저럭 잘 지내고 있다. 이서는 이 기회에 어릴 때부터 꿈이었던 소설가가 되겠다며 편의점에서 아르바이트를 하며 웹소설가의 꿈을 키우고 있다. 주변에서 이제 그만 헛짓하고 취직하라고 충고하지만 이서는 하고 싶은 일을 하며 살겠다는 고집을 꺾지 않고 있다. 직장 생활 할 때보다 경제적으로 쪼들리기는 하지만 습작을 하며 지내는 시간이 너무 소중하다고 만족해한다. 매사 시니컬하던 이서의 표정이 몰라보게 밝아진 것을 보면 그냥 하는 말은 아닌 것 같다.

기자 일 빼고 뭐든 잘하던 범호는 NCS를 준비하더니 한번에 공기업에 합격해 정장을 입고 출퇴근을 하는 멋진 직장인이 됐다. 이서와 같이 일할 때가 더 즐거웠다고 한숨 쉬고는 하지만 뭐든 잘하는 범호답게 모범적인 직장 생활을 하고 있다.

보라는 재우의 추천으로 꽤 큰 매니지먼트 회사 홍보팀에 들어가 소속 아이돌의 화보와 잡지를 만들고 있다. 남들이 몇 년에 걸쳐 경험할 것들을 몇 달 동안 압축해 경험한 덕인지 이제 2년차에 접어든 보라는 10년차 패션 기자처럼 아주 능숙하게 잘 해내고 있다. 지금도 실수는 가끔 하지만 실수는 10년차, 20년차 기자도 하는 거니까, 괜찮다.

꾸준히 로또를 사던 수철 선배는 지성이면 감천이라고 로또 일등에 당첨됐다. 하지만 일등 당첨자가 70여 명에 이르면서 당첨금이 5억 원도 되지 않아 오매불망 바라던 서울의 집은 사지 못했다. 당첨금은 은

행에 넣어두고 프리랜서로 일하며 각종 브로셔부터 한 장짜리 전단지까지 돈 되는 일은 뭐든 마다하지 않고 다 한다.

김실장은 상준의 추천으로 디지털컨텐츠 사업부 본부장이 됐고, 민부장은 팀장이 됐다. 회사 내에 민부장과 김실장의 연인 관계가 밝혀져 소파 승진이니 베갯머리 승진이니 하는 말들이 나왔지만 민부장과 김실장은 그러거나 말거나 귓등으로도 듣지 않고 악착같이 돈 되는 일을 만들기 위해 애쓰고 있고 성과도 내고 있다.

나는 1인 출판사를 차렸다. 〈그레이스〉가 폐간된 이후 몇몇 잡지사에서 스카우트 제의를 받기는 했지만 거절했다. 어느 잡지사를 가도 빠르면 한 달, 늦어도 일이년 안에는 〈그레이스〉에서 했던 고민을 반복하게 될 것이 뻔했고, 두려웠다. 떠날 때를 아는 자의 뒷모습은 아름답다고 하지 않나. 지금은 새로운 삶을 시작할 때다.

첫사랑 잡지를 떠나보내고 두 번째 삶은 무엇을 해야 할지 많이 고민했다. 나보다 먼저 전직한 선배 동료 후배들도 만나보고 창업 박람회도 가봤다. 자영업자 카페에도 가입하고 자격증도 알아보고 여러 사람을 만나 조언도 들었다. 많은 사람들을 만난 결과 얻은 교훈은 먹고 사는 일에 쉬운 일은 하나도 없다는 것이다. '목구멍이 포도청'이라는 말이 무슨 뜻인지 온몸으로 깨달았다. 세상의 모든 밥벌이에 존경과 찬사를 보낸다. 그냥 하는 말이 아니라, 밥벌이보다 더 위대한 것은 없다.

많은 고민 끝에 나는 출판사로 결정했다. 주변 사람들은 잡지나 출판이나 사양 산업인 것은 마찬가지이니 이왕 전직할 거면 미래가 유망한 자격증을 따라고 조언했지만 내가 사랑하는 책을 완전히 떠나 살 수는 없을 것 같았다. 어떤 일을 해도 고되고 지난하다는데 관심도 없고 사랑하지도 않는 일을 하면 얼마나 더 지난할지 생각하니 더 이상 고민할 것도 없었다.

오랫동안 잡지를 만들어왔으니 단행본 출판도 어렵지 않게 적응하리라 기대했다. 그런데 단행본 출판은 또 다른 세계였다. 시장 환경도 다르고 책이 만들어지는 시스템도 달랐다. 처음 잡지를 시작했을 때처럼 시행착오를 겪어가며 배웠다. 다행히 나는 잡지처럼 출판도 아주 마음에 들었다. 잡지를 할 때의 열정만큼 뜨겁게 출판일에 전념했다.

힘든 시기가 있었지만 지금은 재우에게 소개받아

발간한 중견 여배우의 화보 에세이가 반응이 좋아 숨통이 트이고 있다. 재우의 도움을 받는 게 민망하긴 했지만 밥벌이보다 더 중요한 것은 없기에 뻔뻔하게 요청하고 기꺼이 받았다. 아침에 출근해 깜깜한 밤이 돼서야 퇴근하면 휘와 놀아줄 시간도 없이 그대로 뻗어 잠들었다. 매일이 고되었다.

 상준을 잊은 것은 아니지만 상준에 대해 생각하는 시간은 조금씩 줄어들었다. 하루에도 몇 번씩 불쑥불쑥 튀어나와 내 심장을 날카롭게 쥐어짜던 그는 이제 서너 번 나타나는 둔탁한 통증이 됐다. 다른 사람 생각하지 말고 우리 둘만 생각해서 그를 잡았으면 어땠을까 매일 밤 잠을 설치며 하던 후회도 덜 하게 됐다.
 그래도 여전히 그에게 더 많이 사랑한다 말할 걸, 하는 후회와 더 뜨겁게 사랑할 걸 그랬다는 후회는 계속 마음을 아프게 했다. 내가 제일 쉽냐고 아프게 묻던 상준이 떠오를 때면 그런 질문을 하게 만든 나를 탓하며 불면의 밤을 보냈다.
 상준이 떠나면서 생긴 커다랗게 벌어진 상처가 영원히 아물지 않을 것처럼 고통스럽고 아프지만, 그럼에도 시간이 흐르면 결국에는 아물게 될 것이다. 이렇게 또 다른 일년이 흐르고 시간이 흐르면 후회와 미련도 희미하게 바래지는 때가 올 것이다.

나는 최선을 다해 열심히 살았다. 처음 잡지를 시작할 때처럼, 그보다 더한 열정으로 일에 매달렸다. 가끔 일이 고될 때는 상준이 내게 해준 말을 되뇌었다.

"모든 것을 내줄 수 있는 사랑은 아무나 할 수 있는 게 아니잖아. 나는 경주 씨가 그런 사랑을 할 줄 아는 사람이라 좋아."

그래, 나는 나를 던져 사랑할 줄 아는 사람이야. 후회 없이, 아낌없이 해보자. 나중에, 언젠가라도 다시 상준을 만나게 된다면, 그에게 뿌듯하게 자랑할 수 있게, 그가 역시 서경주는 이렇게 잘 해낼 줄 알았어, 라고 말해 줄 수 있게.

오랜만에 김실장, 그러니까 이제는 본부장이 된 김실장과 팀장이 된 민부장을 만났다. 새로 공을 들이고 있는 추작가를 만나러 간 카페에 그들이 있었다. 추작가는 JK 디지털콘텐츠부와도 준비하는 일이 있어 먼저 민부장, 김실장과 미팅을 했다. 추작가가 나와 다음 미팅이 있다고 하자, 김실장이 자기도 나를 보고 가겠다며 기다렸다고 했다. 우리가 그렇게 살뜰하게 친한 사이는 아니었던 것 같은데 민부장과 김실장은 내 미팅이 끝나기를 참을성 있게 기다려주었다.

추작가와의 미팅을 끝내고 둘이 앉아 있는 테이블에 합석했다. 오랜만에 본 민부장과 김실장은 여전히 찰떡 호흡을 자랑하며 비즈니스도, 연애도 잘하고 있는 것 같았다. 민부장과 서로의 근황을 물으며 간단한 안부 인사를 하는데, 김실장이 조바심을 내며 중간에 끼어들었다.

"며칠 전에 상준 형이 돌아왔어요. 지금 통영에 있어요."

오랜만에 타인의 입을 통해 상준의 이름을 듣자 심장이 쿵, 소리를 냈다. 나는 술렁대는 가슴이 진정되기를 잠시 기다렸다 아무렇지 않은 척 밝게 말했다.

"잘… 지내고 있죠?"

"그걸 왜 우리 본부장한테 물어? 직접 만나서 확인해 봐."

민부장이 답답하다는 얼굴로 말했다. 나는 조금 머뭇거리다 대답했다.

"모처럼 가족여행 온 거 같은데, 방해하고 싶지 않아."

"상준이 형, 형수님과… 죄송합니다. 입에 붙어서……. 연미 누나와 재결합한 거 아니에요. 같이 뉴욕에 가서 서우가 안정을 찾을 때까지 돌봐줬고, 지금은 서우도 부모님 상황을 잘 받아들여서 형 혼자 한국으로 돌아왔어요. 연미 누나는 지금 새로 만난 사람이랑 열애중이에요."

"재결합을… 한 게 아니라고요?"

나는 바보처럼 되물었다.

"네."

나는 당연하다는 듯 대답하는 김실장을 멍하니 봤다. 민부장이 혀를 차며 김실장에게 말했다.

"거봐, 내가 그랬지? 서부장 얘는 헛똑똑이라고. 아무것도 모를 거라고 했잖아. 말을 해줘야 안다고."

민부장이 내 얼굴 앞에서 짧게 손뼉을 쳤다.

"계속 이러고 있을 거야?"

그 말에 반응하듯 나는 벌떡 일어섰다. 민부장과 김실장에게 제대로 인사도 하지 못하고 집으로 돌아왔다.

상준이 돌아왔다. 그가 통영에 있다. 그가 혼자 통영에 있다. 집안을 서성이며 안절부절 못하는 내게 이모가 무슨 일이냐고 물었다. 나는 마침내 결심하고 말했다.

"통영에 가야겠어요."

상준은 모든 것을 내줄 수 있는 나를 사랑한다고 했다. 나는 그에게 내 모든 것을 내주려 한다. 뜨겁게, 더 뜨겁게 그를 사랑하기 위해, 내 삶을 사랑하기 위해, 나는 서둘러 통영으로 향했다.

하영준

서울에서 태어나고 자랐다. 대학에서 역사를 전공했으며 월간 잡지사에서 에디터와 프리랜서로 일했다. 영화 <해어화> 각본으로 작가의 일을 시작, 현재 전업 작가로 시나리오, 소설 등 여러 장르의 글을 쓰고 있다. 2025년 8월 첫 장편 소설 『우리 동네 히어로즈』가 세상에 나왔다.

두 번째도 뜨겁게

초판발행   2025년 12월 25일

지은이   하영준
펴낸이   최경진
주 간   김유민
교 정   조경애
디자인   Livininthedream

펴낸곳   9월의햇살
출판등록   제2024-000115호
전자우편   ss9wol5@gmail.com

ⓒ 하영준 2025
ISBN 979-11-992106-4-6

• 이 책의 전부 또는 일부 내용을 재사용하려면
사전에 저작권자와 9월의햇살의 동의를 받아야 합니다.
• 잘못 만들어진 책은 구입하신 곳에서 교환해 드립니다.

9월의 햇살

소설을 비추다